文春文庫

震雷（しんらい）の人

千葉ともこ

震雷の人　目次

登場人物紹介

顔季明（がんきめい）……常山郡太守の息子。文官を目指す青年。
張永（ちょうえい）……平原軍の第一大隊の隊長。季明の親友。
采春（さいしゅん）……季明の許嫁で張永の妹。武術の達人。
顔真卿（がんしんけい）……書の達人。季明の叔父。平原郡太守。
安禄山（あんろくざん）……玄宗皇帝に重用される将軍。
安慶緒（あんけいしょ）……安禄山の息子。後継と目されている。
広平王（こうへいおう）……玄宗の孫。皇太子の長男。
建寧王（けんねいおう）……玄宗の孫。皇太子の第三男。
志護（しご）……采春に武術を教えた和尚。
圭々（けいけい）……志護により張永に預けられた若僧。
白泰（はくたい）……騎馬隊長。張永の右腕といえる存在。

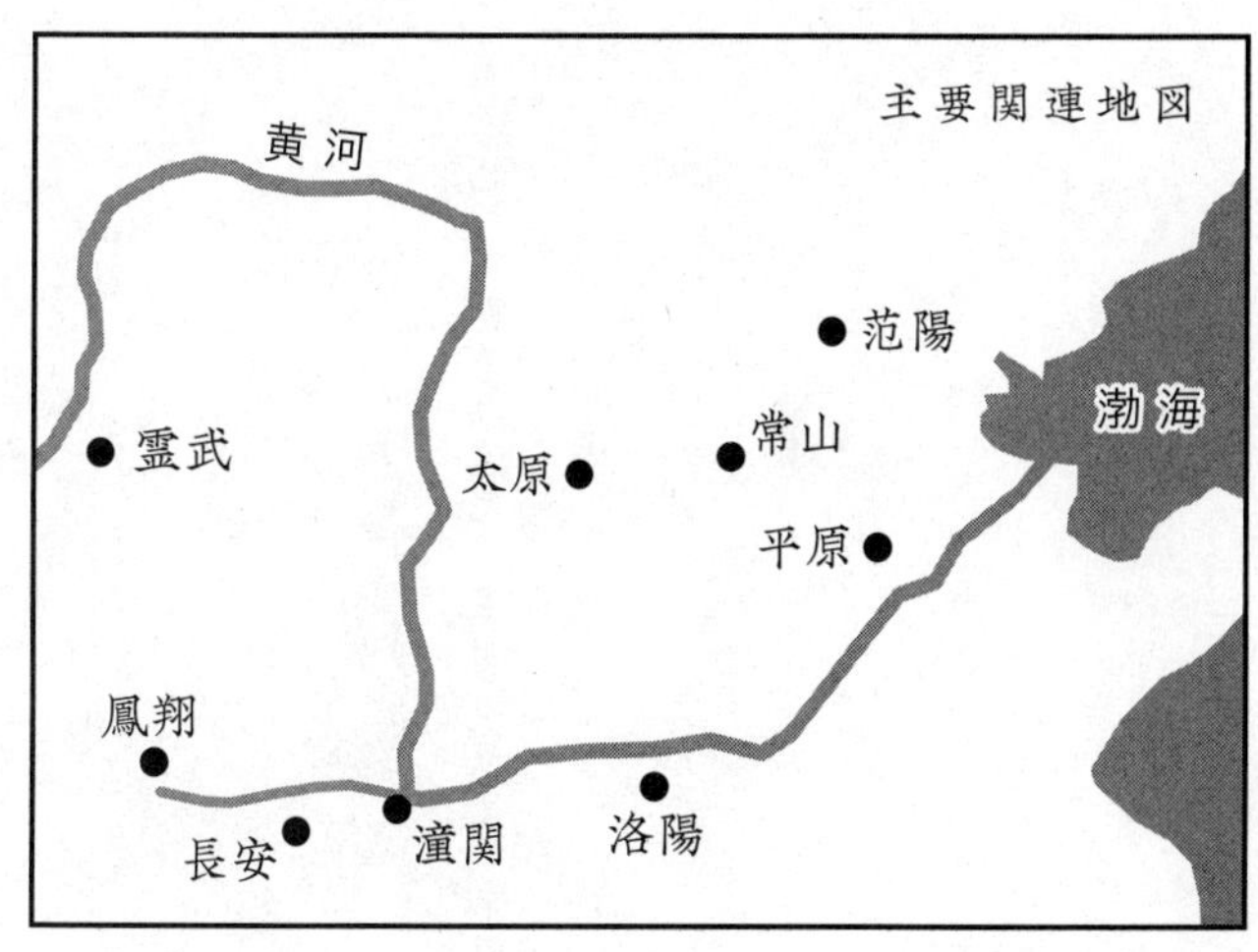
主要関連地図
黄河
范陽
渤海
常山
霊武
太原
平原
鳳翔
洛陽
長安
潼関

震雷の人

序章

そこまで憎いのか。

張永は、目に触れることすら恐れ多い三つの文字を、視界の端に捉えた。

一葉の紙にくっきりと、唐国第六代皇帝の諱が書かれている。李隆基、と記されたその文字は、張永の筆跡に酷似している。

「さすが平原の災厄よ。陛下に害をなさんとするとは」

相手は五人。同じ郡庁に勤めていた胥吏（下級役人）だ。職を失わせただけでは飽き足りないらしい。これを張永が書いたと絡んできた。

蠅が飛び回る厩舎のなかで、仕入れた秣の量を書きつけていたところだった。言葉を失い、顎から垂れる汗をぬぐう気にもなれない。諱で呼ぶことを許されるのは目上の者に限られ、民が皇帝の諱を口にすることはもちろん、字で記すことも許されない。ましてや、目の前に突き付けられた諱には「呪」の一字が冠してあるのだ。役所の者に知られれば死罪は免れないだろう。むろん、張永には全く身に覚えのないことである。

取り囲む者のひとりが、馬糞や秣のにおいのこもった厩舎を見回す。

「大体、自分の親父の喪中だというのに銭を乞うとは。卑しい男よ」

昨年、稼ぎ頭の父と死に別れ、張永自身も役所の職を失った。馬の面倒を見て銭を稼がねば、母も妹も飢えてしまう。それは同じ胥吏だったこの者たちなら分かるはずだ。敵意をむき出しにした五人の目は飢えた獣のようであり、愕然とする。なぜここまで憎まれなければならぬのか。なにゆえ、ここまでしておのれを苦しめたいのか。

天宝十二載（七五三年）夏、唐国。ここ平原郡は、首都長安から遥か二千唐里（約八百八十㎞）東北の位置にある。

昨年の夏、この平原に大雨が降った。張永は当時、地元の郡兵と城壁の補強作業に当たることになった。

作業の指揮を執った上官は周辺への被害の拡大を恐れたが、激しい降雨の中で版築するのは無理がある。竹を用いるなど、様々な手法を講じて城壁を補強しようとしたが、どれもうまくいかなかった。

それは分かり切っていたので、張永は低地の住民を高台へ避難させるべきだと、初めから主張していた。だが、上官は取り憑かれたように城壁の補強に集中していて、聞く耳を持たない。雨と汗で全身濡れそぼちながら、郡兵の隊長にも掛け合ったが、彼らも城壁に拘った。

結局、濁流となった大水が城壁を乗り越え、一帯の家屋が浸水した。数多くの住民が亡くなり、張永の父もこのときに命を落とした。

その後に繰り広げられたのは、郡庁の官人や胥吏と郡兵の責任の押し付け合いだった。結果、避難の必要に気付いていながら勧告をしなかったとして、張永ひとりが非を負わされた。官馬の世話係に落とされ、今に至っている。獣のなかでも馬は特に好きで、世話は苦ではない。書面を扱うよりもむしろ向いているので、今の状況に自分なりに納得していたところだった。

やっと得たそのささやかな暮らしすら、目の前の男たちは奪おうとしている。

張永は帳面を閉じる。戸口に翠(みどり)の裙(くん)（スカート）が見えた。

「また因縁をつけてきたのか」

けんか腰で乗り込んできたのは、妹の采春(さいしゅん)だ。睫毛(まつげ)の長い明眸(めいぼう)に、凜然とした口元。姱容(かよう)で、負けん気が強い。幼い頃から、不服があれば、相手が誰であろうと怯(ひる)まなかった。采春が面倒を起こす度に骨を折って収めてきたのは張永だ。

成長してもその気質は変わらず、今も朝夕と厩舎までの送り迎えを買って出てくれている。突如物を投げつけてくるような輩から、自らは手を出そうとしない張永を守るためだ。

胥吏らは一瞬だけ怯んだ様子を見せたが、現れたのが張家の妹だと分かるとにやにやと口元を歪ませた。

侮られることには慣れているはずなのに、采春はそのたびに顔を赤くしている。幼い頃は、同じ年頃の男児と取っ組み合いになっても対等に渡り合えた。しかし、成長するにつれ、体格や腕力に差が出る。本人もその自覚はあるらしく流れの僧侠に教えを乞うて武術を習ったりもした。もがく姿を見るたびに、男に産まれていればと思う。

采春が胥吏らの間をすり抜け、張永を庇うように立った。その細い首元に、張永は素早く手刀を入れる。まさか兄に気絶させられるとは思っていなかったのだろう。崩れた采春の躰を受け止め、秣の山に横たえた。これから起こる醜いやり取りを、この妹の目に入れたくなかった。

この者らは張永のみならず家族にまで罪を負わせるつもりなのだ。皇帝を害そうとする者の罪は重く、一家が縁座する。どうやって、この場をしのぐかを考えた。哀しいことだが、おのれが書いたものではないという張永の主張は認められぬだろう。この者らを全員殺し、諱の記された紙を燃やす。殺人のほうがまだ罪は軽い。罰を受けるのは張永のみで、家族まで罪を問われることはないはずだった。

張永の力なら、武芸もできぬ胥吏五人などたやすく殺せる。ただ、話が通じずやむなくとはいえ、実際に手を出すのは気が進まなかった。

それでも武器を振るうくらいしか家族を守る方法が思いつかない。手が刀の柄を握ったときだった。

「これは、ゆゆしき」

声に振り返ると、馬を引いたひとりの若者がすぐ背後に立っていた。

白皙に理知的な瞳、湿気で蒸した厩舎に不釣り合いな、涼しげな風貌をしている。まだ十代も半ば、官人ではなく書生だろう。

「誰だ、お前は」

「常山から派遣された者です」

常山は、平原から約六百八十唐里（約三百km）西北に離れた地にある。一体その常山から、何のためにこの男は派遣されたのか。位や身分を推し量るように、胥吏らの顔に警戒の色が広がる。

「まさか、平原に謀反の意ありとは」

驚いたように漏らした書生の目は、机上にあった紙に注がれている。慌てた様子で胥吏らは取り繕った。

「この男が書いたものだ。郡は関係がない」

弁解に、書生は目をしばたかせる。これが演技だとすれば相当な食わせものだ。

「いくらおのれは関わりがないとおっしゃられても、外から来た私からすれば、あなた方は同胞です。ここに諱が書かれたものがあるのであれば、皆さん言い逃れはできません。同罪とみなされましょう」

胥吏らは事態の深刻さに気付いたようである。

「おれたちは関係ないぞ」

と口々に否認する唇が青ざめている。

「あれ」

いつの間にか場の中心にいる書生が、紙を手にして眉を寄せている。張永ですら直視するのがためらわれるその文字を、じっくりと見ている。少しして、鈴が鳴るような軽やかな笑みをこぼした。

「よく見ればこれは陛下の御名と少し違いますね。皆さんで、新参の私をからかおうとしていらっしゃる」

どこか几帳面な手つきで、紙を皆の前に広げる。

「どの字も一画ずつ少なく書かれております。これを報告したら、私のほうが罰せられてしまいますね」

胥吏らは額に脂汗をにじませたまま、ある者は目を見開き、ある者は鼻を膨らませた。

「頭の悪い厩僕（きゅうぼく）のやりそうなことだ」

「張永よ、今回は特別に見なかったことにしてやる」

あくまで張永が書いたという点は譲るつもりはないらしい。次々と言い訳を口にして、逃げるように去っていく。

「助かりました」

切迫した事態から解放されて、ようやく馬の嘶（いなな）きやら周囲の物音が耳に入ってくる。

「人の筆跡をまねた字は、歪みが隠せずどうしても分かるものです」

書生は刀にかけたままの張永の手を一瞥した。言い訳をする気もない。正直に言った。

「言葉では、理解が得られそうになかったので」

同じ平原の者よりも、出会ったばかりのこの男のほうが気安く感じるのはなぜだろう。昨年の豪雨の責をなすり付けられたことから、今もなお、おのれを平原の災厄と呼んで蔑む者が後を絶たぬことまで、思わず口をついて出た。人を殺そうと思ってしまうほど追い詰められた窮状を、だれかに聞いてほしかったのかもしれない。短い話でもないのに、書生は凛とした姿勢を崩さず、顔をうつむかせて聞き入っていた。

ひとしきり話し終えて、書生が手綱を持ったままだったことに気づく。空いている房へ馬を入れてやった。

「あなたがされたように、私もあの者らと相対できればよいのですが」

自嘲まじりにこぼした張永に、書生は何食わぬ顔で言う。

「壁を設けて、内にいるおのれらと、外にいる者とで隔たりを作るのは人の常。であれば、壁を壊して相手も同胞にしてしまえばいいのです。吹っ掛けられた難癖も、巻き込んでお互いの問題にすればよろしい。さすれば、あの者らの目にも、外に追いやった相手が同じ血の通った人に見え、攻撃をしにくくなる」

男が再び広げて見せた紙には、やはり正しく皇帝の諱が書かれている。この男は詐欺師か、と思った。

同じ血の通った人、という言葉が張永の心に引っ掛かった。張永を人でなしのように罵る者らが態度を変えるとは思えない。思えないが、目の前の男は言葉だけで彼らの悪意をたやすくいなしてくれた。

この一年、張永は凄絶な仕打ちに苛まれてきた。それでもやけになって無法者にならずにいられたのは、守らねばならぬ母と妹がいるからだ。その母も心が不安定になり、近くに刃物や紐の類を置かぬように兄妹で気を付けている。

「なぜ、あの者らはここまで執拗に攻撃してくるのでしょう」

親しかった近所の者や幼馴染まで、豪雨の一件以来、張永をつまはじきにしている。

「外に追いやった者を攻撃することで、自分たちの結束が強まるのが気持ちよいのでしょう。ある集団に属しているということは、ただそれだけで自尊心を満たしてくれる。群れにおのれらしさを依拠するのはよい点も悪い点もあるということでしょうか」

書生は小さく息を吐き、胥吏らの去っていった戸口を見やる。

「やはり、昨年の豪雨の件は検める必要がありそうですね」

いったいこの若者は何者なのか。すでに結論の出された豪雨について調べるつもりらしい。しかし、改めて訊いても、皆が張永に不利な証言をするのが目に見えている。

おのれに非があるならば改めたいと思うが、いくら考えても思いつかない。となると、生まれながらに劣った生き物なのだとおのれを思うようになる。皆が偽りを口にしてまで、いたぶってくる。おのれに生きる価値があるのか。気づけば、日に何度も自問している。

「名をお伺いしても？」

涼やかな声に我に返ると、書生がまっすぐな目をこちらに向けていた。

「張永といいます。字はありません」

「良い名です。すべての礎になる一字だ」

書生が言ったのは永字八法のことだろう。はねやはらいなど全ての筆法が、「永」の一字に含まれるとされている。書生は厩舎にある机に目をやり、近づいていく。やはり几帳面な手つきで机上の筆を取った。ふだん使いの筆で、決して物はよくない。しかし、墨を含んだ筆先が生き物のように動いていく。その筆先が産み出すみずみずしい跡に、張永は目を瞠った。

紙の上にあらわれたのは、「永」の字だった。

一画一画が気に満ち、凄まじい迫力で全身に迫ってくる。生きている、という実感が身体の奥から湧いてきた。まるでこの一年の間、見失っていたおのれの実体がこの文字にあるかのようだ。

「あなたは一体」

常山から派遣されたと言っていた。官人にしては若すぎるが、公用で来ているのだろうか。

そのとき、視界の端から伸びた腕が書生の胸倉をつかんだ。書生の手から、筆が飛んで地に転がる。

「永兄に何をする」

額がつくほど間近で、采春が書生をにらんでいる。

「やめよ、采春。この人があの者らを追い払ってくれたのだ」

勘違いをしている妹を、張永は慌てて引き離す。

「乱暴な妹で申し訳ない」

采春はこの軟弱そうな男にできるものか、とでもいうような疑いの目を書生に向けている。

「弱い者に振り上げる拳はない。はやく去ね」

そう言い捨てると、興味もなさそうにそっぽを向いた。兄に気絶させられた不満もあるのだろう。相変わらずの強気な態度に呆れる。だが、書生の話を聞いて、常から采春に抱いていた何ともいえない感情の正体に気づいた。

采春はどこにも属さない。おかしいと思えば、相手が誰であろうと口にする。心のままに生きる「俠」の風格を備えている。それは、自身の才を頼みに諸国を巡った古の思想家や兵法家たちの気風に似ているかもしれない。やはり、采春が男であったらと思わずにはいられなかった。女の身では、この狭い平原郡に閉じ込められて一生が終わる。広い世に解き放ってやれぬのが、張永にはもどかしいのだ。

「もし、あなたは一体どなたなのです」

張永が問いかけても、書生は呆けたような顔をして返事をしない。少しして呼びかけに気づいたのか、「なんですって」と一瞬こちらを振り向いたが、すぐに視線を戻してしまう。その目の先にはつんとして佇む采春の姿があった。

「あなたのことは、何とお呼びしたら」

この変わった男は采春に見惚れているらしい。目は采春のほうを向いたまま、口だけが動いた。

「季明とお呼びください」

字ではないようだった。姓を語らず、諱で呼べと言っている。

立場が変われば諱は逆の意味——近しい間柄を表す。まるで父や兄が呼ぶように、おのれのことを呼べとこの書生は求めている。何から何まで変わった男だった。

数日後、張家に采春の婚姻について、内々の打診があった。

礼にそった使者の丁重な振舞いに、寝床で臥していた母は目を白黒させた。婚姻の相手は廐舎で出会った書生である。彼の名は顔季明。新しく就任したばかりの平原郡の太守（長官）であり書家としても世に名高い顔真卿、その人の甥だった。

第一章　烽火立つ

一

巨漢の躰が宙に舞う。荒々しい音を立て、路上の樹木へ背から突っ込んでいった。投げ飛ばしたのは采春だ。その側には泣きわめく幼子の姿があった。

「はやく逃げなさい」

駆け寄ってきた母親らしき女人に幼子を託し、この場から離れるようにうながしている。どうやら人さらいに遭った子を取り返してやったらしい。采春は、茂みから身体を起こした巨漢と再び対峙する。

——呆れた。

酒を買いに出た道中だ。張永は遭遇した場面を見なかったことにして、騒ぎから離れる。子を助け出したなら、自分も一緒に逃げればいいのだ。卑劣な巨漢が許せぬのだろう。路上での立ち合いなど、婚姻を間近に控えた娘のすることではない。加勢しようかとも思うが、張永の手助けなどもう必要ない。兄妹でまともにやりあったら、どちらが強いのか分かったものではなかった。

　この二年で、采春は見違えるほどに武術の腕を上げた。鬼神に拐(かどわ)かされて暗殺術を仕込まれたなどと噂する者までいる。実際は、僧侠に教えを請うただけなのだが、いまだに張永を恨む者か、顔家との縁組を妬(ねた)む者が口さがなく言っているのだろう。だが、采春に助けられて感謝している者もいる。家の前に果物や甘味など礼の品が置かれていることがあるのだ。

　――明日は結納だというのに。

　父の喪が明け、明日は婚姻の最初の礼を執り行う。女心など少しも分からぬ張永だが、ふつうは落ち着かなく過ごしたり、新しくあつらえた衣服を手にときめいたりするものではないのか。

　季明(きめい)は度々、采春が心から婚姻を望んでいるのだろうかと口にする。不安になるのも分かる。兄ですら、采春の本心が見えない。

「酒を買ってまいりました」

　足を踏み入れたのはかつて父の書斎だった部屋だ。新郎の家へ贈る礼物が所せましと置かれている。

　冬の淡くやわらかな光のなかで、母が小さな布地を手に腰かけていた。

「母上？」

ようやく張永に気づいた母は、掌を開いて見せる。

「生まれて初めてあなたたちが履いた鞋です。永は歩くのが早かったけど、采春はとても遅くて気を揉みました」

掌に乗った鞋は玩具のように小さい。白い絹の布地にそれぞれ馬と梅の刺繍が入っていた。履いた記憶はないが、ひとつかそこらの頃から馬を好んでいたことを、ほつれてくたびれた様が教えてくれている。

母は梅の刺繍を指先で撫でた。

「あの子が嫁ぐのですね」

「そうです。母上」

路上で巨漢を投げ飛ばす采春が、花嫁衣裳を纏う姿が未だに想像できない。だが、まもなく母も張永もその姿を目にするのだ。

家長を喪い、豪雨の災害の非をなすり付けられて、周囲から白い目で見られた。家に汚物を投げ込まれたこともある。母の心労は絶えなかったと思うが、娘が嫁げばひとつ肩の荷が下りるだろうか。

明日の結納が終われば倒れてしまうのではないかと思うほどに、母は張り切って支度をしてきた。結納では訪れてきた媒酌人に婚姻の意思を告げ、そのもてなしをする。酒は何日も前に上等なものを揃えてあったが、急に「足りないのではないか」と母が言い出したので、安心させるために張永が市肆で購ってきた。

相手の家柄もあって、母は気が張っているのだ。季明はこの平原郡の太守の甥であり、父は常山郡の太守の顔杲卿である。顔家といえば名家であり、礼に厳しいことでも知られている。

我に返ったように母が立ち上がった。

「いけません。永の帰りをお待ちなのです」

母にうながされて堂に足を運ぶと、几帳面そうな背が目に入る。

「一日早いぞ」

寒さも相まってか、振り向いた顔が白い。新郎のほうがよほど緊張しているようだった。

「城外まで、少し付きあってくれぬか。太守から頼まれていることがあるのだ」

「いいだろう」

本来、季明は言葉を改めなければならない家柄の相手であり、最初は張永も言葉を選んでいた。だが、付き合ううちに、上下の関係に頓着しない男と分かり言葉も崩れた。

——少し強張りをほぐしてやろう。

張永はまもなく義弟となる男に満面の笑みを向ける。

「駆けるぞ」

愛馬の三郎に乗った張永は、季明とともに平原城を抜けた。

思い切り平野を駆ける。鋭い音を立てて風が左右に流れていく。

しばらく猛進し、小高い丘に登った。頂上から平原城を望むと、上空に白い靄（もや）が見える。冷気を含んだ風が、砂を巻きながら吹き上げてくる。鼻先を肩に押しつけてきた三郎の鬣（たてがみ）を、張永は撫でてやった。

「雪でも降るか。だから、お前は嬉しそうなのか」

三郎が朴直（ぼくちょく）な目を向けてくる。口元が緩んでいるのが、おのれでも分かった。

「すまぬ。浮かれているのは、おれのほうだな」

張り切る母や、緊張している季明を笑えない。喜びが抑えきれず、馬を飛ばしすぎた。季明が麓（ふもと）から駆けあがってきたのはだいぶ経ってからだ。白皙（はくせき）の顔を歪め、白い息を振りまいている。下馬するなり悔しそうに言い放った。

「また、大兄に大きく離されてしまった」

「なんの。おれはお前と違って勉学ができぬ。官馬の世話係だからな」

季明は、ふふんと鼻を鳴らす。

「今では、五百の郡兵を率いる第一大隊の長だろうに」

「顔太守が引き立ててくださっただけだ」

新しい太守は、赴任するなり平原の事情を調べ始めた。そこには、その前年の豪雨の件も含まれていた。事実を検（あらた）める聴取には利害のない郡外の者が適切として、常山の顔一族の面々が平原に呼ばれ、季明もその任に当たったひとりだった。最初は、若輩に担わせるなど形だけ調べて終わらせるつもりなのではないかと、張永は疑いも抱いていた。采春など、子どもの使いだと全く相手にしなかったほどだ。

しかし、季明は初めて会ったときのように、頑なに聴取を拒む者たちを変えていった。何度でもその者の元を訪ね、病や喪中を理由に門前払いする者には文をしたためたのだった。

――天の耳目、汝の側にあり。

真実は天が見ている。嘘偽りのない本当を教えてほしいと説いた。ひとりが口を開くと、後に続く者が出た。粘り強い聴き取りによって、張永には非がないという事実が明らかになり、太守は、避難を訴えたのは慧眼だったとして、張永を郡兵の大隊長に取り立てた。

郡兵は、郡の防備のほか、太守の指揮の下で城濠の整備などにも当たる。顔真卿は、張永こそが大隊長に適任と判断したのだった。

「私も大兄のように、馬と一緒に寝起きすればいいのだろうか。だが身体が痒くなりそうだ。よく獣の臭いの中で、鼾を掻いていられる」

首元をかく季明の襟から、女のように細かい肌理が覗く。その胸に、張永は水筒を押し付けた。

「肩の力を抜いて身体を馬にゆだねてみろ。力むから息が上がるのだ。重心の取り方は、だいぶ良くなってきたのだがな。それから手綱が長い。少し休んだら、調整してやる」

水を飲んだ季明が、苦笑した。

「大兄は、まるで母上のようだな」

「馬くらい乗りこなしてくれなければ、困るからな」

文官であっても、戦場で指揮を執ることもあるのだ。馬を木に繋ぎ、ふたりで丘の頂に座る。季明が思いつめた顔で、切り出した。

「采春は婚姻を本心から望んでいるだろうか」

この期に及んで弱気を言っている。励ますように言ってやった。

「お前が采春に惚れて、采春も嫌がっておらぬ。両家も承諾した。いったい、何をためらう」

「采春に無理強いはしたくない。私は三つも年下なのだ」

「顔家は張家にはもったいないほどの名家だ。その上、ほかの娘が十四や十五で嫁ぐのに、采春は、もう十九だ。このような条件のよい縁組は二度とない」

季明は、深く息を吐く。

「私が気にしているのは、采春本人が望んでいるかどうかだ」

「ならば、本人に訊いてみたらどうだ」

張永にならって、季明も麓に目を遣る。丘を駆け上がってくる一騎はまさに、采春だった。

路上で立ちあっていた巨漢は片づけてきたのだろう。首に巻いた薄紅の被帛と、翠の裙（くん）をはためかせている。本来、被帛は肩に掛けるものだが、独自の着こなしをしている。目立たなくなってきたが、采春の左頬には子どもの頃に作った白い傷がある。あのときもっと早く仲裁に入っていればと、傷を見る度に心が痛むが、当の采春は微塵も気にしていない。

　張永と季明の前で、采春は手綱を引いた。疾駆してきたのに息ひとつ乱れていない。下馬した采春に、季明が駆け寄った。

「城外まで出てくるとは、何かあったのか」

「官馬がそわそわしていて、様子がおかしい気がする。永兄も季明も何か感じなかった？」

「おれは特に。季明はどうだ」

「私も、いつもと変わらないと思ったが。ただ、采春が異変を感じたのなら、馬たちを調べたほうがいい」

「お役目が終わったら、厩舎に戻って確認しよう。明日には慶事が控えているのだから、采春もあまり小難しい顔をするな」

　采春は、唇を固く結んだ。

「ふたりが何も感じないなら、私の気のせいかもしれない。お役目の途中なのに、引き留めて申し訳ない」

「なあに、難しい御用ではない。石工に頼んでいた碑の仕上がりを確かめるようにと、顔太守から頼まれている。以前、父子軍が視察に来たときに、碑を作り直すことになったろう」

父子軍は、武将の安禄山と父子の契りを結んだ軍人の集団だ。安禄山は、立てばおのれの足が見えぬほどに腹の大きな男で、皇帝（玄宗）が気に入って重用していると聞く。今、朝廷で最も力を持っているのは、皇帝の楊貴妃への寵愛をたのみにのし上がった宰相の楊国忠だが、その宰相と対等に渡り合うほどの勢力を持つ。雑胡と呼ばれる胡人の混血で、父子軍の幹部も胡人が多い。

安禄山の配下の判官が、平原郡へ視察に来た際に、漢の武帝に仕えた東方朔の廟を詣でた。その折に、東方朔画賛碑が判読できないほど苔生しているのが分かり、書家としても知られる顔真卿が改めて刻する流れになったのだ。

その碑が完成したとの報せが顔家に入り、城外にある石工の工房へ向かうように季明は命じられていた。季明と采春を見比べ、張永は大きく手を打った。

「工房へは、おれと三郎が行ってくる。季明は、采春からゆっくり話を聞けばいい」

まるで張永の言葉を理解したかのように、三郎は栗毛の馬体を揺らした。

「それは困る。大兄にも用がある」

「夫婦の話し合いに、兄は必要なかろう」

「そうではなくてだな。実は、工房で大兄に見せたいものがあるのだ」

焦った様子の季明に、采春が怪訝な顔を見せた。

「私に話があるなら、今ここで聞く。それとも長い話なの」

「季明がな、お前が本心から婚姻を望んでいるか不安なのだそうだ」

季明は憂慮しているが、采春はこの婚姻を嫌がってはいない。顔家から正式な申し出があったとき、はっきりと自分もこの縁組を望んでいると母に答えていた。

「だいたい、お前ならば有力者の娘を娶ることもできたろうに。顔家ともなれば、幼少時に結婚相手を決めていたのではないか」

気まずい顔で口を開こうとした季明を、采春が止めた。

「言わなくて良いからね」

「いや、黙っているのは誠実ではない。実は、生まれたときに許嫁となった娘は三歳になる前に流行病で亡くなってな。十になったときに婚約した娘も不慮の事故で亡くなった。だから、私には、采春と出会うまで許嫁がいなかった」

「この縁談は取りやめだ！　命あっての婚姻だ」

わざと声を荒らげた張永に、季明は焦りを見せた。だが、その隣で采春は冷静な顔をしている。

「誰よりもこの婚姻を喜んでいるのは、永兄でしょうに。それに、私の体は丈夫だから、問題ない」

「大兄、すまない。黙っているつもりはなかったのだ。ただ、私と采春は夫婦になるべく生まれてきた。だから、ふたりの許嫁たちとは一緒になれなかったと合点した。大兄もそう思うだろう」

ぬけぬけと惚気る季明に、笑みが零れた。

「お前も随分と強かになったな。冗談だ。おれも采春のことは案じておらぬ。采春よ。素直に本心を教えてやれ」

張永にうながされて、采春は季明に目を向ける。なんと答えるのか、張永も興味があった。季明の顔に、期待と不安の入り混じった表情が広がる。だが、口を開きかけた采春の目つきが、俄かに険しくなった。

「ふたりとも見て！」

東の方角を見やると、靄の掛かった空を燻すような赤黒い煙が平原城に見える。兵に異変を報せる狼煙だ。この合図が上がることは滅多にない。城内でこれまでにない変事が起きている。

すぐさま三郎に飛び乗る。

「戻るぞ。すぐに郡兵を集める」

続く馬蹄の音を背に、張永は三郎を疾駆させる。

――明日は結納だというのに。

父の書斎に並べられた礼物や、小さな鞋を手にした母の顔が頭にちらついた。平原城までは距離があり、辺りには火もない。なのに、風がきな臭かった。

二

張永と采春が同時に城門前へ駆け込むと、数人の門番が負傷して倒れていた。既に、住民たちが手当てをしている。張永に気付くと、「張隊長！」と走り寄って来た。

「いったい何事だ」

「父子軍が突然、襲ってきた。皆、命は無事だが重傷だ」

「なぜ父子軍が。安将軍に何か異変があったか」

平原郡は、河北（かほく）道に属し、河北採訪処置使（さいほうしょちし）兼務の安禄山の麾下（きか）にある。味方の父子軍に攻められる理由がない。肩から血を流した門番が、顔を歪めて訴えてくる。

「あれは、安将軍の息子の安慶緒（あんけいしょ）だ。以前、視察に来たときに顔を見た覚えがある。早く、城内へ向かったほうがいい。今、第一大隊が応戦している」

張永が応えるより先に、采春が声を上げた。

「なぜ第一大隊が」

馬の腹を蹴って、駆けだした。

「采春、逸（はや）るな。相手は父子軍だ！」

「永兄の隊は皆、少年兵で実戦を知らぬ。早く行かねば命が危ない」

振り向きざまに、言い返してくる。ちょうど、遅れていた季明が到着した。

「大兄、父子軍と聞こえたが、とうとう叛乱を起こしたのか」

安禄山が謀反を企んでいるという真しやかな噂は、以前から囁かれていた。しかし、よく朝廷で持ち上がる流言だと、誰も取り合おうとしてこなかった。

「安慶緒が父子軍を率いて襲撃してきたそうだ。采春め。無茶をしなければよいが」

季明とともに、采春の後を追う。すぐに、城内の中央を南北に走る大通りに出た。大通りの両脇には、壁で区切られた坊がある。坊の中には民家や畑が並ぶが、今はどの坊も静まり返っている。父子軍の急襲を受け、民は息を潜めているのだろう。争う声が聞こえる方向へ急いだ。

大通り沿いの広場に出て、言葉を失った。薄曇りの下、大隊五百の兵が整列できる広さの平地に、郡兵が負傷して倒れていた。

——皆、おれの隊の者だぞ。

郡兵は、自衛のために農民で構成された部隊で、主力は歩兵だ。その上、張永が指揮する第一大隊は十代の若者が多い。職業軍人とまともに戦って敵うわけがない。

白い砂煙が流れる中、騎乗した采春が隊頭の男と対峙している。

張永は初めて見る顔だが、安慶緒だろう。安禄山の後継と噂されている男で、歳は張永より少し上か。肥満の安禄山の息子というから、同じような体型を想像していたが、よく鍛え上げられた無駄のない体つきをしている。五十騎の兵を従えており、馬は皆、美しい鹿毛だ。突厥の最上級の馬だろう。手にしている長刀は、長い柄もその先の刃も、血で濡れていた。采春が、安慶緒に向かって叫んだ。

「なぜ、こんな乱暴を働いた」

安慶緒はどこか違う場所を見ている。采春だけではなく、自らが負傷させた兵らの姿も目に入っていない様子だ。その瞳には底知れぬ昏さがあり、全身に浴びた血の赤だけが鮮烈だった。

采春は怯むことなく、安慶緒を正視している。こうなると、顔つきだけではなく、語気までが猛々しい。

「どこを見ている。私の問いに答えろ！」

吠えると同時に腰の短剣を放った。難なく安慶緒が避ける。ようやく目を向けた安慶緒に、再び采春が訊く。

「答えろ。どうして平原の兵を斬った」

低く淡々とした声が、広場に響いた。

「この世にあるものを、おのれの意のままに動かすためだ。血で汚さねば、世を動かせぬ」

「血で汚されても、私は動かぬ」

「采春、下がっていろ」

このままでは、采春が危ない。張永が、ふたりの間に入ろうとしたときだった。安慶緒の馬の足元に倒れているかに見えた少年の目がぎらりと光った。

た。

――止めろ、白泰（はくたい）。お前が敵う相手ではない。

張永が周囲からつまはじきにされていたとき、張永に対する誤解を解こうと奔走してくれた少年だ。

張永が大隊の長に取り立てられた今もなお、蔑（さげす）んでくる者らを見返すために、白泰は功を上げようとしている。その気持ちが分かるからこそ、死なせるわけにはいかなかった。

張永が馬を駆ると同時に、白泰が立ち上がった。

安慶緒はすばやく長刀を繰り出す。間に合わない。切っ先が白泰の体に刺さった瞬間、目の前が真っ白になった。刃が引き抜かれ、白泰が仰向けに倒れる様（さま）がやけにゆっくりと見える。

「白泰！」

滑るように下馬し、倒れた白泰を抱き起こす。

「しっかりしろ。無茶をしおって」

腹からどくどくと血が溢れ、灰色の砂地が赤く染まっていく。布で押さえつけても、その端から血がにじみ出ていく。特徴的な八重歯の覗く唇が青ざめていった。

視界の端に、素早く動く影が見えた。柄を逆手に握り、立ち去ろうとする安慶緒に立ち向かっていく。

「待て、采春。勝手な真似は許さぬ！」

父子軍の兵たちが立ちふさがる。それぞれが長刀を繰り出す。だが、遅い。既に采春は刃の下に滑り込んでいる。勢いを活かして、数頭の馬の足を斬りつける。馬が嘶き、兵が落馬する。体勢を崩した二頭の馬の上を駆けのぼり、安慶緒の背に飛びかかった。

安慶緒の動きも速い。即座に長刀で応じた。切っ先が、采春の身体に入ったかのように見える。だが、長刀の先には、薄紅の被帛が絡まっただけだ。被帛の下で、采春が安慶緒の馬に刀を突きたてていた。

馬が前脚立ちになる。振り落とされる前に、安慶緒は馬から飛び降りる。

安慶緒と采春は互いに構えを取った。助力しようとする兵たちを、安慶緒が手で制する。

「止めろというに」

張永は腕に抱えていた白泰を、地に横たえた。刀に手を掛け、采春の元に駆ける。安慶緒の意識が張永に向いた隙に、采春が斬りかかる。張永は抜刀して、ふたりの間に割り込み、采春の刀を受けた。張永の腕がぎしと軋めく。

「永兄、どうして止める。やられたのは、永兄の隊だ。斬られたのは平原の民だぞ」

采春の体から、殺気がにじむ。

「刀を納めろ、采春。顔太守の御指示もなしに勝手はできぬ」

「顔太守とて、このような非道はお許しにならぬ」

不意に、張永をにらむ采春の表情が緩んだ。その視線をたどって振り向き、驚いた。

いつの間にか、季明が安慶緒の前に立っていた。

「平原太守に御用でしょうか。私がお取り次ぎしますが」

凛としてよく通る声に、安慶緒が短い問いで返す。

「誰だ、お前は」

「私は顔季明と申します。太守の甥に当たります」

「ただの書生か。ひとりでは何もできぬ文弱は下がっていろ」

季明はなぜか納得したように、こくこくと頷いた。

「確かに、私は文官を目指す一書生に過ぎず、ひとりでは何も成せませぬ。ですが、あなたの手にあるそれで、いったい何ができるというのです」

安慶緒の目が、ちらりと血塗られた長刀に向いた。

「武力が人を動かすのはいっときではありませぬか。脅して終わり、殺して終わり。人や国を滅ぼして何も生まない」

殺伐とした場にそぐわぬ優しい笑みが、馬上の安慶緒に向いている。

「しかし、文字や言葉は違いますぞ。一字、震雷の如しといいます。ひとりでは何もできなくとも、人の書いた一字、発した一言が、周囲の人を変え世を動かすのです」

血で汚さねば世を動かせぬと言った安慶緒に、反駁するつもりだ。そんな場合ではないのに、張永の口から笑みが漏れた。言葉で人を変えるなどと、季明が不穏なことを言うからだ。

静かに佇むその身体がやけに大きく見える。馬上にいる安慶緒だけではない。父子軍の一隊を呑み込もうとしているように見えた。安慶緒の顔に、動揺が走ったような気がした。

「おれは、問答は好かぬ」

安慶緒が長刀を握り直す。張永と采春は、同時に地を蹴っていた。季明の前に、ふたりが入ろうとしたときだった。

大通りの先から、いくつもの蹄の音が聞こえてきた。ほかの隊の郡兵だ。先頭に見える長軀は、太守の顔真卿だった。遠目にも分かる背筋の通ったがっしりとした骨格に、厳格な顔だちをしている。父子軍の一隊と地に倒れた郡兵たちを見て、眉を上げた。

「安の若様、これは、いったい何事か」

抑制の利いた、それでいて腹に響くような低い声だ。父子軍の兵が、安慶緒を替わりの馬に乗せた。

「いつもの視察だ。それに耳に入れておく話もある。軍備に係わる話ゆえ、よく聞け」

話を続けようとする安慶緒を遮って、太守は再び問う。

「なぜ平原の民が負傷しているのです」

「抵抗したので、斬った」

淡泊な口調で答えた安慶緒を、顔真卿が直視している。ふたりの間で殺気が張り詰め、痛いほどだ。先に口を開いたのは、顔真卿だった。

「それでは、郡庁へおいでいただけますか」

馬首を郡庁に向ける太守に、張永たちは掌にもう一方の手の拳をあてて拱手する。顔真卿は頷いて見せた。後は任せろとの意だろう。

父子軍の隊が、郡兵の後に続く。安慶緒は、張永たちを睥睨しながら去った。

三

「母上、御無事ですか！」

采春は平原城内の外れにある自宅に駆けこんだ。家の中を回ったが、堂にも寝室にも母の姿が見当たらない。

「母上、どこにいらっしゃいますか」

声を張り上げると、采春の寝室から母が姿を現した。無事が分かり、安堵する。血まみれの采春の服を見て、母が悲鳴を上げた。

「いったい何があったのです。怪我をしているのですか」

「私は無傷です。父子軍が突然、平原を襲ったのです。永兄が、母上の安否を確認しろと」

「まさかあなたも武器を取って戦ったと――」

「恐れ入ります。微力ながら、刀を取りました」

「私は褒めたのではありません。明日は大切な日なのですよ」

母の手には、絹の布でできた小さな物が握られている。しかめた顔が采春を見つめた。

「第一、なぜ父子軍が襲って来たのです。平原は河北道の一部なのに、おかしいでしょう」

「理由は、まだ分かりません。でも、母上が御無事でよかった。永兄に報告に戻ります」

汚れた衫と裙をすばやく脱ぎ、袖の細い開襟の長袍と細身の袴を、簞笥から取り出す。裾の広がる裙を穿いていては戦いにくい。腕や足にぴったりとした胡服のほうが、断然動きやすい。

「永は、今どこに。まだ父子軍と戦っているのですか」

「養病坊（診療所）で、怪我人の手当てを手伝っています。白泰が重傷なのです」

采春は腰掛けて、革の長靴に履き替える。靴の踵の縫い目が解れていた。母は忙然とした顔で、椅子に腰を落とす。

「結納は。明日の結納はどうなるのです」

「母上、今は平原の大事です。結納どころではありませぬ」

「旦那様の喪が明けて、やっと慶事を迎えられると思ったのに」

うろたえた様子で、顔を覆った。采春は跪き、母の顔を覗き込む。

「少し先に延ばすだけです。どうか、あまり気を落とさず」

「この機会を逃したら、次があるとは思えません。あなたは、三つも年上の十九歳。親族に朝廷の有力者がいるわけでもない。一方、あちらはお若く将来も期待されている。亡くなった旦那様が引き合わせてくださったと喜んでいたのに」

「顔家は礼には厳しいと聞きますが、張家を見捨てるような仕打ちは、なさらぬと思います」

おそらく顔家が求めているのは、頑強な体を持つ嫁だ。その点、采春は至当だった。

帯革に刀を提げた。

「永兄が待っています。私も負傷した者の手当てをして参ります」

母は咎めるような顔で、すっくと立ち上がった。

「あなたは家にいなさい。荒事に係わっては、ますます縁遠くなる」

以前は、父が采春の肩を持ってくれた。しかし、父はもういない。

「すぐに戻りますから。母上は、決して家から離れませぬように」

早口でまくし立てると、部屋を抜け出した。

采春と同じ年頃の娘が嫁ぐようになったこの数年、母は毎朝、廟の前で先祖に良縁を願った。母にとっては平原の危機よりも、采春の婚姻のほうが大事なのだ。

母の想いは采春も重々承知している。

「母上を立てたいと思っているのに、どうにもうまくいかぬな」

ぼやきながら、再び馬を走らせた。

四

「先生、白泰はまだ十四です。助けてやってください」

　寝台に横たわる白泰の顔色が悪い。医者は、白泰の腹に石などの異物が入っていないかを確め、止血を試みている。張永はそれをただ見ていることしかできない。

「唇がもう錆色だ。先生、何か飲ませたほうがいいのでしょうか。このままでは、白泰が死んでしまう」

　気が揉めて、つい急かすように訊いた。苛立った医者の顔が、張永に向いた。

「近くでやかましい！　臓腑が傷ついていなければ、なんとかなる。あとは、この小僧の運だ。お前は外で傷の浅い者の手当てでもしていろ」

　やむなく張永が前庭に出ると、寄り添って祈る白泰の両親の姿が目に入った。ふたりに、深く頭を下げた。

「おれのせいです。おれが白泰を止めていれば……」

　白泰の父が、首を横に振った。

「張隊長のせいではありません。あの子のことだから、自分の力もわきまえずに無茶をしたのでしょう」

「白泰が生まれた時から、張隊長にはお世話になっています。張隊長に非があるなんて思っておりません」

色白の母親も、夫に同意した。十三年前、人けのない関帝廟(かんていびょう)の前で産気づいた女人が、この母だ。張永が人を呼びに行こうとしたとき、既に陰(ほと)から頭が見えていた。側で母親の手を握って励まし、産み出された赤子を取り上げた。それ以来、白泰とは兄弟のように過ごしてきた。張永と同じく勉学は得意ではないが、武術の才に恵まれ、今では若年ながら張永の右腕といえるほどに成長した。

養病坊の正門に、馬に乗った季明と采春が現れた。季明は、怪我人を運び終えてからすぐに、状況を確認しに郡庁へ向かっていたのだ。その顔が険しい。張永は、ふたりの元に駆け寄った。

「郡庁の様子はどうだった」

「父子軍は、とうに平原を去っていた。今、郡庁に主だった官人たちが集められている」

季明が下馬しながら答える。続いて馬から下りた采春に、張永は訊いた。

「母上は御無事だったか」

「安心して。母上は騒ぎを御存知なかった。引き続き、家にいるようにお伝えした」

「母上は、お前に何かおっしゃっただろう」

張永の問いに、采春は前のめりになった。

「永兄には、しっかりお務めを果たしなさいと。私にも、気をつけて行きなさいと送り出してくださった」

早足(さそく)を踏むのは、嘘をつくときの采春の癖だ。季明が張永の背を叩いた。

「大兄、気をしっかりと持てよ。重傷者は思っていたより少なかったのだから」

「だが、死者を三名も出してしまった」

張永の指揮する大隊は、十の小隊からなる。うち八隊は歩兵隊で、二隊が騎馬隊だ。一隊は五十人。白泰には、騎馬隊をひとつ任せていた。

「父子軍を相手に、三名で済んだのは奇跡といっていい。大兄は、もっとおのれの隊を誇りに思うべきだ」

「勝ち目はないと分かったら、逃げるか死んだふりをするように訓練していたからな」

養病坊の前で寄り添っている白泰の両親を見て、采春が唇を噛んだ。

「何があっても死ぬなと、永兄は教えていた。なのに、白泰の馬鹿。あんなに御両親を心配させて」

白泰が無茶をするのは張永のためだ。白泰がおのれの非力さに幾度も打ちひしがれてきたのも知っている。それは張永も同じだ。もっとおのれに力があれば、家族にも白泰にもみじめな想いをさせずに済んだ。

門前に、数頭の馬の気配があった。張永たちが表に出ると、肩すぼみで細身の男が馬上から張永を見下ろす。

第二大隊長の韋恬(いてん)だった。張永よりふたつ年上の二十七歳。平原には、同じ五百人規模の大隊が六つある。

「おのれは戦いもせず無傷なのに、負傷者たちの側で悲愴面か、張永」

「何の用だ。負傷者の手当てに人でも寄こしてくれるのか」

「顔太守がお呼びだ。すぐに郡庁へ来い」

そう言い捨てて去ろうとする韋恬の前に、采春が立ちふさがった。

「第二大隊はなぜ、出てこなかった。民が襲われているのに、戦いもしなかったのは、そちらの隊だろう」

相手にしなければいいのに、と思う。だが、生真面目な采春には、韋恬の言いがかりが我慢ならないのだろう。

「将軍から、手出しをするなと命があったからな」

郡兵を統括するのは郡の太守だが、実際の訓練には武官である将軍が当たっている。安慶緒の襲来は、すぐに郡庁に知らされていたのだ。それぞれの大隊には、父子軍には刃向かわぬように指示が出ていた。ほかの郡兵の隊が出動しなかった理由が分かった。

采春は顔を紅潮させて、韋恬に迫った。

「将軍の指示を、わざと第一大隊に伝えなかったのか」

「仕方があるまい。大隊長がどこにいるか分からなかったのだから。おれではなく、間抜けな張永を責めろ」

「采春、おれが城内にいなかったのは事実だ。突然の事態で連絡がうまくいかぬのは、やむを得ぬ」

取りなそうとしたが、韋恬は口元を歪めて嗤った。

「『平原の災厄』を大隊長に据えたのが、そもそもの間違いだ。そのへらへらした顔を見るだけで、胸が悪い。第一大隊は、長を替えたほうがいいだろう」

怒り心頭に発した采春が、韋恬を怒鳴りつけた。

「あの豪雨は永兄のせいで起きたのではない。それに、避難が必要だと永兄こそが進言していた！」

韋恬はこき下ろすような口調で、言い返す。

「女子どもは、お前の兄の人好きのする顔に油断するのだろうが、おれは騙されぬ。何と言い訳しようと、張永のせいで多くの民が死んだ。おれは忘れぬからな」

なおも反駁しようとする采春を尻目に、韋恬は馬の腹を蹴って去った。

「ねちねちとしつこい男。あんなのでよく大隊長が務まる」

悔しそうに韋恬の背をねめつける采春をなだめた。

「采春、もういい。いがみ合っていても仕方がない。無用な争いは避けるべきだ」

今でも張永を「平原の災厄」と呼んで、恨んでいる者は少なくない。韋恬はその急先鋒だった。

「豪雨で韋恬も父を喪っている。誰かを恨まずにはいられぬのだ。憎まれ役くらい、買ってやろう」

「私たちの父上も亡くなっているのに。どうして永兄が非難されなければならない」

「そう怖い顔をするな。この騒ぎで、お前も気が立っているらしい。母上の元に戻るか、ここで手伝いをしていろ。おれは、季明と郡庁に向かう」

「私は、ここにいる。どうして安慶緒が平原を攻撃してきたのかが分かったら、私にも教えて」

采春は馬を樹木に繋ぎ、腕まくりをして怪我人の手当てを始めた。

「大兄、郡庁に急ごう。私も、場合によっては常山に戻らねばならぬ」

騎馬する季明の顔が、少し翳ったように見えた。

この状況では、結納も延期しなければならない。季明はもちろん、明日の支度に心血を注いできた母の落胆を思うと心が痛む。どう慰めたらよいかと、張永は心中で嘆いた。

五

郡庁の政堂に入ると、幹部の文武官らが、立ち話をしていた。

既に庁議は決定を下しており、韋恬と張永はその内容の伝達を受けるために呼ばれた様子だ。政堂の壁に控えている韋恬の隣に、張永と季明は並んだ。

官人衆の中で頭ひとつ大きい顔真卿が、張永らに気付いて側に呼ぶ。三人が拱手すると、顔真卿の強面(こわもて)がさらに引き締まった。

「お前たちに命じなければならぬ急務がある」

張永は待ちきれずに訊いた。

「顔太守、なぜ、父子軍は平原に攻撃をしかけてきたのでしょう」

「そう急かすな。安慶緒は、近いうちに安禄山が決断をするとほのめかした。その際には、平原に河水（黄河）流域の防備を命じるとも」

思わず周囲を見回した。顔真卿が安父子の名を呼び捨てにしたからだ。諱を口にするのは礼を失し、敵意を表す。動揺する張永の隣で、季明が静かに訊いた。

「つまり、安禄山が謀反を起こすと。安慶緒が平原を急襲したのは、恫喝のためでしょうか」

涼しい顔をして同じく諱を口にする季明を、張永は凝視した。韋恬はいつものように肩をすくめて話に聞き入っており、張永だけがうろたえている格好だ。

「おそらく。父子軍に逆らえば、平原は血を見るとの威しだろう。もしくは、どの程度抵抗ができるのかと、平原の力を試そうとしたのかもしれぬ」

太守も季明も、とんでもないことを話している。噂に過ぎなかった安禄山の謀反が現実になると言っているのだ。もし、そんなことが起きれば、唐国は久しく経験していなかった内乱に見舞われることになる。

もしや、と張永は顔真卿が太守に就任してからのことを思い返す。

豪雨の件も含めて平原の現状を調べあげ、適材適所に人を配置した。そして、若者を集めて郡兵として、城壁を補修させ、食糧を貯えさせた。

――太守は、安禄山の謀反を想定していたのか。

張永を取り立てたのも、父子軍に抗うための備えの一環ではなかったか。誰もがまともに取り合わなかった謀反の風聞を警戒し、備えをしてきた。張永は顔真卿の強面を見つめる。このような太守が、かつていただろうか。太守は大抵、赴任して二、三年で変わり、おのれの就任時に目立つ問題が起きぬように腐心するのが精々だ。それは平原以外でも似たようなものだろう。

顔真卿の行動は明らかに異質で、事態は張永の想像をはるかに超えている。未知の大きな渦が自分を巻き込もうとしているのを感じ、張永はやっとのことで口にした。

「顔太守に従います。何なりと御命令を」

「私も微力ながら、叔父上の御意志に従います。父も同じ考えだと思います」

顔真卿は、深く頷く。

「ふたりとも、感謝する。逆賊は必ずや唐軍に鎮圧されるだろう」

それまで黙り込んでいた韋恬が、上目遣いをして問いを投げた。

「安将軍の元で唐朝と戦う選択はないのでしょうか」

じろりと顔真卿ににらまれても、怯むことなく続ける。

「朝廷では、陛下が政務をおろそかにして、佞臣(ねいしん)が権力争いを繰り広げていると聞きます。顔太守は、朝廷で御史など輝かしい官職を重ねていらっしゃったのに、楊(よう)宰相からにらまれて平原に左遷されました。多少なりとも朝廷を正そうとするお気持ちがあるのでは」

「韋恬、顔太守に失礼だぞ」

諫めたものの、韋恬の主張は荒唐無稽でもない。

顔真卿が中央の朝廷から平原に赴任したのは、宰相の楊国忠にその剛直さを疎まれたからだと、季明からも聞いている。楊国忠は、皇帝が寵愛する楊貴妃の親類で、その権をたのみに伸し上がっただけの元ごろつきだ。楊国忠と安禄山は、朝廷では不倶戴天の立場にある。顔真卿が安禄山側に付こうと考えたとしても、ふしぎはない。

だが、顔真卿は落ち着いた口調で韋恬をたしなめた。

「宰相とそりが合わぬからといって、逆賊を支持する理由にはならぬ。私は陛下の臣だ。どなたに仕えているのかを忘れるな」

その言葉に、顔一族が根からの忠臣であることを思い出す。

「韋恬よ。私は、お前の統率力を買っている。張永とともに、平原、ひいてはこの国を守ってほしい」

韋恬は少し不満げな様子を見せつつも、応えた。

「分かりました。私も顔太守のもとで叛乱軍と戦います」

「頼んだぞ。韋恬は麾下の兵を集めて、彼らに平原の意志を伝えよ。いざというときにすぐに動けるように、武器の点検をしておけ。張永は兵への伝達を行うとともに、負傷した兵の状況を私へ報告するように」

韋恬と張永に指示を出すと、季明のほうを向いた。

「季明は常山に戻り、父に安禄山の叛心を報せよ。今すぐ、平原を発て」

「結納のために来訪していた親族とともに、常山に戻ります。私が、父と叔父上の連絡役になりましょう」

これから見舞われる未曾有を思い、張永は顔を引き締めた。

六

淡い夕陽が、顔真卿の邸宅の門を照らしていた。

采春は門番に馬を預けて、敷地内に入る。既に常山の顔家の親族が、厩に集まっていた。

皆、結納の手伝いのために、平原まで訪れていた衆だ。薄赤の陽の中で、慌ただしく馬に荷を積んでいる。ちょうど常山に向けて出立するところだった。

先に采春に気付いた季明が、声を掛けてきた。

「呼び立ててすまぬ。話があってな。少しだけ、よいか」

「子細は永兄から聞いた。早く平原を出たほうがいい。話ならここで済む」

だが、季明には珍しく、強引に采春の手を引いて厩を出る。もう片方の腕には、人の頭大ほどの包みがあった。大切そうに抱えているところを見ると、特別な物なのだろう。昼間、石工の工房に向かう際に、張永に見せたい物があると季明が話していたのを思い出した。

季明が立ち止まったのは、邸宅の裏庭だった。敷地を囲う土塀の瓦が、夕暉に照っている。

「永兄に渡す物でも？　永兄は今、官馬の廐舎に寄っている。すぐにこちらに着くと思う」

包みを岩の上に置き、季明は采春と向き合った。

「違うのだ。大兄は関係ない。采春に、しばしのお別れの挨拶をしたくて。どうか気を付けて。また、安慶緒のような輩が現れるかもしれぬ」

昼間に日の当たりにした、安慶緒の禍々しさを思い出す。

「武力以外に対話の方法を知らぬ、悪鬼のような男だった」

「安禄山は明るく気取ったところがない性格で、民とも気さくに交わると聞く。本拠の范陽では、民から人気があると。だから、父子の契りを交わしたいと安禄山の元に人が集まるのだろう。しかし、息子の慶緒については、よい噂は聞かぬ」

「私が気になるのは、なぜ安禄山の後継とまで目されている安慶緒が、わざわざ平原に来たのか。手下を派遣して通牒すれば済むのに。それに、安禄山が謀反を起こすとしたら、目指すのは長安。長安までの経路から、平原は外れる」

「平原が叛乱に備えていたことに勘づいたのか――安慶緒、真に恐ろしかったな。今、思い出しても足がすくむ」

「でも、季明は堂々と言い返していたでしょう」

季明が、少し気恥ずかしそうにうそぶいた。

「采春が刀で立ち向かったのに、おのれは動けなかったとなれば一生の恥だ。臆病を見せれば、采春に見放される」

言い終えると、咳払いをした。采春は厩に足を向けた。

「もう行かなくてはね。冬の夕暮れは短いから」

ところが、季明は緊張した面持ちで、岩の上に置いた包みを取り上げた。

「采春、あのな。笑わないでほしいのだが。明日、渡そうと思っていた物だ。受け取ってもらえるだろうか」

まるで壊れ物でも扱うように、包みを開いた。仕立てたばかりのような真新しい革靴があらわになる。

「これを、私に?」

「気が早いと思うかもしれぬが」

古来、婚姻の際に、新郎は新婦に靴を贈る。嫁ぎ先での最初の一歩を踏むときに履くものだが、ふつうは刺繡の入った絹の履物を贈るはずだ。

目をしばたかせながら靴を受け取ると、季明が取り繕うように言った。

「やはり、腕輪や簪のほうがよかっただろうか」

首を大きく横に振った。腕輪や簪も嫌いではないが、やはり靴のほうが嬉しい。以前からの気がかりが、口を突いて出た。

「私が顔家に入ったら、季明は恥をかいたりしないだろうか。何と言ったらよいのだろう。母上がおっしゃるには、私は婦道から大きく外れている」

婦道では、貞節と従順のみが女の志だとされている。

「采春は、婦道とやらから外れた自分を恥ずかしいと思うか」

「自分が非難されるのは気にならない。でも、私が側にいるせいで季明に不利なことがあっては困る」

「采春には少しもおかしなところはない。乱世になれば采春のような女の強さは賞賛される。世の在り方によって、何を正しいとし、何をおかしいとするかが決まるからだ。でも、世相が変わっても采春は何も変わらぬ。世間の目に振り回されることはない」

忿然とした顔で、話を続ける。

「だいたい、人が力を付けんとする志を悪しとする今の世の風潮が誤っているのだ。権を持つ者は、民が力を持ち、強くなるのを恐れている。だが、知力や武力をつける機会を奪われた民は、幸せだろうか。上層の一部の者が安堵するだけで、間違いなく国は衰える――。すまぬ。話が逸れてしまった」

季明の目が革靴に向き、それから采春の顔を捉えた。

「安禄山が生もうとしている嫌な流れを変える。心から笑って夫婦となる日が迎えられるように。そのためなら、私はなんでもする」

季明の覚悟に采春は息をのんだ。と同時に、明日の結納は行われないのだという実感が湧いてくる。すぐ側にある岩に腰掛けて、履いていた古い革靴を脱ぎ捨てた。襪（足袋）に包まれた足が、淡い夕照に染まった。

「その靴を私に履かせて。もし、季明が構わなければ」

唐突な采春の申し出に、季明は混乱した様子でどもる。

「それは、どういう。えっ」

座ったまま、爪先を季明に向けた。

「婚儀が終わったら、季明が履かせてくれるのでしょう」

母が見たら、他人前で足をさらすなど、はしたないと采春をたしなめただろう。だが、ここに母はいない。季明がしどろもどろになって、額の汗をぬぐった。

「靴、この靴な。もちろんだ。采春の足に合うといいのだが」

季明の動きがぎこちない。顔が赤いのは夕映えのせいだけではないだろう。寒空の下で、顔に大汗をかいている。

「もっと、強くつかんで大丈夫だから」

何とか両方の靴を履かせ終え、季明は一大難事業を成し遂げたかのように深く呼吸した。采春は飛び跳ねて見せた。

「ぴったりだ。とても動きやすい。これなら地を走っても、馬に乗っても長持ちする」

「それは良かった。使ううちに、もっと馴染むだろう」

「母上にも見せよう。きっと、お喜びになる」

裏庭を囲う植え込みに、人の気配を感じた。

「誰だ！」

采春に咎められ、茂みから姿を現したのは張永だった。季明が目を剝いた。

「大兄、いつからいたのだ」

気まずさをごまかすかのように、張永は季明の背を叩く。

「別に、覗いていたわけではないぞ。厩まで話しながら行こう。早くしないと日が暮れてしまう。それから、これを持って行け。馬が疲れぬように世話を怠るな」

早口で言うと、季明に馬の爪研ぎを渡した。厩へうながしながら、小声で季明に耳打ちをしている。張永のほうが季明よりも、頭ひとつ分上背がある。肩も背も逞しい張永と、細身の季明では、体つきも違う。なのに、ふたりの後ろ姿が、本物の兄弟のそれに見える。背後から、ふたりに問いかけた。

「ずいぶんと、仲がいいこと。いったい何の話をしているの」

張永と季明が同時に振り向く。「何でもない」と、ふたりの声が揃った。

三人が厩に着くと、常山顔家の親族たちが支度を済ませて待っていた。

「お、何だ。出立前にふたりきりにしてやったのに。兄同伴か」

采春は張永とともに、一同に頭を下げる。

「せっかく来ていただいたのに、申し訳ありません。祝いの馳走も出しそびれました」

張永の詫びに、親族のひとりが豪快に笑った。

「張家が謝る必要などあるまい。なあに、楽しみが先に延びただけだ。それに、平原にいたおかげで、常山との連絡が早くつく」

顔家の者たちの頭は、既に異変への対応に向けて動いているのだろう。さすが勤皇の一族といわれるだけのことはある。騎乗を終えた皆に向かって、采春は拱手の礼を取った。

「皆様、どうかご無事で。常山の御家族にもよろしくお伝えください」

常山は、范陽から長安へ向かう経路の途中にある。挙兵が現実のものとなれば、平原よりもずっと戦禍に近い。

季明は思い出したように、張永と采春を見た。

「全てが片付いたら、今日見に行くはずだった叔父上の書の碑を、三人で見に行こう。約束だ」

本当であれば、明日の結納で顔家と張家の結びつきが正式なものとなるはずだった。季明は、せめて口約束で三人を繋ごうとしているのかもしれない。

采春は陽に照った顔をあおぐ。

「分かった。それまで、お互い無事で」

顔家の門前で、季明たちを見送る。異変を感じて、張永と季明を追いかけたのが、同じ日の出来事とは思えない。長い一日になった。

夕日に向かって出立した顔家一行の姿が、見えなくなる。晩霞（ばんか）に包まれ、采春は足元が仄（ほの）かに温かく感じた。

第二章　永字八法

一

平原に、雪が積もった。

この冬二度目の雪だ。まだ先の降雪が融けきらぬうちに降った。三郎が後ろ脚で掻いた雪が、張永の顔にはねる。

「はしゃぎすぎると転ぶぞ、三郎。お前は本当に雪が好きだな」

厩舎の前の広場で、三郎を遊ばせておく。隣の作業小屋に近づくと、采春が勢いよく戸口から顔を出した。

「叛乱軍は鎮圧できたの」

「そう急かすな。寒いから、中に入れてくれ」

問い詰めてくる采春をなだめて、小屋へ入る。赤々と灯る火鉢の周囲には、研がれた棒や道具が転がっている。弓の弦を張っていたらしい。今は一本でも多く武器を備えておく必要があった。

安慶緒が平原を急襲した五日後の十一月九日、安禄山が本拠の范陽で挙兵した。陣触れとして、安禄山は「奸臣楊国忠を討て」と宣言したという。皇帝を名指しするのはためらわれたのか、あくまで皇帝を唆した宰相の楊国忠を倒すのが目的と示したらしい。

顔真卿から叛乱が起こると聞かされても、まだどこか信じ切れずにいた。いくら宰相と対立しているとはいえ、寵臣である安禄山が皇帝に弓を引くとは思えなかったからだ。挙兵を見越して動いていた顔真卿はやはり常人ではない。

「只事ではないでしょう。こんなに急な参集なんて」

安慶緒の襲撃を受けて以来、顔真卿は叛乱軍に抵抗するための兵を募った。元々、平原には、張永や韋恬らの率いる三千の郡兵がいたが、新たに一万の兵が集まった。顔真卿はこの一万を五つの部隊に分け、それぞれに将を置いた。

平原は、叛乱軍との戦に備えて演習を重ねている。今日は、第一、第二大隊以外の部隊が遠方へ出ており、その帰りを待たずに文武官の緊急の参集があった。

采春には、何から話せばよいか。どう話しても、憤慨するだろう。

「今日は何日だったかな。十二月の十六日か」

「違う。今日は十八日。それより叛乱軍の侵攻状況は」

「とすると、安禄山の挙兵から一月強しか経っておらぬのか」

「だから、何が起きたの。端的に言って」

回りくどい話は、采春に向いていない。事実のまま、伝えた。

「五日前に、洛陽が落ちたらしい」

小屋の中央で、火鉢の中の炭が崩れる。采春の顔が赤くなった。

「抵抗した郡はひとつもなかったのか」

安禄山は、父子軍八千騎を含む蕃漢合わせて十五万の大軍をもって、怒濤の勢いで南下した。小麦の穂が風になびくように、河北の諸郡は次々と白旗を挙げ降伏していったという。たった一月で、叛乱軍は河北を横断して河水（黄河）を渡った。

その勢いのまま、洛陽までが賊の手に落ちた。これは尋常のことではない。洛陽は長安、太原と合わせて唐の三府に当たる。長安に次ぐ準都の洛陽の陥落は、国の根幹を揺るがすことになる。

「辺境ならともかく、唐国の民は長く大軍を目にしておらぬ。なかには常山や平原のように、従順を装っている郡もあるだろう」

叛乱軍の侵攻路にある常山郡では、大軍を前に抵抗もできなかったという。だが、常山と平原の太守は連絡を取り合い、反撃の機を見計らっている。この連絡の任には、季明が当たっている。

「しかし、河水以南の各郡は抵抗を見せたと聞く。どうもな、叛乱軍は河水を渡って以降、暴徒と化したようだ」

酷寒に凍る河水を渡った叛乱軍は、南方へと通じる運河の要衝地である陳留郡を攻めた。挙兵当初、叛乱軍は降伏した各郡に礼節を持って接していたが、なぜか陳留で大虐殺を行った。続けて攻略した滎陽などでも残虐非道の限りを尽くしたとの報告だった。

「つまり、抵抗しても唐軍が負けたと。諸郡の軍備が手薄でも、唐には辺境に配備した節度使がいるはず。朝廷はいったい何をしているのか」

「朝廷とて手をこまねいていたわけではない。皇帝陛下は安禄山の挙兵後すぐに、将軍を洛陽の守備に向かわせている」

「でも、結局、洛陽は落ちた。ほかに有能な将軍はいないのか」

「洛陽に置かれた守将とて並の武将ではない。ただ、叛乱軍を甘く見ていたのかもしれない」

　叛乱軍は洛陽でも民を嬲り殺しにし、洛陽城内外の積雪が民の血で赤く染まったという。

　郡庁で洛陽の惨劇を耳にしたとき、張永の頭に安慶緒の冷たい表情が浮かんだ。采春が、つんとした顔で反発する。

「洛陽が落ちても、唐には潼関がある。天然の要塞だと以前、季明から聞いた」

「平時であれば、潼関は破れぬ。だが、今は何が起こるか分からぬ」

　言葉を濁した張永の顔を、采春が覗き込む。

「何か不安でも。唐には安禄山よりも、有能な武将が何人もいるでしょう」

「その有能な武将を皇帝は処刑したらしい。高将軍は知っているだろう」

「まさかあの名将を殺したのか。なにゆえだ」

采春が絶句するのも当然で、高仙芝はその美貌と実績で知られ、民の圧倒的な人気を誇る。殺せば当然兵の士気に関わる。その上、叛乱軍には騎馬戦に慣れた兵が多く、辺境で何度も遊牧民と戦った高将軍は今の唐軍に不可欠なはずだった。

「詳しくは分からぬ。陛下とて、高将軍を評価なさっていたはずだ。だからこそ、討伐軍の将に任じられた」

だが、叛乱軍の猛進に、押されたのだろう。長安と洛陽のほぼ中間にある陝郡で叛乱軍に備えていたものの、潼関まで退いた。

「高将軍も、敵の戦力を見誤ったのだろうか。それでも、あの高将軍を処刑するとは腑に落ちぬ」

退却の際、高仙芝が陝郡の官庫を焼いたとの報告も聞いた。官庫焼却が皇帝の意に添わなかったのかもしれない。

「では今、潼関はどの将軍が守っている。高将軍以上の将となると限られる」

「まだ詳しい報告は入っておらぬ。平原ではどうしても、報せが遅くなる」

唐が後手後手になっているのが、地方にいる張永にも分かる。繁栄を誇る大唐が滅ぶとは思えぬが、叛乱の収束も見える気がしない。ただ、未曾有の事態が起きていると分かっていても、張永にはなす術もない。

——おれは変わらぬな。

豪雨に見舞われたときも、どれだけ必死に駆け巡っても被害を止めることはできなかった。その後もいわれのない非難を甘んじて受けるのみだった。戦禍にみまわれた今も、押し寄せてくる濁流に翻弄される木片のようにおのれを感じる。

ちらりと、采春の足元を見る。履いている靴は、季明から贈られた物ではない。

「季明もしばらく姿を現さぬな。常山の状況も緊迫しているのだろうか」

季明は十日に一度の頻度で平原に来た。しかし、連絡を終えると、張家に顔を見せることもなく、すぐに常山へ戻っていく。低い声で采春が言った。

「常山は叛乱軍の侵攻路上にある。平原でのんびりしている暇は季明にはないよ」

本来であれば今頃三人で小豆粥を食い、新年を祝っていたはずだ。あったはずのもうひとつの未来を思い、胸が苦しくなる。

采春が急に弓を取って立ち上がった。

間を置かず、馬の嘶き（いなな）が聞こえる。戸口に現れたのは第一大隊の伝令だ。呼吸が乱れ、白い息を振り撒いている。

「張隊長！　太守からの命です。第一大隊は、直ちに城門へ向かえと」

「何事だ」

「城門前に、父子軍が現れました」

張永も急ぎ弓矢を腰に下げる。

「相手は何騎だ。攻めてくる気か」

「およそ千騎です。今すぐ攻撃を仕掛けてくる様子はありません」

千騎であれば、単に通牒に来たのか。通牒だとしても、今、城内には第一、第二大隊しかいない。

「とうとうこの平原にも賊軍が現れたのだな」

低い声で呟き、采春が緩めていた革靴の紐を締め上げている。

「待て、采春。まずは兵を集めねば」

張永が言い終えるよりも早く、采春は小屋を飛び出した。引き留めるのは諦め、伝令に命じる。

「怪我で動けぬ者を除き、厩舎前に皆を至急集めよ。それから、城門へ向かう」

第一大隊は、安慶緒の襲撃でほとんどの兵が傷痍を負っている。寡兵で臨むしかない。

二

張永が城門に駆け付けると、既に、顔真卿ら郡の要人の元に、第二大隊の約五百の兵が揃っていた。

「第一大隊は、女ひとりだと思っていたぞ」

嘲笑を浮かべている第二大隊の兵らに、采春が冷ややかな視線を向けている。

唐の軍制の基本は、丁男（成人男子）を徴兵する府兵制だ。だが、唐が領土を拡大する一方で、府兵の義務を負うのは長安を中心とした関中地域などに限られている。府兵だけでは、国境付近の防備が成り立たなくなり、辺境地域に軍鎮が置かれ、それを統制する節度使の職が設けられた。

内陸の地方の郡では、府兵の衰退とともに、自衛の郡兵が防備の主力になっている。郡兵は、府兵された官兵とは異なるが、農民が自発的に武装する純粋な民兵とも異なり、国の兵籍に入る。しかし、郡兵の長には、ある程度の裁量が許されている。兵籍に入らぬ采春が、第一大隊と行動をともにできるのも、張永が大隊長だからだ。

「戦力にならぬ者は、帰したほうがいいのでは」

駆け寄ってきた采春が不安げな表情で兵らを見やった。集まった第一大隊の兵数は百にも満たない上に、まだ怪我が十分に治っていない者もいる。

「平原のために戦いたいと言って聞かぬ。無理はせぬと約した者だけ連れてきた」

顔真卿が、張永と韋恬を側に呼ぶ。

「ふたりともすまぬ。父子軍の将が現れた。下馬してすみやかに太守の元へ参じた。示威のために、各郡を回っているようだ。機が悪く、演習で城外に出ているほかの部隊が戻って来ぬ。第一、第二大隊の護衛のもと、応じることとした」

「はっ」

張永と韋恬は、同時に応える。張永は城門の向こうの空をにらんだ。

「顔太守は城内でお待ちください。我らが話を聞いてまいります」

「いや、私が出る」

確固たる声に、張永は面食らう。太守が直々に千騎の前へ出向くと言っている。その顔は文官とは思えぬ気骨に満ちていた。

これがこの太守の性分なのだ。説得は難しそうだった。

張永は速やかに、麾下の兵に配列を命じる。先鋒に第一大隊が付き、太守の側に第二大隊が付いた。

静かな白銀世界に、雪の中を進む足音が響く。先鋒が止まったのに合わせ、順次、騎兵が手綱を引き、歩兵も足を止めた。

雪原の中で、平原軍と叛乱軍が対峙した。両者の間に台があり、血で汚れた包みが三つ置かれている。敵将が、声を張り上げた。

「安大将は、十三日に洛陽に入城された。各郡は安大将に従ったのに、平原郡はその命に違背した」

安禄山から、平原に河水沿いの防備の命が下っていた。しかし、顔真卿は郡兵を送るそぶりを見せただけで応じなかったのだ。

「安大将からの通告だ。平原は命に従え。さもなくば、洛陽と同じ災厄を被る羽目になる」

敵将は、麾下の兵に包みを開かせる。案の定、首だった。ひとつずつ指さして説明する。

「洛陽留守（りゅうしゅ）の李憕（りちょう）、御史中丞の盧奕（ろえき）、採訪判官の蔣清（しょうせい）の首級だ。反抗するならば、お前たちの末路も同じと思え」

洛陽で最後まで降参せずに、抵抗した三名だ。張永の隣で、采春が怒りをあらわに敵をにらんでいる。

「烈士の首を晒（さら）して回っているとは許せぬ」

采春のように憤る者がいる一方で、うつむく者がいる。むしろ、抵抗した者たちの無残な首を目の当たりにして、顔を青くしている者が多数だ。倒れた椀の水のように、平原の隊に不安が伝わった。

父子軍は、血をもって平原を黙らせようとしている。

ここで従順を装うのも手かもしれない。しかし、剛直そのものの顔真卿が卑劣な者どもに頭を下げる姿を見るのは耐え難かった。抗えと、本能が告げている。ただ、圧倒的に兵数で劣るなかでどうすればよいのか。張永は自問する。

もし、この場に季明がいたとしたら――。

敵将の顔を見据えた。思い切り笑い声をあげ、隊の後ろまで聞こえるような大声で言い立ててやった。

「賊軍の戦状は、あまり思わしくないようだ。よほど焦っているのか。仰々しく呼び出して偽首を出してくるとは。ですな、顔太守」

張永の言動の意図を察したのか、太守は前に進み、調子を合わせた。

「わざわざ呼び出して何の駆け引きかと思えば、下らぬ芝居を見せられるとは」

ふたりの言葉を聞いて、敵将は唾を飛ばして反駁(はんばく)する。

「偽首などではない。我らが捕えて血祭りに上げた。洛陽の要人の首に間違いない」

「どれどれ、では、その首級とやらを拝見しよう」

愕然(がくぜん)と見つめるだけの周囲に構わず、張永は下馬して台に近づく。太守も、張永にならった。

「顔太守、いかがでしょうか」

顔真卿は、面相の崩れた首をまじまじと見る。

「私は名の上がった三名をよく知っている。これは偽首だ！」

精一杯の演技に見えた。顔真卿は機知に富むとは言い難い。張永も芝居を打つのは不(ふ)得手(えて)で、不器用なふたりが慣れない立ち回りをしている。

だが、相手は挑発に乗って来た。敵将も下馬して、台の元に駆け寄ってくる。麾下の兵もその後に続いた。

「言い掛かりだ！　これらは、確かに我らが討ち取った首」

なるべく横柄に見えるように虚勢を張り、張永はさらに声を張り上げた。

「いったいどのように手に入れた首級か。もしや身内の首では。このような小細工に付き合う必要はありますまい。顔太守、御命令を」

「陛下に背く賊どもを捕えよ。抵抗するならば、斬れ」

「顔太守は、城までお下がりください」

すかさず張永は腰から一閃を放つ。刃先が、敵将の鼻頭を割く。返す刀で喉を突いた。敵将が倒れ、血で雪が染まった。

成し遂げた安堵で、斬りつけてくる敵兵に気づくのが遅れる。その喉に矢が刺さる。采春が放ったものだ。馬で駆けだした采春を見て、皆が思い出したように動きだす。

その背後で、郡兵が要人たちを城内に避難させる光景が見えた。

すぐに、雪原は人馬乱れる戦場になった。張永は三郎を呼び寄せ、その背に乗る。采春が敵陣に飛び込んでいく姿が見えた。襲ってくる敵の矢や刀を、抜きざま刀で振り払う。その横から、長刀の刃が迫る。采春は、わずかに身体を反らし、避けた長刀の柄を左手でつかんだ。右腕の肘で柄を打ち上げると、つられた敵兵が落馬する。奪った長刀で、詰め寄った三騎を振り払う。

皆が雪に足を取られて思うように動けずにいるなかで、明らかに采春の周囲だけ様子が違う。平原優勢の流れを作っているのは、間違いなく采春だ。

足を滑らせた味方の兵に、敵兵が迫っているのが見えた。張永は長刀を持ち替え、矢を番える。放たれた矢は敵兵に命中して事なきを得る。

見とがめた采春が舌打ちして、兵に怒鳴りつけた。

「まともに動けぬ者は退却せよ！　無駄死にする気か！」

その勢いに敵の兵まで気圧されている。思わず苦笑した。

四刻（約一時間）もせぬ間に、平原の軍は敵の千騎を蹴散らした。抵抗する敵兵がいなくなったのを確かめ、采春の元へ駆け寄った。

「采春、見事な働きだった。お前がためらわずに敵に飛び込んでくれたおかげで、皆が動けた」

ところが采春は、なぜか戸惑ったような顔を張永に向けた。

「永兄こそ、あんなことを言い出すとは意外だった」

「季明の真似をしてみただけだ。あいつのようにはうまくできぬが」

周囲では、まだ息のある敵兵を平原の兵が捕えている。城内に戻っていた顔真卿が、再び外に現れた。

「張永、良くやったぞ。よくぞ賊を蹴散らしてくれた」

「城外に出られては、まだ危険です」

慌てて城内へうながす張永に、太守は破顔する。

「平原の抵抗はこれで明らかになった。気を引き締めねばならぬが、今日は労い(ねぎら)の場が必要だな」

厳格な顔真卿が、珍しく浮かれている。張永は背に貼りつくような気配を感じて、振り返る。敵兵を捕えている郡兵たちの中で、韋恬が張永を見ていた。雪のせいか顔が蒼白だ。

目が合ったとたん、韋恬は顔を背けた。

三

采春は自宅へ戻り、母の元へ駆けつけた。

「母上、報告がございます。とうとう平原に父子軍が現れました。ですが、御安心ください。永兄が見事敵将を討ったのです」

血で汚れた采春の姿を見て、母は昏倒しそうになった。

「あなたという人は。あれほど言いつけておいたのに」

「今、第一大隊は負傷した者が多く、皆、思うように動けませぬ。私は少しでも永兄の負担を減らしたいのです」

まだ胸の鼓動が収まらなかった。ためらわずに敵将を斬った張永に、采春は当惑している。張永があのように大胆な行動に出るとは思わなかったのだ。

本来、張永は大人しい男で、季明以上に争いを好まない。笑うと目が優しく、内面も繊細だ。ただ、面倒見がよく、逞しい男の体軀を持っているから頼られる。頼られるから応えようとする。

——永兄、そのように抱え込むな。

昔からずっと思っていた。采春が苦難を分かとうとしても、張永はやんわりと拒否する。だから、おのれから近づいていくしかない。

賊兵を蹴散らした後も、張永は負傷兵の収容と手当ての指示を出していた。どれだけくたびれていても、采春や兵への気配りを忘れない。周囲に気を遣うばかりで、いつか倒れるのではと不安になる。

「だからといって、なぜ、あなたが武器を持って戦わねばならぬのです」

母は大人しくしているようにと繰り返し説いてくる。采春は張永だけに重荷を負わせたくないだけだ。どう伝えたら、母に分かってもらえるだろう。

「なぜ、私が戦ってはならぬのでしょう。いい加減な噂を流す者がいるからですか。私が鬼神にかどわかされて、暗殺術を仕込まれたなど。くだらない噂を信じるほうがおかしいのです。第一、志護(しご)和尚は鬼神どころか、とても人間臭い方でした」

三年前の豪雨の後に、志護という僧が、平原にふらりと姿を現した。

なぜか、志護は采春を気に入り、手元において武術を授けたいと母に願い出た。志護が、皇帝の庇護を受ける寺の僧だと分かると、母は武術の修業についてはしぶしぶ承諾した。ただ、采春を平原から出すのは許さなかった。

話し合いの結果、志護が平原に滞在した一月の間だけ、武術稽古をつけてもらった。

志護の教えは、女の身体の特性を押さえていた。女の身では筋力が足りない。その中で、どう身体を使えばいいのかを教わった。特性に応じた鍛え方や戦い方を知っている師に出会えたのは、采春にとって幸運だった。

しかし、見違えるように腕を上げた采春を、平原の人は気味悪がった。母は、忌々しい過去を思い出したかのように、唇を噛んだ。

「あの生臭い和尚は、本当に余計なことをしてくれました。あなたも教わるなら、厨芸や裁縫の師に付けば良かったのに」

「母上とて、武術の稽古をお許しになったではありませぬか」

「許さねば、あなたは平原を出て行ったでしょう。やむを得ず認めただけです」

母が采春をにらむ。その目に、嫉妬の色を見た。

——また、怖い貌をなさっている。

これまでも、母は采春に対して、敵意に近い妬心を向けることがあった。その度に、采春は悩んだ。采春が父の愛情を独占したとでも思っているのか。確かに、父は采春を溺愛した。だがもしかして、とある考えに思い至る。

——母上は御自身の生き方に不満をお持ちなのか。

胸の内の声が、思わず漏れた。

「私が好きに振る舞うのを羨ましくお思いでしょうか」

すると、母は立ち上がった。

「母に向かって何という言い草です」

そのとき、ちょうど外から騒がしい物音が聞こえた。

「来客のようです。様子を見て参ります」

　采春はこれ幸いと、門に向かう。雪に染まった庭を進むと、焼いた肉の匂いや点心の香りが、門から漂ってくる。第一大隊の兵やその家族が、酒や料理など祝いの品を持って訪ねてきたのだ。

「張の母様、永どのが大活躍だ！　郡庁から褒美が出るに違いない」

　来客は、口々に張永の活躍を称えた。来客の対応に追われる母の隙を見て、采春は自室に入る。

　歳を重ねるごとに、同性と話すのが面倒になってきた。同じ年頃の娘で、親しい友もいない。母も同様で、どうにも話が合わない。

　着替えを済ませると、今度は厩のほうが騒がしい。外に出ると、張永が帰宅したところだった。宴席を勧める兵たちに、申し訳なさそうな顔を向けていた。

「すまぬが、酒も食事も後にする。すぐに郡庁に戻らなくてはならぬのでな」

　采春を目にすると、側に呼んだ。

「顔太守がお呼びだ。お前も同席するようにとのお達しだ。すぐに出るぞ」

「なぜ私を。話なら後で永兄から聞けばいいのに」

「分からぬ。顔太守は、此度のお前の働きに驚いておられたゆえ、何か特別な御命令があるのやもしれぬ」

　采春は母に断りを入れねばと、家屋に足を向けかけた。しかし、あの調子では手間取るかもしれない。そのまま張永と家を出た。

四

張永は、積雪で足元が悪いなかを馬で駆けた。

鼠色をした雲が重く空に広がり、見通しも悪い。

采春も呼ぶとは、季明に関わることだろうか。不安を胸に抱えながら、三郎を走らせた。

郡庁に着いて通されたのは、火鉢で暖められた太守の執務室だ。既に韋恬がおり、室内の緩やかな雰囲気に面食らう。悪い話ではなさそうだった。

「ふたりとも疲れているところ、よく来てくれたな。こちらに来なさい」

采春とともに側に控えると、顔真卿は立ったまま筆を執った。墨を含んだ筆鋒が、紙に触れる。無地の世界に天地が生まれた。

「最初の点は、変化の基礎をなす『側』だ。次の横画が『勒』、続いて縦画の『努』」

筆先から、白と黒の陰陽が生じ、それぞれの力が張り合い、空間を作り上げていく。

「これが、はねの『趯』。それから、むち打つ『策』、梳る『掠』に、啄む『啄』。最後は、うねりの『磔』だ」

書きあがった堂々たる一字は、《永》。顔真卿が披露したのは永字八法だった。この一字の法を身に着ければ、あらゆる文字が書けると古からいわれている。

「おれの名ですか」

張永は煩わしさから、字を持たない。相手が誰であろうと、《永》の名で呼ばれる明快さを好む。

「今、お前の話を韋恬としていた。それで季明がお前の名が良いと言っていたのを思い出してな。確かに良い名だ。明明の極みといえる。字は人なり、一字はおのれなりだ」

書は手習い程度しか嗜んでおらず、その神髄は良く分からない。それでも、この字がほかと違うのは分かる。目の前の一字には、一目で顔真卿の筆跡だと分かる骨太な個性があり、身体の芯に迫るような力がある。ふと顔真卿の書の碑を見に行こうと季明と約束した場面が頭をよぎった。約束を果たすのは、いつになるだろうか。

筆を置き、太守は三人の顔を見た。

「今日、平原は安禄山に対する叛逆の意思を世に示した。賊軍に対抗する旨の通達も各地に撒いたゆえ、これまで水面下で連絡を取っていた各郡が反安禄山の下に動き出すことになる」

厳格な声で宣言するように告げられ、張永はおののいた。

「もしや、おれは考えなしに軽挙を」

「来るべくしてその時がきたのだと私は思う。いや、お前がその機を作ってくれた」

張永はただ、烈士の首を晒して脅しをかける卑劣な者たちに、顔真卿が従う姿をみたくなかっただけだ。そのために、季明の真似を試みた。呆然とする張永を見て、太守は采春と韋恬に目くばせをする。

「どうやら自覚がないらしい」

強面の太守は目を細めた。

「これまでは屈辱に耐え、賊軍の横暴を許してきた。だが、今日小さいながらも一勝を得た。平原から反撃が始まる。お前が震源となったのだ、張永」

突き付けるように言われ、足が震える。どれだけもがいても、濁流に流されるだけの小さな存在だと思っていた。その自分が大乱の潮目を変える端緒（たんしょ）になったのだと顔真卿は言っている。

「張永が作った流れを大きくせねばならぬ。ついては、第一大隊と第二大隊は、常山へ援兵に向かってほしい」

「常山……ですか」

話が大きく、張永はまだ事態が呑み込めない。

「今、常山郡は、洛陽にいる安禄山の本隊と范陽の本拠を遮断しようとしている」

「今日勝てたからといって、次も叛乱軍に勝てるとは限りません。時期尚早では」

身構えた姿勢で韋恬が意見する。顔真卿は机上に地図を広げ、一同を見た。

「韋恬の言い分はもっともだ。しかし、常山郡には、叛乱軍に対する切り札がある。土門（どもん）だ」

顔真卿が指さしたのは、常山郡の西の太行（たいこう）山脈だった。南北に聳（そび）え立つ険しい山脈であり、この山脈を越える要所となる通路を土門路と呼ぶ。顔真卿の指が、太行山脈からさらに西へ動いた。

「太行山脈を越えた西には、唐の三府のひとつ太原(たいげん)がある。太原を落とせば、叛乱軍は西方から本拠の范陽を脅かされる憂慮がなくなり、加えて北から潼関(どうかん)を狙える」

叛乱軍が長安を落とすには、天然の要塞である潼関の攻略が必須なのだ。

「叛乱軍は、まだ太原に手を付けておらぬのですね」

確かめる張永に、顔真卿は頷いた。

「これから狙うのだろう。その証左に、安禄山は麾下の李欽湊(りきんそう)を土門に配置している。常山からの報告によると、騎歩兵七千が配備されているそうだ」

「お待ちください。土門は敵将に押さえられているのに、切り札といえましょうか」

韋恬から疑問の声が上がったが、顔真卿は余裕のある笑みを見せた。

「常山は土門の補給地だ。安禄山にとって、常山は叛乱の成否を左右する要(かなめ)の地。これまで常山は、叛乱軍に偽りの従順を見せてきたが、私と杲卿(こうけい)は今が反撃のときと判断した。実は、昨日、常山からの使者が報告を済ませて帰ったばかりでな。安禄山が武将を范陽に遣わして募兵するとの報が入った。杲卿はこの募兵の話を利用して、土門にいる李欽湊を騙(だま)そうとしている」

顔真卿の話のとおりであれば、土門を奪うことは不可能ではないように思える。さすれば一気に叛乱軍の勢いを削ぐことができる。

それまで黙り込んでいた采春が口を挟んだ。

「第一大隊は負傷した者が多く、そもそも歩兵が中心です。騎兵だけでも先に到着したほうがよいのであれば、歩兵と分けて常山に向かいますが」

口を出した采春を叱責もせず、顔真卿は穏やかな眼差しで返した。

「第一大隊は、張永と張采春だけで構わぬ。まだ傷の癒えぬ兵は、平原で治療に専念するべきだ」

援兵であれば、兄妹ふたりの出立で足りるとは思えない。張永と采春は、顔を見合わせた。

「兵員の数は、あまり必要ないと。第二大隊も大隊長のみでしょうか」

韋恬が、ぼそりと顔真卿に問う。

「いいや。第二大隊の五百のうち百は騎兵だ。全ての騎兵で出立してほしい」

「でしたら、第二大隊だけで十分かと」

上目遣いで、顔真卿に申し出る。張永たちと一緒ではやりにくいと、抗議せんばかりの口調だ。

「実は、李欽湊を騙し討ちするに当たって、季明が周辺の郡へ密かに協力を要請している。ただ、どうも気が張っているようでな。昨日も平原に来なかった」

「それで、おれと采春を遣わすと」

張永の問いに、顔真卿は頷き、顔を引き締めた。

「まず、お前たち三人に望む使命のひとつは、常山への伝達と応援だ」

采春が身を乗り出した。

「常山からの次の連絡を待つのでは遅いとのお考えですね」

「そのとおりだ。今日の異変を常山に伝えたいが、ちょうど使者が帰ってしまった。平原の勝利を聞けば、常山の士気が高まる。この役割は主に、第二大隊に期待したい。もうひとつの使命は、季明を支えること。これは、張兄妹が適任と考える」

「支えるとは、具体的に何をすればよいのでしょう。季明は、体調でも崩しましたか」

案じて問う張永に、顔真卿は首を横に振った。

「季明め、平原に来ても、張家に寄っていかぬであろう。真面（まほ）か、若さゆえの頑（かたく）なさか。周囲には危うく見えるようだ。ゆえに、常山にお前たち兄妹を遣（や）ることにした」

韋恬の洟（はな）を啜る音が、話を遮った。

「平原の守りは、どうなります。平原は叛乱軍に敵対を表明したのです。次は大軍が現れるかもしれない」

「安禄山が目指すのは長安だ。本隊と范陽との経路からも外れる平原に大軍は割けまい。それに、平原の備えであればほかの大隊がいる」

韋恬は低い声で応じた。

「であれば、構いません」

承諾はしたものの、常山への派遣に乗り気ではない様子だ。それとは対照的に采春が明瞭な声で言った。

「私は、単身で常山に乗り込む手も考えていましたので。平原を発てとおっしゃるなら今日にでも」

「頼もしいな。まだ疲れが取れぬのにすまぬ。だが事は一刻を争う。明朝、夜明けとともに出立せよ」

執務室で散会となった。顔真卿が、張永と采春を呼び止める。韋恬が去ったのを確認すると、口を開いた。

「杲卿は、土門の次に范陽を狙う気だ。その頃には、第一大隊も援兵として送れるだろう。そこで一気に賊軍の本拠を叩く。そのつもりでいてほしい」

この太守は本気だ。地方の軍によって、父子軍を絶やすつもりでいる。近隣の各郡が一様に降伏するなか、何も知らぬ者が聞けば、田舎の一太守が世迷い言を言っていると思うだろう。だが、張永には不可能だとは思えない。この偉丈夫の目にはその図が見えているのだ。

――自分などとは、見えているものの大きさが違う。

顔真卿が太守となってから、自分の世界が見違えるほど広がっていくのを感じる。

「御命令とあらば、どこへでも参ります。ただ、郡兵は、平原の民で組織された自警団です。他郡への援兵は不向きかもしれません」

「お前の指摘は正しい。ただ、第一、第二大隊は、他郡のそれとは異なる。私が太守に就任してから、安禄山の謀反に備えて育ててきた」

顔真卿は、張永の思っていたとおりのことを言った。この太守にとって、張永と韋恬の隊は私兵も同然なのだろう。

「おれは、顔太守の御命令とあらば従います。ただ、韋恬が納得していない気がしましたので」

賊軍に対抗することを韋恬は良しとしていない。確固とした主義や主張があるわけではない。おそらく、反賊軍の流れの中心に張永がいるからだろう。

顔真卿は顎鬚を撫で、思案顔になる。

「韋恬の件だが。お前たちが来る前に、わだかまりを解くように話した。第一大隊と第二大隊が合力せねば、事は成らぬと。韋恬も承知してくれた。安心して任に就くように」

「お心遣い感謝いたします。常山にて、御期待に添える働きをして参ります」

隙間風が三人の間を抜けた。机上の紙を押さえようとした采春が、途中でその手を止める。

冷たい風に吹かれながら、《永》の字は堂々たる威容を示していた。

五

張永とともに采春が自宅に戻ると、日暮れが近いというのに、第一大隊の兵らが十人ほど待ち受けていた。

歓待の対応も、常山行きを母に報告する役目も張永に任せ、采春は出立に向けた支度を始めた。

短刀、長刀、匕首（ひしゅ）、弓嚢（きゅうのう）、矢を収める箭箙（せんぷく）（矢筒）、胡服を用意したが、志護和尚が餞別にと置いていった軍装の行縢（むかばき）も出した。なぜ仏僧が、女が着用できる軍装を持っていたのかは分からなかったが、長安では娘の男装や軍装が流行（はや）っているからと、押し付けられた。

「まさか役に立つ日が来るとはね」

別れ際に、平原から出ないかと誘われたことを思い出す。志護は、長安から東に約六十八唐里（約三十㎞）の位置にある驪山（りざん）の寺の和尚で、度々、采春に長安や驪山を見せたいと話していた。

あのときは、采春の身を案じた母の反対にあって、叶わなかった。いや、外に出るだけの自信がなかったのだ。

――でも今は違う。

兄の足手まといにならない程度には力が付いてきた。

堂からは、賑やかな声が絶えまなく聞こえている。明朝は早いというのに、あの兄は律儀に兵の相手をしている。皆が帰宅してからは、さらに三郎の世話をするのだろう。

やはり、張永自身の世話をしてやる者が必要だと采春には思えた。

翌朝起きると、案の定、母は采春を止めた。そこで采春は、殊勝な表情を作って見せた。

「常山の顔家と運命をともにしたいのです。行かせてください」

我ながら健気な言葉に、母は当惑した様子を見せる。ここぞとばかりに、仕舞っておいた靴を取り出す。季明から貰った靴だ。

「いただいた靴を履いて、顔家のひとりとして夫を支えたいのです」

いずれ常山に向かうときが来る。母を説得する際に使おうと、この日まで靴を履かないでおいたのだ。

靴をみたときの母の表情に、采春は虚を突かれたようになった。母は喜ぶものと思っていた。喜んでいることには違いない。ただそれだけではなく、どこか寂しげで複雑な表情に満ちていた。

「くれぐれも粗相のないようにしなさい」

想定外の反応に調子が狂ったが、難関の母の承諾を得られて安堵する。

張永とともに城門に向かうと、第二大隊の姿がない。門番に訊くと、既に出立した後だった。正直な気持ちが口から漏れる。

「顔太守は、剛直で人柄も高潔な方だとは思う。けれど、人を見る目はないのでは。人心を読むのもあまり得手ではない気がする」

韋恬のわだかまりは、説得して解けるものではない。采春の言葉に、張永は朗らかな笑みを見せた。

「置いていかれる事態も、想定はしていた。ふたりで常山へ向かおう」

馬腹を蹴って、同時に駆け出す。刺すように冷たい風が前方から吹き付けてくるが、新しい靴が足首まで包んでくれている。

向かう先の西の空はまだ薄暗い。采春にとって、初めて旅する平原の外だった。

第三章　辟召の契り

一

采春が、常山城門の上の楼を見上げると、警固する複数の兵の姿が見えた。外敵を迎撃する櫓になっているらしい。吏員に通行証を見せて、城門を抜ける。

目の前の光景は、平原城内とあまり変わらない。地の所々に雪が残り、綿入れを着た人たちが行き交っている。城内は壁で囲んだ坊で構成され、それぞれの坊門には門番の姿がある。河北の地方都市など、どこも似通っているのだろう。

采春と張永が再び騎乗すると、中央の大通り沿いに小屋が見えた。待合所か、驢馬や馬の貸し出し所だろう。その柱にもたれていた男がこちらに気づいた様子で、身体を起こす。

「顔家の長兄どのだ。出迎えに待っていてくださったようだ」

名を泉明といい、その顔はやはり季明に似ている。色白の優しげな青年だった。

「采春、その、分かっていると思うが」

そこまで言って張永は口ごもる。失礼のないように、とでも言いたいのだろう。それくらいは采春とてわきまえている。人は最初の印象を後々まで引きずるものだ。服も軍服から無難な胡服に着替えており、旅装としてはさほどおかしくないはずだ。

突如、路上から悲鳴が上がった。街路の先から荒々しい物音を立てながら黒い影が猛進してくる。熊かと見まがう大きな猪だ。山から下りてきたか、捕えてあった小屋から逃げたのかもしれない。路上の樹木や馬車にぶつかっては、我を失ったように暴れている。その進む先に老女の姿が見えた瞬間、采春の足が駆け出していた。

「待て、采春」

張永の声が耳を掠める。だが、立ち止まっては間に合わない。足をすくませている老女の前に飛び込んだ。

黒い影が向かってくる。真正面から力でぶつかってはいけない。突進する流れから少し身体をずらし、抜いた刃を猪の首に添わせる。炎のように赤い血が散った。のたうちまわりながら、猪が荷車に突っ込む。車輪に挟まれ、目や口から血を吹きながらもがいている。その姿を見て、采春はおのれの未熟さを思い知らされる。毛と皮が固く、急所から刀がずれたのだ。師の和尚なら苦しませずに一度で仕留められたはずだった。ごめんね、と心中で手を合わせ、その首に刀を突きたてた。

頬をしたたる血を手の甲でぬぐって払う。振り返ると、周囲がしんと静まり返っている。しまったと思った。泉明が目を丸くして立ち尽くしている。

「この乙女が采春どの？」

張永は目を閉じて、「妹です」と答える。

ところが、好きな玩具を与えられた幼子のように、泉明の顔が輝いていく。

「これはこれは。壮健な娘さんとは聞いていたが。なんと」

非難しているわけではないのは、その光をたたえた瞳で分かった。血に濡れた采春の手を、嫌がらずに握る。

「汚れますから」

采春は泉明の手を押さえ、一歩下がって揖（ゆう）の礼を取った。

「張采春です。初めてお目にかかります」

言い終えるのを待ち構えていたかのように、周囲から歓声と拍手があがる。往来の人々が押し寄せ、顔をぬぐうようにと水や布を差し出してきた。

「あんた、これ食べなさい」

「暴れる猪は、熊も避けるほどだというのに、たいしたもんだ」

いかにも世話焼きといった風の婦人や好々爺（こうこうや）が、采春の顔をぬぐい、胸に餅やら食べ物を押しつけてくる。

人々の反応が平原とまったく違って、采春は大きく戸惑う。故郷では刀を振るうと、妖（あやかし）でも見るような視線を浴びるのだ。

「この娘御は顔家の身内になる人ですからね」

泉明は、誇らしげに言って皆の輪から采春を連れ出す。嬉しそうに目を細めて、張永に語りかけた。

「季明が惹かれるのも分かる。これは特別な娘さんだ」

「そうでしょうか。兄としては、はらはらします」

「これからは我々も気を揉むのだろうな。それもまたよい」

冷や汗をかいている様子の張永に、泉明は白い歯を見せる。しかし、すぐに顔を引き締めた。

「一族で歓迎を。と言いたいところだが、今まさに庁議の最中でな。父から、おふたりを案内するように言われている。着いたばかりで申し訳ないが、顔を出してくれるか」

「では直ちに。しかし采春は――」

張永のしかめた目がこちらに向く。顔は先ほどぬぐってもらったが、采春の胡服は血で汚れたままだ。しかし、泉明は気にするなとでもいうように、張永と采春を馬上へうながす。

「勇ましい戦士が来たと喜ばれよう」

自分も小屋につないでいた馬に乗ると、軽やかに駆けだす。容姿は季明に似ているが、性格はやはり違っている。子どものように穢れのない人だと思った。

采春は張永とともに、義兄になる人の背に続いた。

郡庁に着くと、泉明はすぐに采春たちを政堂に案内した。

「平原の大隊長が揃いましたぞ」

泉明が声を上げると、重々しい面々が一斉にこちらを向いた。口論でもしていたのか、堂内が異様な雰囲気に包まれている。しかし、泉明はその空気にも構わず、張永と采春の背を押した。

「到着するなり、大隊長の妹御が暴れる猪を拳で仕留めましてな。常山の老婦人を助けてくださった。城門前では騒ぎになっておりますよ。ああ、大切な軍議の最中でしたな。どうぞ、続けてくだされ」

ずいぶんと話が大きくなっている。采春の力で、毛の固い猪を拳で仕留められるわけがない。

皆が前を向き、計議が再開する。韋恬（いてん）は最後列に控えていた。張永とともにその隣に並ぶ。皆の正面に控えた泉明と入れ替えに、季明が采春たちのもとへ下りてきた。その口元が歪んでいる。笑いをこらえているらしい。

「その恰好で来たのだな」

「義兄上がこのままでいいって」

「あの兄は純朴に過ぎるというか。そこがよいところなのだが」

季明ではなく、泉明が迎えに来た事情が分かった。あの義兄は良い人ではあるが、謀(はかりごと)には不向きかもしれない。

この場には常山の主だった文武官が揃っているのだろう。采春を盗み見る者がいる。血にまみれた服で現れて、季明に恥をかかせてしまったのではと心配になった。

「あの、ごめんなさい」

小声で謝ると、「いや、助かった」と季明は奇妙なことを言う。

張永と采春のために、季明は小声で説明してくれた。

「正面が常山太守の父だ。前列は、各県の令（長官）や尉(い)。後列は常山の武官に団結兵(だんけつへい)の隊長だ」

団結兵とは、朝廷の命により太守が編成する民兵で、郡兵の一種だ。常山の団結兵は、大規模で知られている。

季明の父の顔杲卿(こうけい)は、平原太守の顔真卿(しんけい)と同じく、長身で武骨な印象を与える文官だった。張永と韋恬を前に呼ぶと、政堂を見回した。

「皆に紹介しよう。私の従兄弟である平原太守が、援兵を寄こしてくれた。韋恬もあらためて皆に挨拶を頼む」

張永は太守と皆に向かって、拱手(きょうしゅ)の礼を取った。

「第一大隊の張永です。平原の顔太守の命により、馳せ参じました。粉骨砕身(ふんこつさいしん)、励みます」

続いて、韋恬が挨拶する。

「第二大隊の韋恬と申します。平原の郡兵は、賊軍の一隊を蹴散らしました。この張永が、賊将を討ち取ったのが端緒(たんしょ)でした。常山では、私も軍功を上げたく思います」

　采春は、首を傾げる。韋恬が張永を持ち上げるなど気味が悪い。何か思惑(おもわく)があるとしか思えなかった。顔杲卿は険(けわ)しい面持ちで、一同をにらんだ。

「常山も負けてはおられぬ。皆も承知のとおり、息子の季明を、土門(どもん)を守備する李欽湊(りきんそう)の元に遣わした。安禄山(あんろくざん)からの命令で、李欽湊のための酒宴を設ける運びになったと偽った。皆、喜んでほしい。李欽湊めは、まんまと偽の伝達を信じた」

　采春は隣にいる季明の顔を見上げた。

「大役を任されていたのね」

「ちょうど、賊将が、募兵のため洛陽(らくよう)から北上したとの報があってな。この将を通じて安禄山の命を賜ったと、謀(たばか)った。疑われた際には、私が人質になるつもりだったのだが。あっさりと信じたので助かった」

　顔杲卿が、ひとりひとりの顔を見定めて、説いている。

「決行は明後日だ。郡を上げて、李欽湊らを歓待する。詳しい手順は、既に打ち合わせたとおりだ。郡庁の宴会場の裏に、郡兵の精鋭部隊を控えさせる。李欽湊を泥酔させて、首を刎(は)ねる。酒宴に列席した賊兵を討ち取るのも、この精鋭部隊の任とする」

　険しい目が張永と韋恬に向けられた。

「李欽湊を討ち取った翌朝に、土門を攻める。平原の隊には、この土門戦の応援をお願いしたい」

となれば、采春もそこに参じることになる。叛乱軍の本拠地と前線を絶つ要の戦だ。

太守は、さらに先の話に触れた。

「土門を奪った後は、范陽を狙う。そのために、近隣の郡に息子らを派遣し、既に協力の密約を取り付けている。事が成っても、気を抜いてはならぬ」

平原の太守と見ているものが同じだと采春は思った。顔一族は叛乱軍を鎮圧するところまで見据えている。目指しているのは、目前の一勝ではない。以前のような穏やかな日々だ。

――決行は明後日。

各隊に役割が振られていく。敵将の李欽湊の首を討ち取る場には、季明も同席するようだった。叛乱軍が優勢を保つなかで、その勢いを変えようと季明は奔走してきた。季明が平原に来ても顔を見せなかったのは、気が緩まぬようにおのれを戒めていたのだろう。

散会し、それぞれの部隊に分かれての計議となる。土門奪回の部隊に加わろうとする采春の袖を、季明が引いた。

「父に紹介したい。来てくれ」

有無を言わせぬ物言いが、季明らしくない。

「皆、集まっているのに。私の紹介は後で構わない」

「すぐに済ませるから、早く」

顔杲卿の前に参じた采春は、膝を折って拝礼しようとした。だが、顔杲卿は采春を立ち上がらせる。その顔に憂(うれ)いがあった。

「危険を顧みず、よく来てくれた。事が成就し落ち着いたらゆっくりと話そう。せめて今日は、我が家で体を休めてほしい」

「義父上(ちちうえ)、お心遣いありがとうございます。ですが、私も兄とともに、明後日に備えたいと存じます」

ところが、顔杲卿は引かない。

「家人には、花嫁どのが来ると連絡してある。顔を見せてやってくれ」

「ですが、戦うために常山に来たのです」

訴える采春を、今度は季明が遮(さえぎ)った。

「それでは、父上。采春を家に送って参ります」

季明は強引に、采春を政堂から連れ出した。申し訳なさそうに弁解する。

「父上は女人が戦場に出ることになじみがない」

「それが道理だ。兵は、男から差点(さてん)される決まりなのだから。しかし、今は非常のときだ」

采春は、目で張永の姿を探す。あの兄が無茶をしないように、なるべく側にいたかった。

「家で、母や義姉が采春を待ちかねている。大兄も後から顔家に来てもらうから」

「私は野宿で構わないのに」

「そんな無体な真似はできぬ。ふたりには、顔家に部屋を用意している。第二大隊は郡庁で寝泊まりしてもらう手筈になっている」

「でも、私は遊びに来たわけではないから」

季明を振り切って、政堂内の張永の元へ戻った。

計議は既に始まっていた。土門奪回の部隊を取り仕切るのは、常山の兵馬使の劉という武人だった。

いわば団結兵の大将で、張永よりも十は年上だろう。恰幅がよく、うねるほどに髭が濃い。政堂の端の机に地図を広げ、張永、韋恬と三人で布陣を話し合っていた。

「劉兵馬使、妹の采春だ。土門に同行させる」

張永の紹介に、髭は面食らった様子だった。「女など足手まといだ」と顔に書いてある。

「張どの、これは国家の命運の懸かった戦だ。遊びではない」

兵馬使の言葉を聞いて、韋恬が采春に「ざまあみろ」とばかりに嘲りの目を向けた。

自分がいれば、余計に張永が侮られることになる。それに、この髭と韋恬が相手では、気持ちよく話を聞けそうになかった。

「永兄、私は先に顔家に伺うことにする。後で、話を聞かせてくれ」

結局、采春は季明とともに政堂を出た。

二

季明は、政堂を出てからずっと、話し続けた。

「非常の時にすまぬ。先に着いた第二大隊から話を聞いてな。采春が来ると、つい家族に口を滑らせてしまった」

「それは構わないけれど、こんな汚れた格好で御家族を驚かせてしまわないだろうか。先ほども私だけ場違いで申し訳ない」

「いいや、あのとき大兄と采春が現れたのは、正直助かった」

「やはり、何かもめ事でも？」

「役割をどうやって担うかでな、つまり手柄の話で空気が悪くなっていた」

季明によると、それぞれの隊が体面にこだわって敵将の李欽湊の首を取る役目を譲らなかったらしい。特にあの髭の兵馬使が引かなかったという。土門の攻略に回されて、さぞかし不服だっただろう。

采春は下唇を噛んだ。

「今は団結して、異変に当たるべきなのに」

「あの嫌な流れを変えなければと思っていた。そこへ大兄と、血まみれの采春が現れた。

あのときの皆の唖然とした顔といったら」

季明は思い出したように笑い出す。

「ゆえに助かった。空気が一新したおかげで、父が役目を割り振ることができた」

采春に向いていた優しい目が陰る。

「難事に当たろうとしているのに、下らぬことよ」

――安禄山が生もうとしている嫌な流れを変える。

安禄山の挙兵前、平原で采春に靴を履かせてくれたときに、季明はそう言っていた。

季明が変えようとしているのはもっと大きな流れ、たくさんの命を踏みにじる禍々しい濁流だ。仲間内で揉めて、大局を見失っている味方の姿がもどかしかったのだろう。

顔家の邸宅は、郡庁のすぐ近くの坊内にあった。門前で、髪を双鬟に結った十歳過ぎくらいの少女が、門番の従僕と話している姿が見えた。

「姪の珠児だ。あいつ、待ちきれぬのだな」

顔家は、礼に厳しいと聞いている。完璧な振る舞いは采春には難しいが、失礼のないようにはしたい。珠児は、采春たちに目を留めると、顔を輝かせた。

「祖母上、母上！　いらっしゃった！」と大声を上げながら、門の中に消えていく。

「ずいぶんと賑やかな子。季明に似て細身なのに」

門に着くと、丸顔の門番が、白い歯を見せて季明の馬の轡を取った。

「お帰りなさいませ。お嬢様の馬も厩に繋いでよろしいでしょうか」

「いや、私が采春を案内するから、お前は門で警固を続けてくれ」

季明は、門のすぐ脇に設置された厩に、采春を案内する。采春は馬を繋ぎ、下ろした荷を肩に掛けた。

家屋に向かおうとすると、ちょうど五人の女衆がこちらへ歩いてくる姿が見えた。四歳くらいの男児も、付いてきている。あっという間に取り囲まれた。

「いらっしゃい。ずっとお待ちしていたのよ」

「素手で猪をやっつけたってほんとう？」

「甘い物はお好きかしら。それとも、お食事がよろしいかしら」

次々と話し掛けられて、目が回りそうになった。采春の服装のことなど、気にした様子もない。

「ほら、寄ってたかって話し掛けるから、采春が困っているでしょう。おどきなさい」

年長の女性が、娘たちを叱りつけた。

「よくいらっしゃいました。私は泉明の妻です。義母上が堂でお待ちです」

家屋に移りながら、季明が采春に女衆を紹介する。

「この子たちは、泉明兄の娘だ。皆、叔父の私を呼び捨てにするお転婆だ。男児は私の弟の誕だ」

ひとりひとりの名前を教えられた。しかし、一度には覚えきれそうにない。

采春の父は胥吏だったので、平原の外への転任はなかった。一方、貢挙によって登用された官人は、告身（辞令）によって、全国へ赴任する。官人が自宅から離れた地方に赴任する場合、通常は単身だ。顔家は、珍しく家族全員が同伴したのだろう。

堂では、季明の母が待っていた。年齢は張家の母より上に見える。ゆったりとした余裕のある佇まいをしている。誕が皆の間をすり抜けた。母の元に駆けつけ、珠児に負けぬ大きな声で告げた。

「母上、義姉上がいらっしゃいましたよ」

季明に似た色白の顔を紅潮させている。

「義母上に礼を。平原から参りました。采春です」

いつもより丁寧に拝礼する。季明の母は、采春の手を取った。采春が立ち上がると、ふくよかな笑みを見せた。

「ささ、挨拶はそれくらいにして。暖かい茶粥はいかが。疲れたでしょう」

ところが、母の側で、珠児が大きく首を振って意見する。

「祖母上、もっと滋養があって、精のつく物を食べてもらわないと。なんてったって、戦場に出るのですからね」

すると、揚餅がいい、いや汁物がと、再び娘たちが言い合いを始める。誕も、負けじと料理の名を挙げていった。泉明の妻が、戸口に立つ季明に向かって微笑んだ。

「季明ったら、何をにやけているの」

季明は照れた様子で、言葉を返した。

「我が家に、采春がいるのだなと。母上たちが、采春と話をしているのがふしぎなのです」

「ちょっと、季明ったら惚気（のろけ）てる！」

「お布団を持ってきて。赤子を授かる作法をしてもらわなくっちゃ」

娘たちは、叔父の季明に言いたい放題だ。天地が引っくり返ったような賑やかさだった。けしかけたのは自分なのに、泉明の妻が娘たちをたしなめた。

「ほら、あなたたち。あまりにうるさいから、采春が驚いているでしょう。少しは静かになさい」

喧騒の中、母が采春に向き直った。

「平原で敵の隊を討ったというあなたの功績を聞きました。その足で、常山へ応援に駆けつけてくれたのね。私たちはあなたとの対面も叶ったし、今日は満足よ。この子たちの相手は疲れるでしょうし、あなたには大事なお役目がある。部屋で少し休みなさい。季明、珠児たちの部屋に案内してあげて」

「義母上、私は疲れておりませんから」

母は首を横に振った。

「休めるときに休んでおきなさい。夜に異変があれば、眠れぬかもしれない。軽い食事も運ばせます。皆も、采春の顔は見たのだから、あまりしつこく付きまとわないように」

さすが太守の妻だ。平原の母とは違った覚悟を感じた。

「それでは、御言葉に甘えて、お食事だけいただきます」

季明の案内で、采春は部屋を移る。寝台の横に荷を下ろした。

「私は休まなくても平気だけど。むしろ寒さで鈍らないように、身体を動かしておきたい」

「少し休んだら、城の内外を確認しておくといい。私は父の手伝いがある。置いていくようですまないが、郡庁に戻る」

「では様子を見て、義母上に断ってから周辺の視察に出る。それから戻れば、永兄と同じ頃に家に着くはず」

采春の言葉に、季明はほっとした顔で頷く。急ぎ足で、部屋を出て行った。

部屋を見回すと、低い箪笥（たんす）の上に着替えの胡服が用意されている。さっそく血で汚れた服を着替えさせてもらった。胡服の帯は、二本の革紐が付き、刀を佩帯（はいたい）できる仕様になっていた。刀を佩（は）こうとしたとき、茶粥を持った珠児が戸口に現れた。

「見た目は普通の娘さんなのねえ」

茶粥の椀を机に置くと、ちゃっかりと椅子に座って、物見高い顔で采春を見ている。と思えば、急に立ち上がって采春の手を取った。

「掌に黒いものが刺さってる！　これ、痛いでしょう？」

「別に痛くはないよ。猪を仕留めた時に刺さった毛だ。猪の毛は硬いから。放っておけば、そのうち取れると思う」

珠児は一瞬目を丸くして、それからげらげらと笑いだした。その屈託のない顔に、采春の肩の力が抜ける。どうやら、柄にもなく緊張していたらしい。

「こんな太い棘が刺さったら、私たちは寝込むくらいの大騒ぎをするのに。あなたは全然、平気なのね」

珠児は再び椅子に座る。部屋から出るつもりはないらしい。

「本当に、季明をお願いね。父親似の頑固者だから苦労するかもしれないけど。今朝もね、あなたを案じて戦場に出すべきではないと言い出した祖父上に、季明は真っ向から意見していた。季明が引かないから、結局、祖父上が折れたの」

政堂での顔杲卿の憂い顔と季明の不自然な行動を思い出した。珠児が、机の上で頬杖をつく。

「でもね、祖父上の気持ちも分かる。今年の正月の卜いで、不吉な結果が出たの。そんな中、安禄山が挙兵したでしょう。皆、心のどこかで何か悪い結末になるかも、って不安に感じている。ただでさえ、季明はふたりの許嫁に死なれているから。祖父上は、余計にあなたの身を案じている」

また立ち上がって、采春の周りを歩く。値踏みするように、采春を見た。

「実際、あなたは想像していたよりもずっと小柄だし。結構、細いのね」

「そうかな。腹周りは厚いと思うけど」

胡服の左襟を開いて見せると、珠児が食いついてきた。

「触ってもいい？　家族になるのだから、身体の確認をしてもいいわよね。……腹周りが固い。鍛えてるのね、すっごく」

采春の返事を待たずに、身体を直に撫で回してくる。胸まで弄(まさぐ)られて、眉を顰(ひそ)めた。

「さすがに乳は柔らかいか。でも、着痩せするのね。胸の筋骨も肩周りもしっかりしてる」

目を丸くしていた珠児が、急に黙り込む。

「来てくれたのがあなたのような人でよかった。きっと、季明を取り巻く不吉な気を払拭(ふっしょく)してくれる」

かしましくしていても、不安があるのだろう。常山の人々は、安禄山の大軍を目にしている。そのときからずっと、明日の命も知れぬ不安に脅かされているのだ。

「大丈夫だ。必ず、土門を破る」

手を握ってやると、珠児の顔からすっと幼さが抜けた。深々と揖の礼を取る。

「本当によろしく頼みますね」

顔を上げたときには、珠児の顔は歳相応の愛くるしい顔に戻っていた。

「長居すると怒られるから、またね」

軽い足取りで、部屋を去っていった。

季明の母に断り、采春は常山城の内外を馬で走った。日暮れ前に顔家に戻ると、既に張永が到着していた。改めて、娘たちがふたりを賑やかに出迎えてくれた。

大事の前ゆえ、大仰なやり取りはしない。顔杲卿と季明も、郡庁に泊まり込みで帰宅しなかった。ただ、季明の母がせめて食事は家にいる皆でとりたいと、采春と張永を誘った。夕餉は、堂に集まって、ともに卓を囲む。泉明の妻と娘たちが、料理を整えていた。

「さあ、たくさん召し上がってね」

「万頭も蒸かしてあるの。いくつ食べる？」

「鶏肉の汁物のほうが、滋養があるんだから。これだけは食べておいたほうがいいわ」

張永はこれまで何度か常山を訪ねているが、娘たちとの対面は初めてらしい。女衆の勢いに圧倒されて、しどろもどろになっている張永の腕を、采春はつついた。

「ほら、御厚意で用意してくださったのだから、全部頂かなくちゃ」

娘たちは、采春にも料理を勧めてくれた。珠児が目を輝かせて、湯気の立つ肉包子を差し出す。

「これ私が作ったのよ。食べてみて」

一口で頬張ると、肉の旨味が溢れた。

「肉汁が口の中に広がって美味しい。珠児はまだ十歳ちょっとでしょう。こんなに美味しい肉包子が作れるとは見事」

采春の褒め言葉に、珠児は満更でもない顔を見せた。その笑顔が歳相応で可愛らしい。

采春も張永も、心尽くしの料理で腹を満たした。

食事を終え、ふたりは女衆に礼を伝えて堂を出た。外はもう暗い。手燭を持つ張永が、顔をほころばせた。

「よい御家族だな」

「私もこんな風に受け入れていただけるとは思ってなかった」

平原にいるときは女人と話が合わなかった。常山に来て、自分が女人の輪のなかにいることにふしぎな感覚を覚えた。

「世界は広いのだな」

「季明は、常山に留まる男ではない。お前にも、一所に拘泥しない気風がある。おれはずっとそう思っていた」

「永兄こそ。本当は平原を出て、外の世を見たいのでしょう」

とんでもないとでもいうように、張永は両手を挙げる。

「おれは、官馬の世話係だぞ。平原を出るだけの才覚もない。世に出るなど考えたこともない」

そう慌てた様子で言い、急に深刻な顔をする。

「お前の人生はこれからなのだ。くれぐれも死ぬなよ」

采春は首を傾げた。張永から、死ぬなどと注意をうながされるのは初めてだ。

「私が死ぬわけがない。どうしたの」

「お前に死なれたら、おれは半身をもがれたに等しい。季明を失っても同じだ」

「それじゃ、私と季明が死んだら、永兄がいなくなってしまう」

「だからだ。季明にも死ぬなよと話した」

また人のことを案じている。戦場に出ない季明よりも、張永のほうがよほど危ない。

ふと、明日、戦場をともにする同郷の男の顔が浮かんだ。

「永兄は、なぜ韋恬に怒らぬ。あいつは、いつか永兄を殺すよ」

「おれには、あの大雨のとき平原の民を避難させられなかった負い目がある」

「避難を進言したけれど、上官に相手にしてもらえなかったのでしょう」

張永は黙って微苦笑するだけだ。

「永兄に咎(とが)はないと季明が明らかにしてくれたのだから、いつまでも気に病むことはないのに」

季明は、あのときの皆の行動を、理路整然と説明してくれた。人は集中すればするほど、当たり前の事実に気付けなくなるのだと。そして、いまだに気づけぬままの者がいる。

「韋恬とは一生掛かっても分かり合えないと思う」

「お互い父を喪(うしな)っている身だ。打ち解けられる日が来ればよいのだが」

「韋恬はね、元々永兄を見下していた。なのに、永兄が突然、大隊長に取り立てられて、太守の家と縁組までして。おまけに自分より上の第一大隊の長になったのが気に入らない。あの底意地の悪さは、死んでも治らぬ」

言い募る采春に張永は頷くだけだ。この優しい気性につけこんで、韋恬らが言いたい放題するのが耐えられなかった。張永は、家族や白泰(はくたい)など他者のためになら怒ることができる。おのれのために怒ることのできない気性は、采春には危うく感じられた。

「おれは三郎の世話をしてから寝る。明日、平原の部隊は、常山の軍に混じって演習を行う。お前にも参加してもらうゆえ、早く寝ろ」

部屋へ灯りを移すために、張永から手燭を預かろうとしたときだった。門の辺りから、けたたましい音が聞こえた。ふたりで門の方角へ急ぐ。門の脇にある厩から、馬の嘶(いなな)きが聞こえた。

「三郎！　大事ないか！」

松明(たいまつ)の灯る厩に、張永の声が響く。三郎、采春の馬と二頭の顔家の馬が、耳を伏せたり、口の端から泡を吹いたりするなど興奮した様子でいる。

落ち着かせようと馬の首元を抑えていた従僕が、駆け寄って来た。脂汗のにじんだ丸顔が、灯りで照っている。その手には、節が割れて焦げた状態の竹があった。

「何者かが、爆竹を外から厩に投げ込みまして。既に火は消しましたが、馬の気がたかぶって収まりませぬ。どうやら、爆竹は張様の馬に当たったようなのです」

聞こえたのは、火を付けた竹が爆(は)ぜた音だったらしい。三郎に寄りながら、張永が訊いた。

「どこに当たったか、分かるか」

「私も門前におりましたので、詳しくは分かりませぬ。ただ、爆竹の落ちていた場所で、三郎に当たったのだろうなと見当をつけました」

「案ずるな、三郎。おれがいるからな」

三郎の首を抱いてなだめてから、身体の負傷を確認する。馬の中でも三郎は張永にとって格別で、愛おしそうに美称の「郎」を付けて呼ぶほどだ。

張永にならってほかの馬の様子を確かめる従僕に、采春は訊いた。

「爆竹を投げ込んだ者は見たのか」

「馬に乗った男たちでした。顔までは分かりませんでしたが、兵装だったのは確かです。突如、門脇に近づいてきて爆竹を投げ込み、私が咎めるよりも早く去って行きました」

「いったい何事です。馬に何かありましたか」

現れた季明の母に、従僕が事の次第を改めて説明する。母は、廐に揃った家人たちに対して、落ち着いた口調で言いつけた。

「この闇の中での行為です。おそらく、明るいうちに廐の位置を見定めていたのでしょう。ただの悪戯だと良いのですが、大事の前です。皆、警戒を怠らぬように」

緊張した面持ちで頷く女衆を、張永が力強い口調で励ました。

「今夜は、私が廐で寝ましょう。采春はお屋敷の中に。異変があれば、おれたち兄妹がお守りします」

それでも、不安な顔をしている珠児と目が合った。元気づけようと、采春は大きく笑んだ。

「永兄が申し上げたとおりです。すぐ側に私がおりますので、怖がらずにお休みください」

張永を厩に残して、女衆を家屋へとうながした。

三

翌々日の十二月二十二日桑楡。

采春は、口元を覆っていた埃避けの被帛を下げた。頬を撫でる風が、さほど冷たくない。これから夜間に動くことを思えば、ふだんより暖かいのはありがたかった。

残陽の下、常山城の各門から、兵が密やかに外へ移動を始めた。既に、郡庁で偽の宴は始まっている。太守の息子として、季明も酒席で歓待にあたっているはずだ。

李欽湊の首を討ち取った報せが届き次第、城外で待機する部隊は、土門に向けて出立する。中間地点で一旦眠り、星行して夜明け前に布陣する手筈だ。

目の前の第二大隊が動き始めた。采春は張永とともに騎馬して、後に続く。ふたりが西門を出る最後尾だ。だが、先ほどから張永の顔がどこか晴れない。

「顔家が気懸りか。警固の従僕を増やしているし、永兄はお役目に集中したほうがいい」

念のため、昨日今日と演習以外の時間を、采春たちは顔家で待機した。だが、特に異変は起きなかった。

「顔家も案じられるが、三郎が前掻きばかりしているのが気になってな」

城門を出ると、張永は三郎から降りた。声を立てぬよう咥えさせていた箸状の枚を取り、頬を撫でてやる。馬は大きな音に弱い。采春の馬は、それほどの影響はないように見えるが、直接爆竹を受けた三郎は、まだ衝撃を引きずっているのかもしれない。

三郎を気遣う張永をからかう声が聞こえた。第二大隊の騎兵らだ。

「火傷は治ったのか。大切な三郎から目を離してはいかんぞ」

采春は馬から下り、兵らを問い詰めた。

「まさか、爆竹を投げ込んだのはお前たちか。徒に顔家の方々を不安に陥れるとは。その上、三郎を怯えさせて、戦場で永兄に何かあったらどうしてくれる」

さらに問い質そうとしたが、張永に腕をつかまれた。

「止せ、采春。戦の前に諍いを起こすな。三郎も大事ない」

騒動に気付いた韋恬が、采春たちの前に現れる。兵から事の次第を聞くと、すぼめた肩を揺らして嗤った。

「たかが馬で大仰な。お前ら、あまり図に乗るなよ。来年か再来年になれば、新しい太守が平原に来る。大きい顔をしていられるのも、今だけなのだからな」

確かに官人は二、三年で異動する。だが、この緊迫したときにあっても、張永との力関係に固執する韋恬に、采春は呆れた。

「お前というやつは。国難に直面しているのに。目先に囚われ、大局が見えておらぬ」

韋恬は采春を見据えて言い返す。

「見えておらぬのはお前たちのほうだ。為政者が李だろうと安だろうと、頭が替わるだけだ。民生にさほど影響せぬ。国盗り合戦に、我ら下々の者が首を突っ込む道理はない」

采春は、虚を突かれた。韋恬の反駁にも一理ある。なぜ李王朝に与し、叛乱軍と戦うのか。胸の裡に、明確な答えがない。張永や季明、周囲が唐のために動いているから、疑いもしなかった。

韋恬から目を逸らし、拳を握りしめる。認めたくはないが、足元が揺らいだ気がした。

「とはいえ、国の危機なのだぞ」

勢いの落ちた采春に、韋恬が冷たい声で言い放った。

「危機なのは国ではなく、李王朝だ。我らは郡兵だ。平原郡の防衛のために差点された。他郡に出征するのは、本来、府兵された官兵の役目だ」

張永が、采春と韋恬の間に入った。

「韋恬、申し訳ない。ここでお前と揉める気はない」

韋恬は声を低めて言い放つ。

「共戦は命令ゆえ従うが、おれたちは後方で適当に動く。こんなところで命を落とすなどたまったものではない。平原に役目が振られた際には、お前がやれ。おれたちはお断りだ」

韋恬は再び、元の隊列に戻った。采春と張永も、城外の待機の列に並ぶ。

「采春よ、気持ちは分かるが、今は揉めるな。分かったな」

爆竹を投げ込んできた愚行への怒りは収まらない。しかし、韋恬の言葉が小さな棘（とげ）のように采春の心に刺さっている。

「永兄はなぜ李王朝に与して、叛乱軍と戦う。おのれを取り立ててくれた太守の命だからか」

張永は、二、三度、瞬きをした。

「改めて訊かれると、難しい問いだ。唐か、安禄山か。おれは、国家を論ずるような立場にもないしな」

それは、采春とて同じだ。平原にいては、中央の朝廷の話など分からない。張永は考えるように腕を組み、少ししてから答えた。

「おれはつい先月まで、お前と季明の縁組を前に浮かれていた。大隊長として仲間にも恵まれ、人生でこれほど満たされて幸福な気持ちになった時期はない。だが、安禄山は軍馬ですべてを踏みにじった。同じようにつつましやかな幸せを突如奪われた者が多くいる。ゆえに、唐のために戦う」

「なぜ、私の縁組がおのれの幸福なの。永兄は、自分のことを考えなくちゃ」

呆れる采春に、張永が目笑を見せた。

「これは耳が痛い。だが、おれの本心だ」

日が落ち、星が瞬き始めた頃、待機する隊列に密かなざわめきが起こった。兵たちの間に、静かに歓喜の声が広がっていく。

星明かりの下、張永が得たり顔で、采春の背を叩いた。

「事は成った。常山は、李欽湊の首を取ったようだぞ」

四

張永は、濃霧が立ち込める太行(たいこう)山脈の麓(ふもと)に目を向けた。

暗い霧の中で、敵陣が蠢(うごめ)いている。まるで、麓から亡霊が湧いて動き出したかのようだ。見通しが悪い上に、昨夜は少し雨が降ったらしい。ぬかるんだ土に靴を取られ、地の湿った霊気が足に纏(まと)わりつくようだった。

常山軍が横隊(おうたい)の布陣で待機してから、四刻（約一時間）が経っていた。平原の兵の配置は、しんがりの予備の隊だ。三郎の腹を撫でてやった。

——これから、戦えるか。

張永が心中で話しかけると、三郎がぐいと鼻先を押し付けてきた。戦場となる土門まではいつもどおりに走れたが、やはり本調子ではない気がする。

白々と夜が明け始めている。待ちくたびれた様子で、采春が不満を漏らした。

「まさかとは思うが、髭の総大将は霧が晴れるのを待つつもりか」

「その、まさかだ。霧が濃くては、同士討ちになる。皆がお前のように視界の悪い場所で動けるわけではない」

「昨夜の雨の報告も入っているだろうに。地も凍るほどには冷え込まぬとなれば、濃霧は予め読めていたはずだ。何の対策もせずに待つだけとは、総大将は馬鹿なのか」

采春は、おのれを邪険にした総大将の兵馬使が気に入らないのだろう。

「霧が晴れれば、出撃準備の太鼓が鳴る。それまで待つんだ。なに、間もなくだ」

「今のうちに撃って出ればいい。これでは相手に、迎え撃つ準備をさせる刻を与えているだけだ。霧のせいか、音の聞こえ方がおかしい。何か嫌な感じがする」

耳を押さえ、采春は怪訝な表情をしている。その様子が気になり、張永は背後にある背丈ほどの高岩によじ登って、自陣の先を見遣った。

雪を頂く太行山脈を背にして、叛乱軍は布陣した様子だ。麓にたち込める霧の奥で、横に長く黒の塊がゆらめいている。一方、常山軍の背後には、木々の密集した常緑の林があり、こちらも霧が深い。斥候の情報によると、敵陣との距離は約二唐里半。敵の兵数は七千、対する常山は五千で数では少し劣る。

「確かに、あちらの布陣が整ってきたようだな。横隊、いや雁行か。霧で良く見えぬが。

中央に引き込んで、両脇から挟むつもりか」

隊列の中央からしんがりに向かって駆けてくる一騎が見えた。伝達の旗手だ。旗手はしんがりに着くと、張永と韋恬を呼んだ。

「平原の大隊長おふたりはどちらですか。兵馬使がお呼びです」

張永は高岩から下りて、すぐに三郎の背に乗った。旗手の前に、韋恬も姿を現す。

「采春、お前もついてこい。側で話を聞いてくれ」

采春の勘が役に立つかもしれない。張永に呼ばれた采春は、颯爽（さっそう）と馬に乗った。

「早く攻撃を始めるように、私が建言（けんげん）してもいいぞ。相手にされぬだろうが」

わざわざ平原の大隊長が呼ばれるとは、何か役目を振られるのだろうか。韋恬は土門戦に乗り気ではない。となれば、自分が引き受けることになる。先を行く韋恬の背を見て、張永は心積もりをした。

隊列の中央に着くと、兵馬使は騎乗して麓をにらんでいた。巨体に、総大将らしい立派な鎧を纏っている。騎乗しているのも大きな馬だ。

兵馬使は、駆けつけた張永たちに、厳（いか）めしい口調で切り出した。

「今し方、敵方から申し出があった」

「降伏の申し出でしょうか」

期待を込めて訊いた張永に、兵馬使はぎょろりと目を向けた。

「賊軍は開戦前の一騎打ちを望んでいる」

今どき一騎打ちとは、随分と古風な申し出に思えた。張永の後ろから、采春の非難の声が上がった。

「逃亡するための、刻稼ぎです。応じる必要はありません」

兵馬使は采春に一瞥もない。

「顔太守は礼を重んじる。わしは応じようと思う。問題は、誰を出すかだが」

唸りながら、豊かな髭を摩った。張永と韋恬を見比べる。

「李欽湊の首は常山が取った。ここは平原に譲ろうと思う」

韋恬が口元を緩ませた。

「つまり、平原に花を持たせていただける、と」

張永は首を傾げた。なぜ、常山は将を出さぬのか。平原の顔太守の顔を立てただけではなさそうだった。計議の様子から、面子にこだわる性格なのはよく分かった。おそらく、万が一、負けたときのことを考えたのだろう。一騎打ちで負けたのが常山の将ならば面汚しだ。しかし、平原なら友軍の落度で済ませられる。

恭しく、韋恬が建言する。

「張永が適切でしょう。平原でも、敵将を討ち取りました」

「そうであったな。賊将を仕留めた腕を土門でも披露願いたい」

平原に役目を振りたい兵馬使と、係わりを避けたい韋恬の思惑が一致したようだ。

張永は、長刀を脇に構えたまま応える。

「常山軍の同志に、勝利の報せをお届けしましょう」

思惑通りに事が運んで、兵馬使は悦に入った様子だ。

「頼んだぞ、張永。霧も少しずつ晴れてきている。お前の勝利と同時に開戦とする」

自分が一騎打ちの戦士に相応しいとは思えない。

しかし、仲間内で揉めている場合ではない。季明が苦心して敵将らを誘い込み、その宴席で常山の同志は李欽湊の首を仕留めた。皆の労苦を、無駄にするわけにはいかない。ここ土門を奪えるか否かが、唐国と叛乱軍の戦の要になるのだ。

さっそく、敵軍へ使いが出た。背後にいた采春が、低い声で韋恬を詰る。

「韋恬、お前の腹の内が分かったぞ。おのれの腕では倒せぬから、難所に永兄を送り込む気だな。馬の調子が悪いのを知った上で、よく永兄が適切などといえる。永兄が平原で敵将を仕留めた際、お前が驚嘆していたのを見ていたぞ。永兄の実力を知って焦ったのだろう」

韋恬は白けた顔で、張永に問いを差し向けた。

「と、妹は言っているが、どうだ、張永。お前では勝てそうにないか」

「采春、おれが信じられぬか」

「永兄の腕は疑っておらぬ。しかし、今の三郎では十分な働きができるかどうか」

三郎に乗った張永を出すくらいならと、自分が撃って出る気でいるのかもしれない。

変わらぬ勇ましさに、思わず笑みが零れた。

「三郎は戦う気でいる。利かん気の強さはお前と似ているからな」

自分を引き合いに出され、采春は面くらった様子だ。張永はその顔を横目に、兵馬使の側に進んだ。兵馬使に拱手の礼を取り、馬首を敵陣に翻す。

「平原の隊頭、張永参る！」

駆け出すと、背後から喊声が聞こえた。

五

三郎の走り出しは強く、悪くなかった。それでいて動きも敏捷だ。

敵陣からも派手な太鼓の音が聞こえた。その響きに交じって、蹄の音が近づいてくる。灰色の霧の中から白息を引いて現れた単騎は、亡霊ではなく騎馬姿の凛々しい若い将だった。張永と同じ年頃に見える。

「安尚書左僕射の麾下、中郎将の孟球だ」

李欽湊亡き今、安禄山麾下の将としか名乗れぬのだろう。孟球の目には野心の光がある。体つきも精悍で相手に不足はなかった。

「平原の張永だ。郡兵の大隊長をしている」

張永は、長刀を利き手で構えた。

ふたりの周囲が、俄かに明るくなる。夜が完全に明けた。

孟球も長刀を構え、右に動く。張永も合わせて動くと踏んだのだろう。だが、張永は切っ先を孟球に向け突進した。孟球は長刀で振り払う動きを見せた。が、わずかに遅い。張永の長刀の切っ先が、孟球の左肩に入った。

最初の一撃は上々。相手の虚を突けた。だが孟球の立て直しが早い。今度は張永の動きが遅れた。孟球の長刀が、顔面に迫る。張永は上体を反らす。切っ先が目の前を掠め(かす)た。あと少し遅ければ、両目を潰されているところだった。目を狙うとは大胆な男だ。

次の一手で決まる。そう直感した。どう攻めようか。三郎に問うた。

三郎は、泥に塗れ(まみ)た右の前脚を上げた。相手の馬を倒せと言っている。

――では、驚かせてやろう。

間合いを詰め、長刀を大きく振った。孟球は容易に避けた。張永は空を切った長刀を返し、柄で孟球の手綱を引っ掛けた。手元で長刀を回転させて、手綱を引き寄せる。

孟球が手綱を離す。その瞬間、孟球の馬へ三郎が体当たりを食らわせた。

馬がよろめき、孟球が体勢を崩した。張永は長刀を捨てる。柄が長く、接近戦では不利な刀だ。代わりに、左に佩いた腰刀で孟球の利き腕を斬りつけた。孟球は歯を食い縛ったまま落馬した。

張永は刀を振り上げる。側に控えていた伝令の兵が太鼓を打ち、張永の勝利を報せた。自陣から、歓喜の声が上がった。

馬は孟球を置いて走っていってしまった。一方、三郎は敵陣七千と自陣五千の合間で、平然としている。その首元を撫でてやった。

背後から近づいてくる蹄の音に振り返ると、自陣から駆けてくる一騎がある。采春だ。労いに来たのかと思いきや、張永の側を駆け抜けていく。すれ違いざま、張永に向かって叫んだ。

「このまま、敵陣に進む！　やはり何かおかしい」

「まだ出撃の合図が出ておらぬ。単騎駆けなど無謀だ。戻れ！」

「永兄がいれば単騎ではない！」

張永の叱責に、詭弁で言い返してきた。

「おれは一仕事したばかりだというに」

愚痴を零しながら、三郎を駆って采春に並んだ。采春は、敵陣を見据えている。

「一騎打ちに勝つのが目的ではない。土門を奪わなくては」

張永も前を見る。霧の中で、叛乱軍が動いている。迎撃態勢を整え始めたのだろう。

自陣からも、出撃の太鼓が兵を鼓舞するかのように、激しく打ち鳴らされる。前進の合図だ。

霧が薄まり、敵陣の全貌が目に入った。ところが、想定した敵陣の姿と違う。采春と同時に手綱を引いた。

「永兄、敵は輜重を置いて、兵数を多く見せかけている。七千はおらぬぞ」

自陣の、さらに後方から吶喊の声が上がった。叛乱軍に背後を取られたのだ。

薄霧の中での戦闘で、はっきりとは見えないが、空から跳ね返る喊声は、明らかに自軍のものではない。敵は、霧に乗じて少しずつ兵を林に移していたのだろう。前後から常山の横隊を挟み込み、その戦力を分散させる気だ。

思えば一騎打ちを始める際に、叛乱軍からは喊声ではなく太鼓が打たれた。麓の布陣の少ない兵数をごまかすためだったに違いない。采春の指摘どおり、一騎打ちそのものが、刻稼ぎだったのだ。

敵陣から、采春と張永に向かって、降雨のごとく矢が放たれた。矢を躱しながら、采春が悪態を吐いた。

「斥候は何をしていた。あの髭は、やはり無能か！」

張永は、激しい焦慮に襲われる。このまま戦っても、疲弊するだけで勝てない。

常山軍の前線に、兵が集中している。その中心にいる姿に、目を疑った。総大将の兵馬使だ。大将首を狙う敵兵に襲われ、完全に自分を見失っている。

その前へ鳥の影のように、采春が駆けつける。長刀で一度に三騎を薙ぎ払った。張永も遅れて助太刀する。それでやっと、常山の兵が落ち着きを取り戻し、兵馬使の周りを固めた。

「兵馬使どの、しっかりせよ。ここで負ければ永久に唐が持ち直すことは叶わぬと思え。国の命運がかかった戦ぞ」

張永に叱咤されて、髭で覆われた顔が憤然として赤くなる。侮っていた女の采春に助けられた上に、よそ者の張永に叱咤されたとなれば、この気位の高い男には耐え難い屈辱だろう。

それでいい、と張永は思う。仮にも兵馬使であり、気さえ強く持てれば持ちこたえられる。

「永兄、しんがりに急ごう！　第二大隊が心配だ」

「同感だ。後方の平原の部隊がやられれば、敗北に繋がる！」

前後からの圧で、常山軍はまだ霧の晴れ切らない平地に閉じ込められる形になった。見通しの悪い中で、常山の兵らは右往左往している。

敵味方入り乱れる戦場を、采春と張永はしんがりに向けて走った。

六

しんがりは乱戦になっていた。第二大隊は、散り散りになって戦っている。元から第二大隊に戦意はない。後方支援のつもりが、急襲を受けて足を掬われたのだろう。敗走しなかっただけ、ましだった。

懸命に長刀を振るう韋恬を見つけ、張永は叫んだ。

「韋恬！　騎馬隊が分散しては意味がない。集めろ」

張永に従い、兵に指示を出した。かろうじて三十騎が集まった。

「隊頭はお前だ、韋恬。おれが側で補佐する。采春は――」

「私は最後尾の隊副（副長）に着く。後ろから補佐すればいいのだろう」

張永の返事を待たずに、最後尾に着いた。張永は、韋恬に敵の騎馬隊を指さして見せた。

「敵の騎馬隊の脇を突く。一騎も失うことなく乗り切るぞ」

「今だけはお前に従ってやる。思い違いをするなよ。今だけだからな」

韋恬は、五十騎ほどの敵の騎馬隊に向かって駆け出した。その隊に横から突っ込む。馬は横腹からの攻撃に弱い。何騎かを倒した。平原の隊はお互いを庇い合いながら戦い、数で押されそうになると引いた。この術を続ければ、敵の殲滅は無理でも玩弄はできる。さらに、韋恬に持ち掛けた。

「同じ方法を繰り返そう。兵馬使の主力が土門を奪うまで、持ち堪えればいい」

次の部隊に向けて突撃する。この作戦はうまくいき、後方の戦状は次第に持ち直していった。しかし、次第に平原の兵に疲労が出てきた。

――まだ土門は奪えぬのか。

張永は、山脈の麓に意識を向けた。迫る一騎に気付くのが遅れる。大棒で横から打ち付けられた。身体が宙に投げ出され、三郎の悲痛な嘶きが耳を掠める。うまく受け身が取れない。頭を地に打ち、目に火花が散った。全身が泥にまみれて重い。

兜を押さえながら、上半身を起こすと、大斧を持った敵将と目が合う。

腰に手をやる。佩刀がない。負傷して倒れていた敵兵が起き上がって、飛びついてきた。腰に抱き着かれ、下肢を押さえ込まれる。敵将が大斧を振り上げて、迫ってくる。

ここまでか、と観念した。

だが、大斧の敵将の顔に矢が刺さり、落馬した。張永は、下半身にしがみつく敵兵の顔面をすかさず殴った。何とか振り払って立ち上がる。

背後を振り向くと、馬上で矢を放った姿勢の韋恬がいた。駆けてきた三郎に、張永は再び騎乗する。すぐに韋恬の側に戻った。

「韋恬、恩に着るぞ！」

張永が礼を告げたときだった。山脈の麓から、太鼓の音とともに歓声が上がった。敵味方双方の兵の動きが止まる。采春が張永の元に、寄ってきた。

「麓に上がったのは常山の旗か」

敵軍の銅鑼が打ち鳴らされた。敵将が撤退を叫ぶ声が聞こえる。兵馬使が粘りを見せたようだ。

張永たちのいるしんがりまで、歓喜の声が広がった。大きく、空をあおぐ。常山軍の辛勝だった。采春は意気揚々として、下馬する。

「早く負傷兵を助けよう。手当てすれば、命が助かる者もいると思う」

すぐに動き出した采春に、呆気にとられた。

「お前は疲れを知らぬのか。恐ろしい体力だな」

一方、自分はまるで二日酔いでもしたようだ。気はたかぶっているのに、手先足先の知覚が鈍い。身体がずんと重かった。

韋恬が、馬から下りて忙然と立っている。第二大隊は、兵を半数は失っただろう。近づき、改めて礼を述べた。

「韋恬よ。お前のおかげで命拾いした。感謝する」

ところが韋恬は脱力したように、ぬかるみの上にへたり込んだ。

「おれはなんということを。貴様の命を救うなど。亡き父上に顔向けできぬ！」

そのまま、地に額を打ち付けた。泥が張永の足元まで撥ねる。何度も打ち付けるうち、泥で汚れた額から血が流れた。張永は、屈んで韋恬を止める。

「韋恬、豪雨の件はもう水に流さぬか。此度の合戦のように、おれたちは力を合わせれば成果を出せる」

だが韋恬は、乱暴に張永の手を振り払った。

「近寄るな！　お前の顔など、見たくもない！」

おのれの馬も置いて、張永の元から離れていく。

ひとつ息を吐き、張永は麓を見遣った。土門の天幕に、複数の常山の旗が立てられていた。

七

采春は、常山郡庁の回廊で迷っていた。

「平原の郡庁とは、造りが違うのだな」

土門を奪回した昨日、常山軍は、叛乱軍が残した天幕をそのまま占拠した。負傷兵の救援を行った采春と張永は土門で夜を過ごして、昼過ぎには常山城に戻った。

范陽攻めに向けて第一大隊の立て直しをするため、采春たちは、すぐに平原へ戻る必要がある。

ところが、既に勝利の報せが届いていた常山城では、慰労と祝勝の宴を用意していた。太守を始めとした幹部の官人が郡庁の宴会場に集まって、皆が次々に張永を褒め称えた。

しかし、采春は、呑気に酒を飲む気になれなかった。土門を奪っても、すぐに范陽攻めがある。畏まった席での酒食のもてなしにも慣れていない。

それで季明の離席をきっかけに、采春も席を立った。季明の後を追ったが、庁舎の入り組んだ郡庁の中でその姿を見失った。回廊を行き来しているうちに、ようやく見つけた。

そこはほかの執務室より立派な部屋で、太守の執務室のようだった。

季明は立ったままの姿勢で筆を執り、机上の紙に書きつけている。背筋の伸びた凜とした姿だった。

「何をしているの。まだ酒宴の途中なのに」

現れた采春に驚いた様子だ。机の前に立ち塞がって、季明は書いた字を隠した。

「それはこちらの問いだ。主役がなぜ、座を離れる」

「私は主役の数に入っていないから」

「土門でも、兵馬使が無礼をしたと聞いた。采春に申し訳ない扱いをしたと父が悔いていた」

「顔太守が気になさることではないのに。大体、あの髭とはお互いさまだから。私も、兵馬使の指示を端から聞かなかった」

季明は、眉を顰めた。

「常山の官人らも、まるでおのれたちの手柄といわんばかりに浮かれていて不快だ。大兄や采春の援けがあって成し遂げた快挙であるのに」

それが席を立った理由らしい。

「いいんだ。勝てたから良かったけれど、私たちも背後から敵兵が忍んでいる事態に気付けなかった」

勝たねばと意気込むあまり、目先に惑わされた。采春は戦場で総大将の無能を誹ったものの、本来はしんがりにいた平原の隊が気付くべきだった。

「土門から帰還した采春を最初に見たとき、変化を感じた。学ぶものがあったのだな」

「戦が終わってから、色々と考えている。今にして思えば、叛乱軍は兵力の分配を誤った。土門の守備を手厚くすべきだったのに、急襲部隊に戦力を割き過ぎた。叛乱軍の将がもっと手練れであったら、土門は奪えなかったと思う」

季明の背後を覗き込むと、机上の紙には《永》の字があった。

「隠す必要はないのに。実は平原を出立する際にも、郡庁で顔太守の筆法を拝見した。あの迫りくる字が、今でも目に浮かぶ。さすが、書で名を知られた方だと思った」

季明は照れた表情で目を逸らす。

「叔父上の書を目にしているなら、なおさら恥ずかしい。政を担う中で味わわれた辛酸や喜びといった様々な感情が、叔父上の書の背景にあるのだと思う。経験の少ない私には到底及ばぬ広大な字だ」

「私にはとてもうつくしい字に見えるけれど。季明はさらに上を目指したいのだな」

季明の字には、季明の字の良さがあるように思える。読みやすく、相手への気遣いが感じられる細やかな字だ。顔真卿の字とは容こそ違えども、同じく意思の感じられる字だった。

「永字八法は全ての筆法を包含する基礎だ。心が乱れたときや節目に必ず書くようにしている。どう筆を運ぶかは、おのれの生き方を選ぶのと似ている。叔父上ですら、常に試みを続けておられる」

季明も、永の字に目を落とした。

「落ち着いたら、平原の東方朔画賛碑を見に行こうと約束しただろう。叔父上は、あの作品で大きく作風を変えられた。以前は精緻な趣があったが、骨太でより叔父上らしい字をお書きになるようになった。東方朔画賛を書かれたのは安禄山の謀反に対して密かに備えておられた頃だ。意気込みの現れであったかもしれぬ」

ふと季明の目が、机上から采春の足元に向いた。

「こちらに座って」

椅子を引いて采春を座らせ、足首を手に取った。靴が血と埃に塗れている。

「大切に履くつもりだったのだけど、申し訳ない」

「やはりだ。新しい靴を用意しておいた。後で家に寄ってくれるか」

「靴なら既に貰ったのに、なぜ。踵の縫い目が解れてきたけど、まだ十分に履ける」

「平原に戻る帰途で壊れるかもしれない。なにより、次の范陽戦がある。范陽戦が終われば、また新しい靴を用意する」

「何度も頂き物をしては申し訳ない。私からの返礼もまだなのに」

だが、季明は引かない。

「何をいうか。これからも靴を用意する。一緒に生きるのだから」

采春を見上げた顔はどこか頼もしく、靴を履かせるのにしどろもどろしていた頃と別人のようだ。一緒に生きる。未知の世界が、采春の目の前に広がった気がした。

「では、お言葉に甘えて。御家族への挨拶も兼ねて、常山を出る前に顔家へ立ち寄ることにする」

季明は机上の永の字に目を遣った。

「実は、張家への贈り物は別に用意してある。ただ、大兄に確認してもらってから運ぼうと思っていて――」

季明の話を遮るように、執務室の外で聞き慣れた足音がした。

*

張永は、執務室の戸を開けた。

「勝手にいなくなるな、采春。平原の援兵を労(ねぎら)う集まりだぞ。おれひとりでは場が持たぬ」

戸口まで采春が駆け寄ってきた。

「永兄まで、席を立っちゃ駄目だろうに」

「皆、平原の顔太守の顔を立てているのだろうが。ちやほやされるのは、こそばゆくて堪(たま)らぬ。褒められ慣れておらぬからな」

昨日からの疲労に酒が加わって、眠気が来ている。室内の椅子に座ると、机上に《永》の字が書かれた紙があった。

「おれの名がある。これは季明の字だな。さすが顔家。名書家は、平原の太守だけでは

「急ぎ平原に戻って、第一大隊を立て直したいのに、これでは今日中に常山を出られぬ」

呂律が回っていないのが自分でも分かった。季明と采春が顔を見合わせて笑っている。

「大兄、今日くらいは休め。明早朝に常山を出立すればよい。後ほど、平原に論功行賞の報せが行くだろう」

頭を抱える張永の両肩に、季明の手が乗った。

「おれは、褒美を頂くほどの働きはしていないぞ。お前だ、季明。お前こそがこの勝利の土台を作ったのだ」

自分はただ一兵として戦場で戦っただけだ。季明こそ、李欽湊を常山に誘き出す手を打った功績がある。さらに、常山は土門の防備を強化するために、既に近隣の郡と協力の密約を結んでいる。その密使として奔走したのも季明なのだ。

「違うよ、大兄。大兄が平原で賊将を討った。あれがすべての端緒になったんだ。采春もそうだ。ふたりの動きはいつも私を勇気づけてくれる」

平原の顔太守に言われた言葉が頭に浮かんだ。

「あれはな、お前の真似をしてみただけだ。それを顔太守は『震源』になったと評してくださった」

震源、と季明は呟く。

「その言葉の意味が分かるような気がする。私は常々嫌な流れだな、と感じることがある。今はそれが安禄山なのだ。楊国忠を倒すと大義を掲げながら、多くの唐の民を殺している。平穏な暮らしを奪われた民は、万はくだらぬだろう。この悪い流れを変える震源をもっと作らなくてはならぬ」

季明の力強い目が張永に注がれている。

「人ひとりでできることは少ないが、流れを変える一石にはなれる。投じられた一石が積み重なって、いくつもの波紋をなし流れを変えていくのだと思う。私には大兄が一石に見え、大兄には私が一石に見えた」

初めて季明にあったときのことが思い浮かぶ。豪雨後の平原で張永が受けた仕打ちのように、人々が同調して作った黒い流れが、個々の幸せを飲み込む。季明はそれを変えてくれた。

季明はこの戦の流れも変えると、お前も身を投じろと張永に言っているのだ。

しかしどうやって――。これまで濁流に流されるだけだった自分に、いったい何ができるのか。張永は季明に問うた。

「かつてお前は、安慶緒に『一字、震雷の如し』と反駁した。お前は、一字をおのれ自身に見立て、おのれに何ができるかを考えていた。違うか」

季明はしばし考え込む様子を見せ、質直な顔で口を開いた。

「人を動かすためにはどうしたらよいと、ふたりは思う？」

ぞれの郡兵を千に倍増した。

　これだけの短期間で兵を集められたのは、安禄山の挙兵の前に、丁男（成人男子）だけではなく、二十歳以下の小男や中男の調べがついていたからだ。叛乱を予知して、事前に備えていたのは、顔真卿の慧眼だろう。

　常山のように、元から団結兵が整えられていた郡ならともかく、ほとんどの郡の軍備は手薄だ。どの郡も長く内乱を知らず、居住の地を軍馬に侵されるなど想像していなかった。

「韋恬も一緒のようだ。正月からあまり突っかかるなよ」

　韋恬は、張永たちに遅れて年末に平原へ帰還した。

　第二大隊の兵のうち、負傷で動けぬ者はまだ常山に留まり治療を続けている。動ける者も無傷の者は少なく、休みながら平原に帰ってきたのだ。年が明けて、落ち着いた頃を見計らっての参集だろう。

　采春を伴って郡方へ参じると、厩舎の前で昂揚した顔の顔真卿が待ち構えていた。張永たちの姿を認めると、顔真卿のほうから駆け寄って来る。

「待っていたぞ。さあ、執務室へ。韋恬は既に着いている」

　肩を白くした太守にうながされて、庁舎に入る。張永も采春も、身体に付いた雪を手で払った。暖められた執務室では、韋恬がいつもの肩すぼみの姿勢で佇んでいた。張永たちとは目を合わせようともしない。以前に増してよそよそしくなった韋恬に、采春はつんとして顔を背けている。やむを得ず、張永はふたりの間に立った。

顔真卿は、融けかけた肩の雪を手巾でぬぐった。三人の態度を気にした様子もなく、顔をほころばせている。案の定、常山からの報せだった。

「今朝、報告があってな。范陽にて募兵し南下していた敵将を、常山の郡内で捕えたと。その上、唐軍に寝返った別の敵将から敵情を聞き出せた。その献策で、常山は賊軍の手に落ちた博陵を取り戻したそうだ」

「たった数日で、そこまで成し遂げたのですか」

思わず、驚嘆の声を上げた。どうりで顔真卿が上機嫌な訳だ。

「安禄山め、長安に向けて侵掠していたが、河北の戦況に慌てたのか、洛陽に引き返したそうだ」

要の地である土門を奪い、賊軍の侵攻を食い止めた。まさに常山が対叛乱軍の震源になっている。そして、その中心には若き季明がいるのだ。

「間諜の情勢報告によると、安禄山は、この元旦に国を建て、洛陽で即位した。国名は燕、年号は聖武だ」

即位の言葉に、愕然とする。

「建国とは、なんと厚顔な」

「安禄山は悪化する戦状の転換を図っただけだ。慶事を行い、気運を一新したいのだろう。だが、叛乱軍の劣勢に変わりはない」

韋恬が、上目遣いで顔真卿を見た。

「となれば、これから河北での戦いが激化しますね。次に常山の顔太守が狙うのは、敵の本拠の范陽でしょうか」

韋恬の表情は乏しく、声の調子も平坦だ。張永には、韋恬がどう感じているのか計りかねた。太守は深く肯いた。

「杲卿は、既に范陽の留守を預かっている将へ密使を送った。話に乗ってくれれば、賊軍の牙城を崩せる」

季明が派遣されたのだろうか。張永よりも先に、采春が口を開いた。

「その密使とは、常山顔家の令息でしょうか」

「いいや。泉明は杲卿の命で、常山決起の報告のために長安に向かった。季明は、常山で父の補佐をしている」

「補佐、ですか。常山を出ていないのですね」

意外そうな顔を見せた采春に、顔真卿が説いた。

「叛乱軍の本軍と本拠を分断したのだから、杲卿は心魂をすり減らしておる。ゆえに季明を側に残したのだろう。季明は、如在ないからな」

いよいよだと、張永は身が奮い立った。

「安禄山は追い詰められております。本拠の范陽を奪えば、残るは洛陽の本軍のみ」

顔真卿の節くれだった指が、張永に向いた。

「張永の申すとおりだ。第一大隊は、だいぶ回復したろう。新しい兵の整えも頼んだぞ。いつでも援兵できるようにな」

「安慶緒の襲撃による負傷者は、快復してきております。援兵の際は、御命令を」

顔真卿は張永の言葉に満足げな表情を浮かべると、韋恬と向き合った。

「韋恬よ。まだ土門戦の負傷が癒えぬだろうが、第二大隊の戦線復帰も期待している。無理はせずともよいが」

「第二大隊は、主力の騎兵に打撃を受けました。まずは、治療に専念させてやりたく存じます」

やはり、韋恬の声に抑揚がない。心の内に、不満を抱えているのかもしれない。もともと乗り気ではなかった戦で、死傷者を多く出した。第二大隊には厭戦の気運がある。

顔真卿の粛とした目が、韋恬に向いた。

「構わぬ。土門戦では第二大隊に援兵してもらった。次の援兵では第一大隊を上位とする」

「では、しばらくは第二大隊の主力は休ませます」

言質を取るように、韋恬は念を押した。

郡兵の多くは地元の農民だ。春になれば農耕が始まる。范陽を攻略するなら冬のうちで、援兵の時期はそう遠くないはずだ。張永は気を引き締めて、執務室を出た。

二

――季明のほうが適していたか。

常山の太守、顔杲卿は執務室の窓を開け、ひりつくような冷たい風を顔に受けていた。長安への戦勝報告と討ち取った李欽湊（りきんそう）の首級や捕虜の護送を、長男の泉明に命じた。泉明には容易に人を信じる純朴すぎるところがあるが、あの長男には長男なりの美点があり、人に警戒心を抱かせず忍耐強い。ゆえに胆力を要する長安への旅に泉明を遣わした。

逆に、弟の季明は交渉に長けている。これまでも賊軍に下った各郡の太守を説得し、翻意させている。情勢はどちらに転ぶともいえない状況にあり、あの折衝力が必要だった。ゆえに常山に残した。この選択が最善であるはずなのに、なぜか胸騒ぎがする。

窓際の椅子に腰かけ、節くれだった手で顔をぬぐった。疲れを感じていた。常山の勢力の内でも、それぞれの立場の思惑があり、常に衝突や軋轢（あつれき）が生じる。それをひとつの方向へ導くのは容易ではない。しかし、それが太守であるおのれの使命なのだ。

平原では従兄弟の顔真卿が気焔（きえん）を吐いた。ここで常山が呼応せねば、多くの唐の民が命を奪われる。叛乱軍を鎮圧するまでは気を抜くわけにはいかなかった。

「伝令！」

郡庁の警固兵が執務室に駆け込んできた。戸口で跪き、声を張り上げる。

「南から敵襲。その数およそ二万！」

南方から、となると洛陽の安禄山が送り込んできた兵だろう。

「加えて、北からも賊軍が襲来。こちらは范陽からの軍かと思われます」

顔杲卿はひとつ咳払いをし、外を見やった。城門から烽火が上がっている。

「来たな」

土門を取れば、賊軍が押し寄せてくる。想定どおりであり、既に策は取ってあった。

「城外の友軍に伝令を。常山の団結兵をすぐに送ると」

この危機のために、唐の三府のひとつ、太原からの友軍を城外に埋伏させていた。この地方で最大を誇る常山の団結兵が加われば、南北からの挟み撃ちにも耐えられる。

「それが――」

顔をあげた警固兵の口が震えていた。

＊

「太原の援兵が動かぬだと」

私室で季明は声を上げていた。

「動かぬというよりも、姿を消したという顛末のようなのです」

「ともかく、母上や義姉上たちを城外へ避難させてくれ」

季明の指示に、丸顔の門番が大きく首を振った。

「報せによると、城門は既に押さえられているとのこと」

「では、警固の者らとともに郡庁へ避難させるのだ」

郡庁に出入りできる腰牌（ようはい）を門番に託して、送り出す。

太原まで訪ね、府の長である尹（いん）を説得した。太原から一万の援兵を従えて、常山へ帰還したのは他ならぬ自分だ。今は城外にその友軍が陣を敷いているはずだった。

まさか安禄山に寝返ったのか。だとすれば、軍を引くのではなく、常山城の内部から呼応するなど、もっと事を有利に進める方法を取っただろう。ある考えが季明の頭に浮かび、背に冷たいものが走った。

――太原は常山の手柄を横奪（おうだつ）する気か。

ちょうど兄の泉明が太原に着いた頃だ。兄には朝廷への報告文を託している。皇帝の目に触れるやもしれぬと、父が季明に書かせた文書だ。それを太原の尹は、別の文書に差し替えたのではないか。つまり、土門を奪ったのは自分の功績だと長安へ偽の報告書を送ったのだ。

文書の捏造（ねつぞう）は、公務に携わる者がもっとも憎むべき行為だ。いかに穏やかな泉明とて、分かっていて偽造を許すわけがない。あの人のよい兄は捕えられたか、何らかの謀略で騙（だま）されたのだ。

とすれば、太原の軍が姿を消したのは道理だ。手柄を奪った以上、常山の顔一族を生かしておけない。常山を滅ぼすために、わざと軍を引かせたのだ。

季明は急ぎ、筆を取った。今からでも遅くない。近隣の郡に檄文を飛ばし、援軍を要請する。敵がいかに大軍であっても、今常山に与しなければ後々どのような損を被るかを説けば、どの郡も必ず動く。動いたことで得る利益よりも、動かなかった場合の損失を説いたほうが人は動くのだ。おのれならそれができる。

——嫌な流れを変えるのだ。

無心になって、檄を書きつけていく。途中まで筆を走らせたときだった。

庭で、複数の女の悲鳴が上がる。

「母上！」

筆を投げだし外に飛び出すと、血の臭いが季明の鼻孔を突いた。

「誕！　義姉上……」

賊が幼い弟の首に刀を突き付けていた。その足元で、義姉の首が物のように転がっている。白目を剝いた目や口から血が流れていた。

姪の珠児が今にも気を失いそうな様子で、腰を抜かしている。そのすぐ側で、顔を強張らせた母がかろうじて立っていた。ほかの姪たちが泣き出さんばかりの顔で、その背に縋り付いている。

女衆を庇うように、門番が震える手で賊徒に刀を向けていた。

「若奥様をよくも——」

庭で顔家の者を取り囲んでいる賊徒の数はおよそ二十。門に配置した警固の者たちは既に殺されたようだった。

「このがきの命が惜しくば、おとなしくすることだ」

賊は誕の襟首を握りなおす。誕は恐ろしくて声も出ないらしい。その股間に黒い染みが広がっていった。

「太守の息子はここに並べ。洛陽の陛下の元へ送る」

複数の賊徒の目が季明に向く。腰に手をやるが、折り悪く刀を佩いていない。

——大兄、采春。

采春に靴を履かせてやったときの感触が手に蘇った。一緒に生きると約したのだ。手のぬくもりが消えていくのを感じながら、季明は近づいてくる賊徒らと対峙した。

三

厩に射しこむ日差しが柔らかい。

張永は三郎の毛並みを整える手を止めて、庭を見遣った。顔真卿から常山の好況を聞いた日の積雪が、ほぼ融けている。どこか浮かない顔をした采春が、厩に入ってきた。

「ここ数日、お前はずっと胡服姿だな。すぐにでも出立できそうだ」

いつでも平原を出られるようにと、お互い部屋に荷を準備してある。采春は厩の柱に凭(もた)れた。

「援兵の御命令はまだだろうか。勢いを落とさぬためにも、あまり間を空けぬほうがよいのに」

「焦る必要はない。戦況は我らに有利に進んでいる」

この数日間で、河北各郡が唐に帰順した報せが続々と平原に届いていた。先に平原と常山の送った密書が功を奏したようだ。常山の土門奪回も、各郡の判断をうながしたのだろう。

采春は下唇を噛み、南の方角を見た。

「そうだろうか。安禄山は洛陽に腰を落ち着けた。本拠の范陽は切り捨てたのかもしれない」

「腰を落ち着けざるを得ないのだろう。退路を断たれて、洛陽に閉じ込められたのだから」

それでも、采春は落ち着かない様子だ。

「何か感じたのか」

三郎がふたりの話を解したかのように、鼻先を張永に押し付けて采春を見ている。

「この数日間、介然(かいぜん)としてよく眠れぬ。念のため、これから郡庁を訪ねようと思う」

「待て。おれも行こう」

安慶緒が平原を襲った際、采春は不穏な気を感じ取っていた。その勘を侮ってはいけない気がした。

騎乗して門を出ると、行く手から声を上げて迫ってくる黒い点が見える。いつも張家に来る使者だ。白い息を振りまき、汗にまみれた馬から降りた。

「張どの！　おふたりとも捉まって良かった。太守がお呼びです。至急、郡庁に来られたしと」

「何か異変が起きたのか。郡庁の様子はどうであった」

張永の問いに、使者は当惑した表情を見せる。

「細かい事情は分かりませぬ。ただ、常山からの使者どのが負傷されていて。太守は、切迫した御様子でした」

使者が言い終えるより先に、張永たちは駆け出していた。背後から、使者の叫ぶ声が耳に届く。

「太守は、官舎におられます」

郡庁に着いても、特段、変わった様子はない。門から出てくる官人たちも、ふだんどおりだった。門前で三郎から飛び降りた。政堂の裏に、官人が寝泊まりできる官舎がある。断りも入れずに太守の部屋に飛び込んだ。目に入った光景にどきりとした。

寝台に負傷した兵が横たわっていた。顔には疲労の色が深く、眠りいっている。その側で顔真卿は、額に手を当てたまま俯き、立ち尽くしていた。

高鳴る心臓を押さえ張永は問う。声が上ずった。

「いったい何事でしょうか」

顔真卿は一言「まだ信じられぬ」と発しただけで、口を閉ざす。

背後に気配を感じて振り向くと、采春の深刻な顔がある。采春が静かに訊いた。

「叛乱軍に土門を奪われたのですか」

血走った険しい目が、張永と采春に向く。

「土門だけではない。常山そのものが奪われた。范陽から史思明が、南からは洛陽の軍が攻めてきたと」

冷たいものが、臓腑からせり上がってくる。史思明は、安禄山の腹心でほかの将とは踏んでいる場数が違う。だが常山は、近隣の郡と共闘の密約を結んでいたのではなかったか。

「常山は叛乱軍の反撃に備えていたはず。近隣の援兵があっても負けたと」

「その援兵が来なかったのだ。子細は、よく分からぬ」

「では常山の顔家の皆様は、どうなりました」

急き立てるように訊く張永に、太守は低い声で答える。

「顔一族は、洛陽に護送されたのだそうだ。安禄山の前に、引き出されるらしい」

「難を逃れた方はいないのですか」

心臓が爆ぜるように打ち、耳にうるさい。

「泉明は、長安に向かって常山を出ていたので、難を逃れたが。季明は――」

声を詰まらせた。黙り込んでいた采春が、冷静な声で訊いた。

「季明はどうしたのです。洛陽に送られたのでは」

顔真卿は目をしかめ、顔を横に振る。

「賊将は、捕えた杲卿に翻意を迫ったそうだ。だが、杲卿は頑として首を縦に振らぬ。賊将は、杲卿の前に季明を連行した。季明の首に刀を突きつけ、息子の命はどうなってもよいのかと脅したそうだ」

いったん言葉を切った。先を言うのをためらっている。再び口を開いた。

「季明は賊将を罵り、安禄山を非難した。賊将に頭を下げる理はないと説き、賊将に早く斬れと叫んだそうだ。立派な最期だった」

沈黙が流れた。張永は頭が真っ白になり、立っていられず部屋を後にした。郡庁の門の外に出ると、天地が歪むような感覚に襲われる。

つい先日、季明と誓ったばかりだ。叛乱が平定された後の、将来を語った。その季明が死んだという。

俄かには信じられず、忙然として門前でへたり込む。どれくらい座っていただろうか。三郎が繰り返し顔を舐めるのに気付き、我に返った。

采春の馬が見当たらない。慌てて官舎に戻ったが、顔真卿の姿しかない。

「采春はどこへ行きましたか。何か話しておりませんでしたか」

顔真卿の怪訝な顔が、張永に向く。

「張采春は、お前が退出してからすぐに部屋を出た。お前こそ、姿を見ておらぬのか」

ずっと門前にいたが、采春の姿に気づかなかった。

「動転して、目に入っていなかったのでしょう。大変、御無礼をしました」

詫びを口にしながら、部屋を辞す。三郎を奔らせて自宅へ急ぐ。采春は常山に向かう気だ。もしくは洛陽かもしれない。

家の厩に着くと、憂い顔の母親が待ち構えていたように、駆け寄ってきた。

「永、何かあったのですか。采春が荷を持って、馬で飛び出していきました。お金も持ち出したのです」

一足遅かった。焦燥している母をなだめた。

「すぐに采春を呼び戻します。案じなさいますな。母上は家でお待ちください」

再び、三郎で駆ける。

――采春よ、いったい何をする気だ。

だが、家を出たものの、どこを探したら良いのかが分からない。常山へ向かう道か、それとも洛陽方面か。

城門を出たところで、三郎を止めた。行きかう雑踏の中で、眩暈を覚えた。

「おれは、いったいどこへ向かえばいいのだ」

今も、これからもだ。張永は道標を失った。

四

采春は、西に向けて馬で疾駆した。

平原から洛陽に出るには、范陽から洛陽に通じる幹線路を行けばよいはずだ。日暮れまでに、駅を通過したい。公道に入ってしまえば、道なりに南下していくだけで迷わずに済む。一刻も早く洛陽に着きたかった。

直近の駅が向かう先に見えた。奔る速度を上げた。駅に着くと、通行を待つ人の列ができており、その最後尾に並んだ。

商人や官人や駅の前にいる人々が、采春と馬を見ている。疾駆したせいで、馬から気化した汗が立ち上っていた。単身の女も珍しいのだろう。明らかに采春は目立っていた。

順番まであと十人になったとき、懐から紙を取り出した。以前、常山まで往復した際の通行証だ。ところが、後ろから太った中年の女が声を掛けてきた。

「あんた、余計なお世話かもしれないけど、その紙切れじゃ通れないよ」

「なぜだ。使えぬとは思わなかった」

「日付も、駅名も違うからね。偽物でもつかまされたのかい」

これまで、ひとりで平原を出た経験がなかった。改めて自分が世間知らずだと思い知らされる。

幹線路を使えないのなら、洛陽まで道なき道を行くしかない。いずれにしても、このまま並んでいても意味がない。列から離れようとすると、中年の女が采春の袖を引いた。

「もしよかったらさ、あたしたちと一緒に来なよ。お前さん、どこに行くつもりだい」

何と答えるのが、無難だろう。声を細め、早足（さそく）を踏んで答えた。

「洛陽の親戚のところへ行きたい」

女はわざとらしく眉を寄せた。同情の声色で采春に囁（ささや）く。

「そうかい。これは巡り合わせだ。ちょうど同じ年頃の娘がひとり、死んじまったんだ。洛陽まで連れて行ってやる。何、困ったときはお互いさまさ。私たちは范陽から洛陽に向かう興行の一座でね。私は座長の紅玉（こうぎょく）だ。怪しい者じゃない」

女の後ろには、大きな馬車がある。中には複数の人の気配があった。馬車の前後左右には、屈強な男たちが馬を引いて張り付いている。

人買いの一団だと直感した。采春のことを、使役を苦に逃亡を図る婢とでも思ったのだろう。相手が悪党なら、利用しても疚（やま）しさはない。

「実は、兄とはぐれて困っていた。お礼はするから、同行させてほしい」

「いいだろう。ただ、急いでいてね。野宿するけど構わないね。馬車の後ろに続いておくれ。吏員に何か訊かれても私が答えるから、あんたは黙っているんだよ」

「分かった。恩に着る」

紅玉の指示どおり、馬を引いて馬車の後ろに回った。

馬車の中で、十人程度の若い娘が身を寄せ合っているのが見えた。やはり人買いだ。娘たちはどこかの家から攫われたのか。それとも、家族に売られたのか。

采春は口元を摩った。咄嗟に、「兄とはぐれて」などと口にしていた。張永は、今頃、采春を探しているだろうか。張永には郡兵の子将としての務めがあり、麾下の兵を置いて平原を出られない。一方、兵役もない采春は自由だ。身軽な采春が行動に出るしかない。

通行を待つ列がどんどん進んでいく。日暮れを前に吏員も急いでいるのだろう。やがて、紅玉たちの順になった。

一座は見た目からして明らかに堅気ではない。だが、紅玉が金をつかませたらしい。特に咎められずに、駅を通過できた。

駅を出ると、一座の者たちは馬に乗った。采春もならう。

「さあ、洛陽まで私たちは一時の仲間だ。もう少し進んだら、野宿の支度をするよ」

采春は一座の後に続いた。背後から、一座の者たちの様子を窺う。

――隙を見て、ここから先の通行証を奪うか。

しかし、通行証を手に入れても、通行の仕組みがよく分からない。ましてや今は、戦で混乱している。このまま、紅玉の一座と行動をともにするのが得策と判断した。

馬に揺られながら、西を見た。夕陽が、雲の中で紅く揺れていた。

一日が終わる。かつて安慶緒が現れたときもそうだ。嫌な予感が当たり、長い一日になった。

肉包子（にくまんじゅう）を食べさせてくれた珠児の顔が、頭に浮かんだ。采春の身を案じてくれた顔杲卿、幼い誕、顔家の女衆は無事だろうか。生きているならば、どのような想いでいるだろうか。

季明と一緒に生きるはずだった。代わりの人などいない。すぐそこにあった広い世界への門が突如閉ざされてしまった。

――やっと見つけた私の居場所を、私の未来を返せ。

大きな濁流が、個々のささやかな夢や幸せを飲み込んでいく。この流れを作り出している元凶を叩かねば、季明が浮かばれない。

洛陽を目指す。常山の義家族を助け出して、濁流の大元である安禄山を討つ。

――この手で、やり遂げて見せる。

夕陽が、西の雲に滲（にじ）んで見えた。雲霄（うんしょう）の奥の落日を、采春はにらんだ。

第五章　僧侠、現る

一

冷たい空風が、厩の中を吹き抜けた。張永は顔を背けて、埃混じりの風をやり過ごす。風が止むと厩がしんとした。

「厩にもお前一頭だけになったな。寂しいか」

鬣を撫でてやると、三郎は顔を震わせて応えた。

常山の異変を知らされた日、第一大隊の者たちの手を借りて采春を探したが、平原城の周囲では見つからなかった。采春が向かったのは、おそらく洛陽だ。

平原を出た経験は一度しかない上に、采春は単身だ。武術の腕は確かでも、道中無事でいられるか。気候もまだ、朝晩は川が凍るほどに厳しい。洛陽に入れても、無理をしないか。あらゆる憂懼が、張永を苛んだ。

できるならば、今すぐ洛陽に飛んで行きたい。だが立場上、許される状況にない。

常山の敗北により、河北の唐軍は劣勢になった。いつ、平原が常山と同じ目に遭わぬとも限らない。常山陥落までは平原は攻めの態勢だったが、今や逆転して防備の構えになっている。任じられた際は誉れ高く思った子将の役目が、今は重荷に感じた。

三郎の後脚を抱えて、蹄の中に入った土を掻き出していると、家屋のほうが急に騒がしくなった。刀を手に、厩を飛び出した。

——采春が帰って来たのか。

堂で母が声を荒らげている。采春ではない。強盗でも押し入ったのか。刀の柄を取り、堂に飛び込んだ。

剃髪した頭に、刀を佩いたふたりの男がいた。

ひとりは初老で、僧衣からは筋骨隆々とした腕が覗く。もうひとりはまだ若い。冬なのによく日に焼けた顔で、大きな瞳が特徴的だ。僧衣の上からでも、鍛えた体つきが分かる。

張永は刀の柄を握ったまま、初老の僧をまじまじと見た。

「志護和尚、なぜここに。いらっしゃるなら事前に報せてくだされぱよいのに」

四年前に、平原を訪れてきた僧だ。采春ではないと分かり、思わず肩を落とした。邪険な態度を取った張永を志護は詰った。

「なんだそのがっかりした顔は。久方ぶりの再会だというに。もっと嬉しそうな顔をせぬか」

ふたりの僧侠の後ろで、母が不快そうに顔を顰めている。張永に「部屋へ戻る」と目で合図を送り、僧侠たちが背を向けている間に、そっと堂を出て行った。

おそらく母も、采春が帰ったと思い違いをして堂に出たのだろう。ところが、母にとって許し難い志護がいた。苛立ちは張永以上のはずだ。

「わざわざ平原まで何の御用です。河北の情勢は御存知でしょうに」

志護は、むっとした顔で張永に訊き返した。

「お前に会いに来たのではないわ。采春はおらぬのか。お前が子将になった話は街の民から聞いたが、母御の話では采春の近況はよく分からなかった」

堂で何が起きたのかを察した。采春の近況を訊くなど、さぞかし母の神経を逆撫でしたことだろう。額を手で覆った。

「采春は平原を出奔して、十日も帰りませぬ」

そして、もう二度と会えぬかもしれぬのだ。志護は堂の椅子にどっかと座った。

「采春も、もう子どもではない。兄の庇護がうっとうしいのだろうな」

からかう志護に、ふつふつと怒りがこみ上げた。

「大切な肉親と離れる気持ちが和尚に分かりますか。赤子の頃から面倒を見てきたのですよ」

「兄妹とはいえ、いつまでもともに過ごせまい。まさか、お前は未だ独り者か」

呆れ顔で張永を冷やかしてくる。俗っぽさは四年前と変わらない。

「和尚は、相変わらず各地をふらふらされているのですか」

嫌味な問いを気にした様子もなく、志護は声を潜めた。

「実はな、河北の戦況の探索に来た。平原の太守が、河北諸郡の盟主になっておろう」

今や平原は、叛乱軍に抵抗する河北諸郡の中心になっている。その功績を称えて、朝廷は、本来の太守の職に加えて、顔真卿を戸部侍郎及び防禦使に任じた。張永も声を落とした。

「探索とは、つまり、おふたりは唐軍側の間諜ですか」

それまで黙っていた若い僧が、張永を直視して答える。

「我らは、建寧王の命で動いております。勤皇の僧侠です」

「建寧王というと、陛下の御子か。皇太子ではない親王か」

若い僧は、大きな目で張永をにらんだ。

「御孫であられます。御子孫の中で、若き日の陛下に最も似ているといわれる郡王です。聡明快闊で民に慕われております」

礼儀正しい言葉遣いとは裏腹に、若い僧の目には敵意がにじんでいる。建寧王に心酔しているらしい。

「それは失礼をした。私は朝廷に疎いので許してほしい」

志護が張永をじっと見た。

「お前、采春が出て行ってから瘦せただろう」

「そんなことはありません」

すると志護は立ち上がって、張永の手首をつかんだ。振りほどこうとしても、全身が動かない。張永の身体を、上から下まで眺めた。

「顔が痩けておる。子将が窶れて、どうする。こんな腕で騎馬できるのか」

「飯が喉を通りません。夜もあまり眠れない」

張永を悩ますのは、采春の不在だけではない。季明の死を、まだ受け入れられない。訃報が届いた場面が思い出され、尽日、覚めない悪夢に悩まされているようだった。あの季明ですら、禍々しい濁流に飲まれたのだ。その事実は、張永からあらゆる気力を奪った。志護は、張永の腕を離した。

「離別は運命だ。生きている以上、別れは避けられぬ」

采春の出奔を指したのだろう。だが、季明の死別について諭された気がした。志護は、唐突に若い僧に言い放った。

「圭々、お前は張永の元に残れ。わしは范陽に向かう」

面食らって、一瞬言葉を失った。圭々と呼ばれた若い僧も、大きな目を見開いた。日焼けした壮健な顔を、強張らせている。

「またこちらの意向も訊かずに、勝手をおっしゃる。この者に何をさせるつもりです」

「郡兵には、蕃兵も混じっていると聞いた。お前の麾下に、僧侠のひとりくらい入れられるだろう」

圭々は、さらに目を剝いて、捲し立てた。

「お待ちください。河北行きですら、おれは不満でした。早く建寧王の下に戻りたい。それを平原に留まれなどと、承服できませぬ」

すると志護は、子を諭す親のように、圭々に訊いた。

「圭々よ。わしの言葉が聞けぬか」

顔を上気させて、圭々はぐっと黙り込む。怒りの気を全身から立ち上らせて、堂から出て行った。

「勝手に決められても困ります。あれは、いったいどんな男です」

志護は背を伸ばしながら、堂の戸口に近づく。冬の光が柔らかく射し込んでいた。

「歳は十四、いや十五になったかな。腕は立つぞ。腕だけは、な」

「疲れ知らずの歳ですな。体力もありましょうな」

志護は戸口に立ち、張永のほうを振り返った。

「采春は、今年で二十歳だったな。お前は幾つになった」

「二十六です。和尚と最初にお会いしたときは、二十二でした」

「お前も、もうよい歳なのに。まだ独り身とはな。女のなんたるかを教えてやったのに」

志護と出会ったのは、豪雨の災害の後だ。死者を出した責任をなすり付けられて、気を腐らせていた。志護は気晴らしと称して、張永を悪所にも連れ出した。母が志護を毛嫌いするのも当然だった。

「采春なら案ずる必要はない。どうせおのれで出て行ったのだろう。なんのために、わしが武術を仕込んだと思う。気の強い娘が、気儘に生きていけるようにしてやりたかったからだ」

四年前から抱えていた疑念を、張永は口に出した。

「私に武術を授けてくださらなかったのは、なぜですか」

「わしはその者に必要な術を教える。采春は、豪雨の際に、お前の力になれなかった自己を恥じていた。強くあろうと、何度もわしに挑んできた。小鼻を膨らませて立ち向かってくる表情が、愛くるしかったな」

「采春は私の妹です。不埒な目で見ないでください」

ふんと志護は鼻を鳴らした。

「大体、お前に武術だと？　馬狂いの武術馬鹿を作ってどうする。なぜ、もっと人生を楽しまぬ。若いくせに解せぬ。圭々も同じだ」

「であれば、和尚の側において、人生の楽しみを教えてやればよいのでは」

「わしの側にしか置いておけぬゆえに、連れてきた。おのれの目的のためなら、同志も斬る。寺で持て余していてな。以前は今ほど酷くはなかったのだが。安禄山の挙兵があってから、より尖った。お前なら問題児の面倒を見るのは得意だろう。采春が揉め事を起こす度に仲裁に入っていたものな」

「その采春も、今はおりません」

「昏(くら)い顔をするな。ゆったりと構えておれ。それに、圭々なら心配に及ばぬぞ。わしの命令には必ず従う。四つのときに、棄児であったのを拾ってわしが育てた。奔馬だが、必ず厩舎に帰ってくる」

本気で、圭々を預けるつもりらしい。母になんと説明するか。頭を抱えた。

「さてと、今日はわしらを泊めてくれるか」

母に毛嫌いされているのが分かっていて、あえて厚顔な申し出をする志護の心が理解できない。

「母が嫌がると思います」

「母御は、わしを目の仇にしているからな。先ほども、蔑(さげす)むような目でわしを見ていた。あの見下したような冷たい表情がいい。もっと怒らせてみたくなる女だ」

呆れ果てて、言葉もない。志護の性根を改めて思い出す。四年前から、ろくでなしの僧だった。

二

寝室の母を説得して、張永が堂に戻ると、志護の姿がない。

《巡察に出る。すぐ戻る》と書き置きがあった。

「なんと気儘な。僧が皆、志護和尚のように奔放とは思えぬが。羨ましいほどだな」

しばらくすると、何事もなかったかのように、圭々が張家に戻って来た。

「和尚なら、視察に出たぞ。今日は当家に泊まるおつもりだ。ふたりで、おれの部屋を使ってくれ」

「それでは、永どのが困りましょう。おれは庭を使わせていただければ十分です」

先ほど垣間見せた敵意など、微塵も感じさせない素直な態度だ。

「お前を何と呼べばいいだろうか。圭々、でよいのか」

和尚はそう呼んでいた。だが十五にもなる男を、幼子のような名で呼んでいいとも思えない。

「圭光（けいこう）と戒を受けておりますが、皆おれを幼名で呼びます。おれこそ、永どのなどとお呼びしましたが。差支えありませんか」

人の名を直接呼ぶのは礼を失する。

「気にするな。おれは字（あざな）も持たぬ。皆には永の名で呼ばせている」

「では、永どの。厨（くりや）をお借りしてもよいでしょうか。夕餉と朝餉は私が用意しましょう」

圭々に請われて、厨に案内した。

「お前に厨芸ができるのか。無理に家事をせずともよいぞ。泊めろと言い出したのは和尚なのだからな。炊事なら、おれでもできる。お前は休んでいればよい。和尚に振り回されて疲れておろう。食えぬものがあれば、予め言ってくれ」

ところが、圭々は食材を確かめると、手際よく下ごしらえを始めた。湯を沸かす手順、包丁さばき、どれをとっても無駄がない。

「驚いたな。おれも炊事はわりと得意だが、これほどうまくはない」

「日々の作務ですから、清掃でも何でもやります。母御はお加減が優れないのでしょうか」

「母上は、いたく鬱いでおられる。おれ以上に、食が細くなった。娘——采春という名だが、嫁ぐ予定だった相手が賊刃に斃れた。しかも、嫁ぎ先の常山の顔一族は賊に捕えられ、采春は義家族を救うために出奔した」

包丁を持つ圭々の手が止まり、大きな瞳が張永のほうを向いた。

「女が単身で、ですか」

「あれは、下手な男より腕が立つ。勘の良い娘でな。正直なところ、おれでさえ敵わぬ」

今、どこにいるのだろうか。無事でいるだろうか。采春が去って以来、繰り返した自問がまた張永の頭に浮かんだ。

圭々は再び手元に目を落とし、根菜の下茹でに取り掛かる。

「それでは母御の気が休まりますまい。腹に優しく、滋養のあるものを作りましょう」

圭々は、張永の手伝いなしに、料理を仕上げていく。蒸し物、汁物、炒め物と、次々に皿に盛りつけていった。

どれも食欲をそそる良い香りがする。それでいて食材を細かく刻んだり潰したりと、身体の負担にならぬよう配慮された料理だった。

「これは見事だな。ただ、母上がどれほど召し上がるか分からぬ。汁物だけ、母上の寝室にお持ちしよう」

自分で運ぼうかと思ったが、これから居候させるならば、紹介も兼ねて圭々にやらせたほうがいい。圭々に膳を持たせ、母の寝室を訪った。

母は腰掛けに座って縫物をしていた。張永の背後にいるのが、志護の連れだと分かると、眉を顰めた。

だが、圭々は母の態度を気にした様子もなく机に膳を置いた。

「圭光と申します。具合が優れないと伺いましたので、羹を作りました」

「そこに置いておいて。後でいただきます」

目を落として縫物を続ける。張永は、母をうながした。

「母上、ずっとお食事を口にしておられません。少しだけでも召し上がっていただきたいのです。圭々がわざわざ滋養に良い食事を作ってくれたのですよ」

しぶしぶといった様子で、母は机についた。圭々は羹を椀に取り分け、匙を添えた。

母の元に跪いて、真っ直ぐな目で見上げた。

「お口に合うと良いのですが」

そこまでされては、母も口にしないわけにはいかない。匙を取って口に運んだ。ちょうどよい温度に冷ましてあるのだろう。汁を嚥下(えんか)して、圭々をまじまじと見た。

「これは美味しい。あなたが作ったの」

圭々は跪いたまま、ほっとした顔を見せる。

「もし、まだ食が進むようでしたら、もう三品、用意しております。お持ちしてよろしいでしょうか」

「それであれば堂に配膳し、皆で夕餉にしませぬか。おれも久しぶりに食欲が湧いた」

張永の提案に、「和尚がいないのなら」と母も同意した。

采春が不在になって以来、母も張永もほとんど料理が喉を通らなかった。ただ、茶を飲むだけの食事だ。会話にも困り、ふたりだけの食卓は昏かった。

圭々のおかげで、十日ぶりに食卓が賑やかになった。圭々は、どの料理も最初に母に取り分けた。目上の者を立てて、礼儀正しい。朴直(ぼくちょく)な圭々を、母はすっかり気に入ったようだった。

日が落ちてから、志護が帰って来た。

張永は自室に案内する。僧衣を着替えて寛(くつろ)ぐ志護に、夕餉の話をした。

「圭々は、できた男です。和尚は、腕だけは立つなどとおっしゃいましたが。万事をそつなくこなす。何といっても礼儀正しい。圭々なら、家に置くのに母上も反対なさりません」

志護への心証が悪いだけに、母の圭々に対する評価は高いだろう。圭々は今、家屋の掃除をしている。

志護は椅子に深々と腰掛け、つまらなそうな顔で言った。

「圭々は献身を真顔でやるので、目上の者からすこぶる受けがよい。だが、見た目の従順を鵜吞みにするなよ。まあ、お前にもすぐ分かろう」

「随分と歪んだ見方をするものです。心根が曇っているのでは」

張永が嫌味を言うと、志護は顎を撫でた。

「おれは余計な話はすまい。とにかく面倒を見てやってくれ」

結局、圭々は張永の部屋を使うのを固辞し、厩で寝た。張永は志護に自室の寝台を譲り、自分は床で横になった。

翌日の夜明け前、圭々が中庭で稽古をする物音で目が覚めた。采春がよく早朝に木刀を振っていた姿を思い出す。

「この寒さの中で、よくやるものだ」

ひとり稽古では物足りなかろう。張永は枕頭の木刀を探る。部屋を出る際、背後の寝台で志護が身じろぎをした気がした。

三

志護を見送るために圭々と厩に出ると、いつの間にか二頭の馬が増えていた。志護と圭々の馬だ。

「昨日は、これらの馬をどこに置いていたのです」

訝しむ張永に、志護はしれっとした顔で答える。

「取っていた宿だ。昨夜のうちに馬を移しておいた」

宿を取っていたなら、なぜ張家へ泊まったのか。呆れたが、今さら詰っても詮方ない。

「いつ平原に戻られますか」

張永の問いに、志護は北方に目を遣った。

「これからわしは范陽へ探索に入る。無事であれば、また会えるだろう。圭々、鍛錬を怠らぬように。いずれ、建寧王の元に戻るのだからな」

「御仏の御導きのままに。志護和尚も、御無事で」

不服だろうに、圭々は大人しく志護を見送った。張永は、鼻先を押し付けてくる三郎を撫でた。

「これから郡兵の調練がある。その前に少し城外を走ろうと思うが、お前もどうだ」

圭々はちらりと自分の馬に目を遣る。応えるように、馬が歩み寄って来た。馬との相性は悪くなさそうだ。

「おれは、あまり騎馬が得意ではありませぬ。永どのに御教示を願いたい」

母に断りを入れて家を出る。風は強くないが、薄曇りの下の風景が寒々しい。城内にある林に近づいたとき、稽古をする少年の姿が目に入って馬を止めた。

白泰(はくたい)だ。肌脱ぎになり、白い息を撒きながら長刀を振るっている。

気合を入れた口元で白い八重歯が光る。起き上がれぬほど具合が悪いのかと案じていたが、一心不乱に稽古に励んでいる。先を行っていた圭々が馬を止めて、駆け戻ってきた。

「突然、どうされました。何か異変でも」

顎で白泰を指した。

「縁があって、おれが取り上げた子だ。白泰という。父子(ふし)軍の襲撃で深傷(ふかで)を負ったが、快復したようだ」

「声を掛けぬのですか。隠れている必要はありますまい」

「何度、見舞いに行っても、面会を断られた」

圭々が、何か含みを持った顔をしている。

「おれは、おかしな話をしたか」

「少し心外だなと。たった一日ともに過ごしただけでも、永どのは世話焼きだと分かる。口を出さずにいられぬ性分とお見受けしておりました」

「元気でいると分かっただけで、十分だ」

「永どのは年長なのですから、そこまで気を使われなくても良いのでは」

「いや、おれが出て行っては妨げになろう」

再び馬を走らせ、大通りに出て城門のある南へ向かう。城門では、ほかの大隊が調練のために城外へ出ようとしているところだった。下馬して、その列の最後尾に並ぶ。兵ばかりの中で、僧衣を纏(まと)う圭々は少し目立った。

「寺は、和尚と同じ驪山(りざん)か。由緒ある寺なのだろう」

「皇族からの寄進で成り立つ寺です。陛下は毎冬、驪山の離宮に行幸される。我らは離宮の警固を担っておりました。安禄山謀反の報せは離宮にいる陛下の元へ届き、我らも陛下に随行して、長安(ちょうあん)の同じ宗派の寺に移りました。おれは、そのまま陛下の元でお仕えしたかったのですが」

馬を引く圭々の顔が曇る。

「何か、差支えがあったか」

「長安の朝廷には、我らの居場所はなく。陛下は道教も熱心に信奉しておられますし。ですが、陛下のお導きで建寧王と出会いました。郡王は、私兵の所有を禁じられておりますので、陛下は手駒として使えるようにと、建寧王と我ら僧侠を引き合わせてくださいました」

「陛下の御孫とは聞いたが、建寧王とはどのような御方か」

建寧王の話になったからか、圭々は声を明るくした。

「英明豪胆。皇族と思えぬほど気さくな方です。お忍びで街に出ては、民と気安く交わる。安禄山が挙兵し、唐朝にとって戦状はよいとはいえません。なのに、建寧王とともにいると、負ける気がせぬのです」

興奮してきたのか、矢継ぎ早に話を続ける。

「建寧王の御父上の忠王(ちゅうおう)は、皇太子であらせられます。ですが、恐れながら病弱な方で帝位に就いても長くは保(も)ちますまい。その次の皇帝と目されているのが……」

「お前の心酔する建寧王か。玉座が約束されている方なのだな」

前の兵に続いて進みながら、圭々は首を振った。

「いいえ。次の皇太子と見込まれているのは、建寧王の異母兄の広平王(こうへいおう)です。広平王は皇太子の御長男、建寧王は第三男であられます。広平王は、聡明機警(そうめいきけい)と称えられる秀才で、活潑な御気性の建寧王とは対照的な物静かな御方ですが、おふたりはとても仲が良くていらっしゃる。御兄弟で力を合わせて創る世を、おれは見たい」

切々と語る圭々の姿に、季明と誓った過去のおのれの姿が重なり、張永は思わず胸を押さえた。張永も季明の支えとなり、世を動かす一字となるつもりだった。しかし、今の自分の胸にはかつての熱がない。

「人は、おのれの身のみを考え、今日明日のことしか頭にないのが常です。ですが、建寧王は常に民の泰安を念頭に置き、遠い先まで見通していらっしゃる。男が命を懸けるに値する御方です」

揚々と語る圭々の顔が、まぶしい。

「圭々よ。今は和尚の命じたとおり、腐らずに精進せよ。耐えることで身に付く強さもある。きっと、建寧王の元に戻った際に役立つだろう」

一瞬、圭々は忿然（ふんぜん）とした表情を見せた。昨日、垣間見せた敵意を含んだ貌（かお）だ。だが、すぐに元に戻った。

「おれは志護和尚の援（たす）けがなければ、飢死にしておりました。和尚の指示には逆らえませぬ。平原に残る意味があると信じて励みます」

「おれもできる限りの支援をしよう」

張永らの番になり、城門の吏員に、子将の位を示す腰牌を見せる。再び、ふたりで馬を駆った。

圭々の強い想いが、同志の和を乱したのだろうか。しかし、想いの強さは、建寧王から引き離さねばならぬほどの欠陥とは思えなかった。

第六章 密約、成る

一

黒い影が、騎乗する采春の前後を行き交っている。見上げると、頭上で鴉が舞っていた。

洛陽城まであと三唐里だ。行く先には、既にその姿が見えている。

これまで、幾つかの駅を経由する中で、采春は改めておのれの無知を知った。まず、駅の官舎で寝泊まりできるのは、原則は官用で旅程にある者のみと分かった。官用でない者は、駅の周囲に宿を取る。季明が、旅程で駅舎に泊まると話していたのを覚えていたので、民も私用で駅舎を使えるものだと思い込んでいた。

采春は、馬を一座の馬車に近づける。馬車の縁に座って、先の洛陽城を見遣る紅玉に訊いた。

「野宿してまで、洛陽に急いだ事情はあるのか。盗賊に襲われる危険もあったのに」

「洛陽は、新しい国都として生まれ変わったと聞いている。商売を始めるのに、一日の違いで大きな差が出る。商売敵に遅れを取りたくないからね」

燕国を、夢の地のように語っている。

「新しく建った燕国は、唐国よりもいいのだろうか。皇帝は、信頼に足る男か」

すると、歯を剥き出しにして、紅玉は笑った。

「どっちがいいかなんて、考えるだけ無駄さ。今の状況下で、いかに金を儲けるかだ」

かつて、韋恬が似たような話をしていた。皇帝が誰であるかは、本当に民の生活に係わりがないのだろうか。

紅玉は、背後の馬車を一瞥した。

「この子たちだってさ、戦乱で荒れた常山よりも、新しく生まれ変わった洛陽のほうが、好機があるだろう」

馬車の中の娘たちは、常山の戦禍を被った者たちだった。十歳前後の少女から采春と同じ年頃の娘までいる。皆、着た切りの服で身を寄せ合い、寒さを凌いでいた。紅玉は人助けだと言い張ったが、困窮に付け込んで安く買い取ったに違いなかった。采春の心中も知らず、紅玉は野心を語る。

「私たちの一座は、范陽で安様の御愛顧を頂いていた。安様が洛陽で即位されたのだから、その御膝元で一旗揚げたいじゃないか」

洛陽城に近づくにつれ、臭いが鼻に付いた。徐々に酷くなり、首に巻いていた被帛で鼻まで覆う。臭いの元は、城壁の外に盛られた山だ。土ではなく、遺体が積み上がってできたものだった。

山の上の骸は既に白骨化しており、遺体を狙って何羽もの鴉が空を舞っている。見上げると、再び鴉の影が采春の顔を撫でた。

「見てごらんよ。激しい戦だったとは聞いていたけどねえ」

紅玉は軽い蔑みをにじませて、山を指さす。鼠の死骸でも見つけたような顔だ。戦後の常山を通過してきたのだから、死体の山は見慣れたものかもしれない。とはいえ、紅玉の態度は、人の死に対して礼を欠いている。采春は感情を抑え、声を低めた。

「いったいどれだけの人が亡くなったのか。どちらの兵の死体なのだろうな」

「ほとんどが唐兵だろうよ。父子軍の攻撃に、唐軍はまったく歯が立たなかったって話だからね。あとは、洛陽の民だろう」

「父子軍は、無抵抗の民まで殺したのか」

「私が殺したわけじゃないんだから、殺気立つんじゃないよ。大体、唐軍が自国の民を守らずに、逃げちまったのが悪いんだろ」

平原で、張永から聞いた話を思い出す。

「たしか皇帝の命で、洛陽の守将は処刑されている」

紅玉は、目に嘲りの色を浮かべ、「へっ」と嗤った。

「敗色が濃いと分かると、洛陽の民を置いて西に逃げちまったって聞いたよ。そりゃ、李隆基も怒るだろうさ」

紅玉は皇帝の諱を口にした。改めて洛陽が、唐の支配の及ばない地だと認識させられる。

「あんた、洛陽は初めてなんだろう。長安に負けず劣らず壮大な都だ。戦で、どうなったかねえ。まあ、親戚とやらがもうこの世にいなくても、肩を落とすんじゃないよ。これから、がらっと世の中が変わる」

欲望を滾らせた紅玉と正反対に、目前の洛陽城には暗澹たる気配がある。

城門の前で、一座は入場の列に並ぶ。紅玉の一座のふたつ前に並んでいた一家が、吏員と揉める声が聞こえてきた。家長らしき男が、抗議の声を上げた。

「私たちは洛陽に戸籍がある。家に戻れないとは、どういう了見だ」

どうやら一時洛陽を離れ、戦乱後に戻ってきた家族らしい。家長と妻は、吏員に食い下がった。しかし、吏員が手を上げると、警固の兵が現れ、家族を連れ去っていった。

「洛陽の民でも入れぬとは」

「唐軍の間諜かもしれないと疑っているんだろう。あとは吏員の気持ち次第さ。今日は機嫌が良いといいけどね」

紅玉の一座は、本当に洛陽入りできるのか。采春の心中に懸念が広がった。

一座の順番が来ると、紅玉は吏員に一枚の紙切れを見せた。范陽で父子軍に出してもらったという書き付けだ。本物かどうかは不明だが、安禄山の腹心の史思明の署名が入っている。

紅玉は人数分の通行証も併せて提示し、その際に幾ばくかの金を吏員につかませた。吏員は金だけ袂に入れて、馬車の中も確認せずに通行を許可した。先ほどの一家も賄賂ひとつで、帰還できたに違いなかった。

采春は目立たぬように被帛で口元を隠して、紅玉たちの後に付いていく。吏員の前を通り過ぎながら、紅玉に付いてきたのは正しかったと実感する。采春ひとりでは、城内に入るだけでも難儀しただろう。

曇り空の下、洛陽の城内は寒々しく感じた。積雪が残る道端には、白骨と化した骸がうち捨てられている。骸の目が、何が起こったのかを無言で采春に伝えようとしている気がした。

一方で、路上を行き交う人々には活気が見られる。洛陽が陥落して一月以上が経っており、皆、新しい体制に馴染もうと懸命なのかもしれない。

「親戚はどこの坊にいるんだい」

紅玉に訊かれて、答えに窮した。洛陽の坊の名称など知らない。苦し紛れに訊き返した。

「これから、一座はどこに腰を据えるんだ」

紅玉は、答えを躱した采春を気にした様子もない。自信に満ちた様子で答えた。

「何の伝手もなく、来たわけじゃない。北市に知り合いの一座があって坊の一角に長屋を持っている。そこを本拠にするつもりさ」

「洛陽には、東西南北に市場があるのか」

声を立てて、紅玉は笑う。

「長安は東西、洛陽は南北に市がある。せっかくだから、洛陽で一番の繁栄地を教えてやろう。あんたたちも初めてだろうからね」

馬車の中の娘たちに声を掛けた。城内に入ってしまえば、紅玉たちと一緒にいる必要はないが、地理を把握しておく必要はある。

洛陽城の街は、中央に流れる洛水（らくすい）を挟んで南北に分かれており、一座は洛水沿いに西へ移動した。

「洛水に架けられた橋は三つある。どれも人通りが多くて賑やかだ」

紅玉から、浮橋、中橋と説明を受ける。どちらの橋の欄干にも刀傷があり、乞食がたむろしている。だが、戦乱の痕（あと）を残しつつも、易者や市肆（しし）が並んで活気があった。

最西の橋に近づくと、紅玉は立ち止まった。朱塗りの見事な橋で、一唐里を超える長さがある。

「あれが、天津橋さ。三つの橋の中で最も栄えている。橋の北は官署の並ぶ皇城で、洛陽の官人は南に多く住んでいるから、皇城へ出仕する際は天津橋を渡る。新しい陛下の御世になっても、出仕の様子は変わらないだろうね」

紅玉は随行する男を呼び、橋詰の市肆へ煎餅（いりもち）を買いに行かせた。男たちは煎餅を運んでくると、一座の皆に配り始めた。皆が口に入れたのを確認してから、采春は口に運ぶ。

「あんた、洛陽で落ち着く気があるなら、うちで面倒みてやってもいいんだよ」

あからさまな猫なで声に、げんなりとした。

――そろそろ、紅玉と離れる潮時か。

「道中世話になった。これ以上は面倒を掛けられぬ。困ったときは、頼らせてもらう」

別れを切り出した采春の視界の端に、異様な光景が入った。街の捕縛吏らしき男たちが、橋の袂に骸を運んでいる。

「あれは何だ。繁華地の中心に、遺体を溜（た）めているのか」

「ここは天下の天津橋だ。罪人を処刑して晒（さら）す場所でもある。言っただろう。最も洛陽で人通りの多い場所だと。新しく処刑する罪人が出たから、柱に張り付けていた骸をどけているのさ」

嫌な予感がした。煎餅を投げ出して、骸の元に駆けた。

運ばれている骸の上に掛けられた筵（むしろ）を剥ぎ取る。立ち上る死臭に咽（む）せた。骸は手足をもがれ、胴体は八つ裂きにされている。顔を赤くした吏員が、采春を怒鳴りつけた。

「お前、何をする！　お役目の邪魔をすると、ただでは済まさぬぞ」

「教えていただきたい。処刑されたのはどなただ」

采春に詰め寄られ、吏員はたじろぐ。

「陛下の御命令に背いた洛陽の官人たちだ。お前もこうなりたくなかったら、どいていろ」

常山の官人ではないと分かって、胸を撫で下ろした。

「邪魔をして申し訳ない。失礼は詫びよう。惨い刑だったのだな。息絶えても傷つけたのだろうか」

吏員は、顔をしかめて首を振った。

「こんなもの、大した刑ではない。まだ顔が分かるからな。数日前に処刑になった常山太守など、舌を抜かれ、足をもがれ、顔も分からないほどに切り刻まれた」

耳を、疑った。

「常山の太守が何だって。既に処刑されたのか」

「三日前だったか、いや四日前か。常山の太守は、あの柱に磔にされて処刑された。側近も一族も皆殺されて凄惨だった」

橋の柱を指さす吏員の両襟をつかむ。

「嘘だ。別の官人と混同しておろう」

「嘘なものか。安将軍、いや陛下が直々に詰問してから、処刑した。常山太守たちは、陛下を侮辱したからな。生きながら、ずたずたに切り裂かれた。四、五歳の童子まで腕をもがれたのはさすがに憐れだったが」

「どんな最期だった。常山太守は、なんと罵ったのだ」

問う声が、震えた。

「憚られるような言葉だ。ここは往来ぞ。察しろ」

首を絞め上げると、吏員は顔を真っ青にして采春の腕を叩く。潰れた声で訴えた。

「言う、言うから話せ」

離してやると、吏員は涙目で采春をにらみ、声を潜めた。

「陛下は、顔杲卿に対して、太守に取り立ててやった恩を忘れたかと責めた。対して、顔杲卿は、お前に取り立ててもらった覚えはない。おのれは唐の陛下の臣だと言い返した。挙句の果てに血なまぐさい羊飼いの野蛮人めと罵ったのだ。儂が口にしたと言うなよ」

――何のために、洛陽まで来たのか。

常山で世話になった顔杲卿の妻や泉明の妻、珠児を始めとした娘たち、幼い誕は皆もうこの世にいないのか。足元の覚束ない采春を、紅玉が支えた。

「ちょっと、あんた大丈夫かい。なんだい、常山の官人に知り合いでもいたのかい」

采春の背を摩り、水筒を差し出した。勧められるがままに水を口にする。飲み下した瞬間、喉が焼けるように熱くなった。

――しまった。これは薬か。

飲食物に、薬を混ぜられるのは警戒し、食事はいつもほかの者が口にしたのを確かめてから食べるよう気を付けていた。なのに、ここで気を抜いてしまった。

吐き出そうと口に手を突っ込む。だが、腕が動かない。頭が、地面に落ちた。遠のく意識の中で、地の草をつかむ。

――安禄山を殺すまでは、死ぬわけにはいかぬ。

二

目を覚ますと、采春の手足は拘束されていた。

手首を縛った紐は、寝台の足に括りつけられている。狭い部屋だ。外から漏れる冷たい隙間風で、蠟の灯りが揺れている。窓の外は暗く、既に日は暮れたようだった。

紅玉と男の話し声が聞こえた。

「腕の一本でも落としておきますか。暴れたら面倒ですし」

「悩むところだね。確かに気性の荒そうな女だ。でも、せっかく洛陽まで運んできたんだ。腕を落として価値を下げたくない」

寝台の向こう側で、采春の扱いについて話をしているらしい。采春の姿は寝台に隠れて、ふたりから見えない。

どのような縛めでも、外す方法はある。縛った紐に手首の関節を当てて、嵌っている骨を外す。指の付け根の関節も外していった。

「武装していたって、所詮は女だ。恐れる必要はない。縛っておけば、何もできないだろう。明日には、父子軍に渡りを付けて売ってしまえばいい」

侮（あなど）られたものだと、内心悪態を吐（つ）く。関節を外し終えると、するりと束縛から手首を抜いた。手首と指の関節を嵌（は）め直す。紅玉の深い吐息が聞こえた。

「遊牧の胡人は、鼻っ柱が強い女が好きだからね。この女なら、すぐに売れるだろうさ。しかし、常山で拾って来た娘たちの辛気臭さには困ったね。ひとりは首を吊っちまうし」

紅玉の腹の内を聞いて、怒りが沸く。戦乱に遭い、身内と離れて明るくしていられるわけがない。

「女の荷はどうしますか。処分してよろしいですかね」

「金目の物以外は捨てちまいな。何だい、随分と物騒な物ばかりだね。その靴も要らないだろう」

季明から貰（もら）った靴のことだと分かり、足の縛めを即座に解（と）いた。立ち上がって、肩と足についた埃（ほこり）を叩く。

「その靴に触れるなよ。大切な物だからな」

紅玉と男をにらみつけた。ふたりは呆気（あっけ）に取られている。すぐに我に返った紅玉が、男を叱りつけた。

「あんた、ちゃんと縛ったんだろうね」

「縛りました。それも、かなりきつく縛ったはずです」

「これでは縛ったとはいえぬぞ。縛法を知らぬなら教えてやろうか」

男が抜刀した。素手で十分、と采春が踏み出したときだった。ひどい立眩みに襲われる。思わず、立膝を突いた。

紅玉たちが、一転して余裕のある笑みを浮かべる。

頭がずきずきと痛んだ。だが、この状態で戦う術がある。ふらりと中腰で立ち上がる。痛みを意識の外に追い遣る。半ば眠ったように意識を落とす。

男が刀を振り上げる。ゆらりと躱した。采春の動きは、川面に浮かぶ葉のように定まらない。手応えのない動きに、男は苛立ちをあらわにした。大した使い手ではなかった。第一、狭い部屋で、大ぶりの刀を振り回すなど愚かだ。男が横に薙いだ刀が、空振りをして柱に刺さった。

采春は、がら空きになった男の懐に倒れ込む。押し倒した男の鼻柱と鳩尾に、続けて掌底打ちを入れた。鼻血を出したまま、男は気絶した。

すっと立ち、紅玉に目を向けた。紅玉は怯えた目で、戸口に足を忍ばせている。

「逃がさぬぞ。常山の娘たちを解放してもらうまではな」

躙り寄ると、部屋の外から騒がしい物音が聞こえてきた。

仄かな花の香りが、采春の鼻腔に届く。

ひとりの女が、戸口に現れた。歳は采春と同じくらいか。薄暗い中でも、薄物の衫から透ける肌が白くまばゆい。背後には父子軍の兵らしき者らを従えている。紅玉の仲間だろうか。父子軍まで出てきたら、逃げるのは少し難儀だ。

しかし、女は部屋を見まわすと、紅玉をねめつけた。

「いったい、何をしているの。ここは私たちの塒よ」

突如、現れて難癖を付けてきた女に、紅玉は気色ばんだ。

「何を言ってんだい。ここは、小春姐さんの一座の長屋だ。現に今日も会って、ここを使う許可を貰っている」

部屋に踏み出した女の顔が、蠟の炎で照らし出される。

均整のとれた蛾眉に、優麗な眼差し、紅の引かれたふっくらとした唇。深窓の公女が現れたかのようだ。平原ではまず目にしない美形だった。

女は舞台の役者のように、大仰に憐憫の目を紅玉に向けた。

「残念だったわねえ。つい昨日、小春の一座から、この福娘がこの長屋を買い取ったの。あなたたちのような人買い然とした輩は看過できません。洛陽では、戦乱に乗じて横行する人買いを厳罰するお触れが出ているもの」

采春にも話が見えてきた。福娘は、小春から紅玉の一座の話を聞き、摘発するつもりで待ち構えていた。父子軍に密告していたに違いない。

紅玉は顔を真っ赤にして、懐から紙切れを出した。

「あたしたちは史将軍の書き付けも貰っている。よろしく取り計らうようにと書いてある」

だが、福娘は書き付けを読もうともしない。

「私たち一座は、晋王のご贔屓をいただいています。史将軍と晋王と、どちらが上だとお思い？」

紅玉が言葉に詰まる。吃りながらも、福娘に反駁した。

「史将軍に決まっているだろう。范陽では、安史の二聖と呼ばれているのだから」

「噂では、陛下は晋王を皇太子にお考えと聞きます。いずれ、史将軍は晋王の臣下になられる」

悔し紛れに、紅玉は言い放った。

「それはどうかな。陛下はほかに溺愛する息子がいると聞いている。いつまでも安泰が続くと思うな」

「晋王への侮辱は許されません。然るべき処罰をお願いしますね」

福娘は一歩下がり、父子軍の兵に声を掛けた。紅玉と男は、瞬く間に兵たちに捕えられた。部屋の外からも、怒号が聞こえてくる。一座の男たちも捕えられたのだろう。

思いもよらぬ展開に、采春は動けずにいた。取りあえず、助かったことだけは分かった。

「福娘姐さん、娘たちはいかがしましょう」

福娘の一座の男が、戸口から顔を覗かせた。褐色の肌をしており、長身で頭が戸口に閊えている。異国の民だろう。常山の娘たちはほかの部屋にいるらしい。

「故郷に帰るか、洛陽に残るか決めさせてやって。でも、私の一座に入るなら、厳しい芸の修業が待ち構えていると、念を押しておいてね」

福娘の話し方には品がある。見惚(みと)れて、声が掛けられない。福娘は続けて指示を出す。

「いずれにしても、美味しいものを食べさせてあげて。休めるように、寝床も用意してやってね。ただ、骨のある子には、今日明日で化粧と作法を仕込んでおやり。人生の転機になるかもしれないからね。陛下の目に留まる好機なんて、滅多にないから」

最後の言葉に、采春の身体が応えた。

「陛下の御前に出られるのか。私も同行できるだろうか」

ずきりと痛む頭を押さえながら、福娘に近づいた。福娘は、采春を上から下まで、値踏みするように見る。

「明日、洛陽中の雑技団や舞踏団が技を競う会があるの。陛下も御臨席になります。覚えがめでたければ褒美が出るし、宮中に出入りもできる。ただ、陛下の不興を買ったら命はないけれど。何か特技でも？」

特別な芸事はできない。だが、武技なら負けない。

「特技なら、ある。馬上で弓を射ることができる。馬妓にしてもらいたい」

憂(うれ)いを帯びた目が、采春に向けられた。

「その程度では、不興を買います。もっと派手な芸でないと」

「手で番(つが)うなら、大したことはない。私なら足でできる」

福娘は、二度三度、瞬きをして、やんわりと笑んだ。

「あなたは、ほかの部屋の娘たちと毛色が違うのね。いいわ、全ての持金を出しなさい。私の一座に加えます」

「なぜ、私だけ金を。常山の娘たちからは取らぬのだろう」

「無一文の娘たちから、どうやって金を取るというの。あなたは、好機が金で購えるのだから、それでいいでしょ」

理不尽に、采春は鼻白んだ。容姿と所作は優美な女だが、性根は違うらしい。

「あなたには、休養は必要ないようね。来なさい。装いを教えます」

花の香りに誘われるように、福娘の背を追った。

三

建物の外に出ると、辺りは歓楽街だった。

暗い細道から、大きな通りに出ると、それぞれの店の軒先に、朱色の提灯や松明が灯っていた。灯りの中を父子軍の兵が行きかっている。女の嬌声に乗って、白粉と酒気の混じった匂いが漂っていた。

唐の都市は、どの地方でも日暮れに暮鼓を鳴らし、それ以降は坊の出入りを禁じられる。坊の中なら外出は可能だが、采春は夜に家から出たことがないので、そもそも通常の夜間の事情が分からない。

安禄山が建てた国——燕も、唐の制度を引き継いでいるのだろうか。今は諸々の規制が緩んでいるのかもしれなかった。

一軒、他店に比べて暗く静かな敷地がある。門前の警固の男が福娘に気付き、挨拶をする。

「姐さん、お帰りなさい。そちらは新しい警固の者ですか」

綿入れを着た門番は、采春に興味を向けている。采春は、軽く頭を下げた。

「違うわ。これから装って、馬妓に仕立てるの。今日から一座の仲間になるから、面倒を見てやってね」

門番から手燭を受け取り、福娘は門を潜る。蠟の火に照らされて、ぼんやりと敷地内の様子が見えた。敷地は四方を白壁で囲まれ、家屋は前後の院に分かれている。両院は連子窓のある回廊で繋がっており、辺りには竹が植わっていた。

周囲に比べれば静かだが、家屋の中は、女たちの賑やかな声で溢れていた。福娘は一座と言ったが、興行の一座だろうか。院の様子から、妓楼のようにも見える。

招き入れられたのは、後院の離れだった。部屋の中には化粧道具が並び、何着もの衣装が掛けられている。それぞれ灯された蠟の元で、数名の女が化粧をしていた。どうやら、離れは粧閣らしい。

「福娘姐さん、良いところに。髪はどうかしら」

戸口のすぐ側にいた女が福娘に声を掛けた。小さく首を傾げて、髪に手を添えて見せる。玉の付いた髪飾りが揺れてまばゆい。

「玉の歩揺がとても似合ってる。よくひとりでここまで装えるようになったわね」

福娘は、手鏡の置かれた机の前に進んで手燭を置くと、采春を手招いた。

「こちらに来なさい。あなた、名前は」

偽名を使おうかとも思ったが、名だけなら構うまいと思った。

「采春だ。……何をするつもりだ」

福娘は、采春の胡服を剝ぎ取るように脱がせていく。

「別に、取って食いはしないわよ。この薄汚い胡服は捨てますからね。あら、意外に体格がしっかりしているのね。とてもいいわ。線の細い女なんて流行らないもの」

言われるがまま、出された衫と裙を身に着ける。引かれた椅子に、采春は座った。

「あなた、白粉も付けていないのね。でも、少し化粧を施すだけで、誰もがはっとするような見栄えになるわ。手水で顔を洗って」

「私は、あまり目立たないほうがいいのだが」

采春の訴えに不知顔して、化粧道具を机上に並べていく。

安禄山の側には、かつて平原を急襲した息子の安慶緒がいるかも知れない。あの男の出現が戦禍の始まりだった。あちらは采春のことなど覚えていないだろうが、警戒するに越したことはない。

福娘は、灯りを寄せ、采春の両頬に白い手を添えた。

「いい目をしてる。薄いけれど頬に傷があるのね。でも、乗せるように白粉を塗れば、隠せるわ。眉は鴛鴦か垂珠か。どちらがお好み？　それに、額に着ける花鈿は、どれがいいかしら。選んでくれる」

　指差された先には、小さく切られた紙飾りが入った箱がある。立て続けに訊かれて、采春の頭は混乱した。

「すまない。何を言われているのか分からない。馬妓なのだから、胡装では駄目か。化粧も要らない」

　采春の主張を取り合わずに、顔を洗えとうながしてくる。しぶしぶ顔を洗った。

「特に好みがなければ私に任せて。髪は螺髻かしらね」

　優しく采春の顔に白粉を塗り始める。噎せ返るような匂いに、くしゃみが出た。平原にいた頃、化粧をしていなかったわけではないが、香料の入った白粉は初めてだった。

　福娘は、手際よく頬紅を入れて、眉を描いていく。こそばゆさに耐えながら、じっと座る。仕上げに、花鈿が眉の間に添えられた。

　これで終わりかと思ったが、今度は括ってあった髪が解かれた。

「櫛くらい通しなさいよ。なんなの、この頭は」

「しばらく野宿をしていたから。洛陽に入る前に一度、川で洗っただけだ。あまり凝らず、適当でよいから。先ほどの一味に薬を盛られて、まだ頭が痛む」

「やりがいがあるってものよ。少し我慢なさい」

香油を付けた櫛で、髻を結い上げていく。髪をあちこち引っ張られ、辟易した。最後に、翡翠の簪が挿し込まれた。

福娘は、采春の顔を眺めて、満面の笑みを浮かべる。采春は采春で、福娘の手から解放されて安堵した。礼もそこそこに、身を乗り出して訊いた。

「さっそくだが、明日の詳細を教えてもらいたい。場所はどこだ。どれだけの人が集まる」

采春にとって肝腎なのは、安禄山の側に近づく算段だ。朝廷に入り込む伝手が欲しい。

福娘は、目を吊り上げて鏡を指さした。

「せっかくこんなに綺麗にしてあげたのに。鏡で見ないとは、どういう了見なの」

「化粧しても、元が大した顔ではないから」

「この世界で謙遜は不要よ。それに、この私が手を掛けたのだから、大した顔になったのよ。自分の顔に見惚れるわよ」

采春の目前に、鏡が突き出された。艶やかで華のある貌が、鏡の中に浮かんだ。士人の家に侍る家妓のようだ。しかし、これでは采春だと分かってしまう。美しくなくとも、別人に見えるほどに貌を変えてくれればよいのにと思った。

「自分ひとりではこんな化粧はできないな。ありがとう」

そっけない采春の反応に、福娘は肩を落とした。

「もっと嬉しそうになさいよ。いいこと。明日の演技会の後に、美しい娘たちは酒宴に呼ばれる。選ばれたなら、好機をものにしなさい。とにかくもったいぶるのよ。相手が幹部将校だって、容易に身体に触れさせてはいけない」

　こつんと肘で、采春の肩に触れた。

「指が触れる、肩が軽くぶつかる程度に留めて。その先の感触を想像させるのよ。男を跪(ひざまず)かせるまでになれば、こちらの勝ち。いくらでも、金を引き出せる」

　ますます困惑した。両膝の上で、ぐっと拳を握る。

「やはり話が分からない。跪かせたいだけなら、殴ってやればいい」

福娘は、呆気に取られた顔をする。

「あなた、頭がおかしいのね。まあ、良いわ。顔と技が良ければ問題ないもの」

同じ年頃の娘と話が合わないのは、今に始まったことではない。

「それより、本当に陛下の御前に上がれるのだろうな。晋王とは、どういった御方だ。贔屓筋だと言っていたな」

「陛下には、何人も御子息がいらっしゃる。全てを存じあげているわけではないけれど、一番は晋王様。物静かでとても知的な御方よ。でもご贔屓を頂いているとは言い過ぎたわ」

　かつて、安禄山の後継は安慶緒と聞いた。もしや晋王は安慶緒かと疑ったが、血で血を洗う禍々(まがまが)しさは、知的とは程遠い。安禄山の息子にも、季明のように文官然とした男がいるのだろうか。

「だが、晋王と全く縁がないわけではないのだろう」

「洛陽が叛乱軍の手に落ちたとき、晋王に助けていただいたの。それ以来、麾下の将に何度か酒宴に呼ばれて舞いを披露しただけ。でも、これからさらに御縁を深めるつもりだから、間違ってないわ」

福娘の目に、野心の光が宿った。

「明日の演技会で、晋王のお目に留まるとよいな」

采春の言葉に、福娘は頰に手を当てて思案顔をする。

「晋王は、年増がお好みとの話だから、私にも好機はあると思うの。でも、さっきの婆みたいのがお好みだったら、勝負にならない」

「お若い方なのか。福娘は、二十歳前後だろう」

福娘を年増とするなら、晋王はまだ十代か。福娘はころころと声を立てて笑った。

「もう三十を過ぎてからは歳なんて数えていないわよ。晋王は二十代の後半だと思うわ」

思わず、目を剝いた。目の前の福娘はどう見ても、采春と同じ年頃だ。場合によっては、采春のほうが年上ではと思っていた。

「私より十以上も年上なのか。永兄より年上とは。信じられぬ」

立ち上がって、福娘の頰に触れた。思ったより薄化粧だ。地肌がふっくらとして瑞々しい。采春の手をそっと避け、含みのある笑みを浮かべている。世の中には、変わった人がいる。またもや、世間知らずを思い知らされた。

「話を戻そう。明日の話だ。委細を教えてくれるか」

「演技会は、寛政坊の楡柳園で行われます。楡柳園は知っている？」

福娘は椅子を引き寄せ、采春の隣に座る。采春も腰を落とした。ふたりの間で、蠟の炎が揺らぐ。

「いや、そもそも洛陽は今日が初めてだ。洛水沿いに東から西を見ただけで、よく分からない」

采春のために、福娘は講釈を始める。

「北隅中央に中枢がある長安と異なって、洛陽城は、その西隅に宮城や皇城があります。皇城から南の天津橋を渡って、定鼎門まで続く長い南北の大街が、洛陽城の中軸よ。定鼎門街といって、長安の朱雀大街みたいな繁栄地ね」

采春は長安城内の地理も分からないが、とりあえず頷いた。

「天津橋なら、今日、行った。あれほど大きく壮麗な橋は初めて見た。楡柳園のある寛政坊とは定鼎門街の近くにあるのか」

「寛政坊は、定鼎門街沿いよ。長安から来る者は、多くが定鼎門街を通るから賑やかよ」

「人が多いのだろうな。洛陽一の繁栄地と聞いた」

「洛陽一なら、ここ北市だわ。北市のすぐ南には漕渠が流れている。漕渠には、全国からの舟が集まる。つまり、各地の物が北市で購われるわけ」

「しかし、今は物の流れも完全ではないだろう」

叛乱軍はまだ唐土のすべてを掌握していない。その上、洛陽は厳戒の状態で、民は容易に入れない。

「燕国が唐国を亡ぼせば、正常になるわ。以前は、漕渠に一万艘ともいわれる舟が停泊していた。早くたくさんの舟が入るようになってほしい。北市は煌びやかだけれど、貧民の集まる場所でもある。繁栄のお零れがないと生きていけないのよ。この一月で夥しい数の骸を見たわ」

采春も、破壊された街のあちこちに、打ち捨てられた骸を見た。廃墟のような都で、民は逞しく生きようとしている。福娘もそのひとりなのだろう。紅玉に訊いた問いを、福娘にも向けてみた。

「新しい国になって、一月ほど経った。唐と燕では、どちらがいい」

「燕ね。比べるまでもない。唐なんて早く滅んでしまえばいい」

つんとした顔で即答する福娘に、面食らった。唐に怨恨があるのだろうか。その確固たる表情に事情を訊くのは憚られ、話を変えようとおのれの両頬を撫でた。

「顔が痒い。やはり、私は胡服がいいな。顔も面をしてはどうだろう。隠したほうが、関心を引くかもしれない」

福娘は采春を見据え、低い声で言い放った。

「せっかくの顔立ちを利用しないなんて、悠長なことを言わないで。私たちが力を得る方法はひとつしかない。権力者に取り入る。これだけなのだから」

怨みの籠ったような、底知れない目だ。故郷の母が時折見せた目に似ている。

「権力者との縁が切れれば、食い扶持も断たれる。覚悟して臨みなさい」

華やかな容姿とは裏腹に、福娘が歩んできた道は険しいのだろう。

「分かった。福娘の指示に従おう。私も生半可な気持ちで洛陽に来ておらぬ」

燕国の幹部に取り入って、安禄山の側に近づく。目的達成の一番の近道だ。

「夜が明けたら、あなたの馬技を見せてもらいます。お粗末だったら、連れていきません。今夜のうちに、振る舞いを仕込まなくては。姿勢は悪くないから、すぐに身に付くわ」

刺繡の入った団扇が、手渡された。

「さあ、顔を隠して。団扇から目だけ覗かせて、笑ってみせて」

立ち上がって笑んでみせると、福娘は頭を抱えた。

「武骨な佇まいを、どうやったら矯正できるかしら。いいえ、やり遂げてみせるわ。体軸は悪くないのだから。牡丹の花が開く様を想像して、笑んでみなさい」

指示どおりに試みたが、福娘は渋い顔をしている。

「まだ夜は長いわ。好機を前に得た奇貨だもの。磨き上げて、大物を釣り上げてみせる」

福娘の握りしめた拳が、ぎりりと音を立てた気がした。

四

天幕の隙間から外を覗くと、すぐ側に立ち並ぶ雑技団や舞踏団の天幕が目に入った。天幕群の前には広場があり、広場を挟んだ向こう側には一段高くした観賞席が造られていた。

采春は、赤い絨毯の敷かれた観賞席を凝視する。父子軍の将校や官人の姿は見えるが、主賓席は空だ。周囲を見回しても、晩冬の穏やかな日差しの中で、園を囲う壁沿いに植えられた柳と楡（にれ）の枝が揺れているだけだった。

「まだ、陛下は来ないのか。もう昼を過ぎているのに」

天幕の中を振り向いた。一座の舞手たちは、全身を赤で統一した胡風の衣装を着ている。刺繍の施された胡帽には、銀の鈴が着けられ、めりはりが付けられている。一方、楽伎たちの衣装は皆、青色だ。十人の舞手と、七人の楽伎。うち男は三人だけの構成だ。福娘は、その中で一際（ひときわ）鮮明な赤の衣装を纏（まと）っていた。

「せっかちね。少し落ち着きなさい。刻（とき）の調節が難しい禽獣（きんじゅう）を扱っているわけではないのだから」

「馬はいるぞ。あまりに遅くては、私の馬が不貞寝（ふてね）する」

「ぶつぶつ言っている余裕があるなら、振る舞いの修練でもしていればいいのよ。前よりは、ましになったってだけで、私はまだ満足していませんからね」

昨日は、夜更けまで福娘の指導を受けた。本気で挑んだつもりだが、福娘から合格の允許は出なかった。両手を上げて、服装を誇示して見せる。

「そうは言うが、私はこの格好だしな」

結局、采春は男服の着用で落ち着いた。筒袖の衫を纏い、細身の袴を穿いている。皆が艶めかしい出で立ちでは変化がないと、福娘が決断した。長安や洛陽では女子の男服や軍服の着用が流行しており、安禄山の目にも印象良く映るだろうという目論みだ。髪は簡単な髻で、顔は、福娘がかなり渋ったが、面を被る算段になった。采春としては、やはり安慶緒が気懸りだった。

「あなたの見せ場が最後なのだから、失敗したら許さないわよ」

「私は、へまはせぬ。福娘が、怖気づかなければな」

今朝、北市の中にある福娘の一座の天幕で、本番前の通し稽古をした。一座の舞手たちの踊りは、これまで采春が目にしたどの舞踊とも異なり、その技と華やかさに興奮した。

その後、采春は馬技を披露し、福娘も技そのものには満足した。ただ、馬上から弓を引く際に、福娘自身が的になると言い出したのだ。

「やめるなら、今のうちだぞ。標的は別に何でもよいのだからな」

「危険を恐れては先に進めない。なんとしても、陛下に目を留めていただかねば」

天幕の外で、太鼓が打ち鳴らされた。福娘が一座の皆を鼓舞する。

「陛下のお出ましよ。皆、失礼のないように」

翻(ひるがえ)した袖が目に鮮やかだ。天幕の裾が開き、光のほうへ赤と青の麗姿が進んでいく。

采春も顔に面を着けて後に続いた。

ほかの天幕からも、舞手や楽伎たちが次々に姿を現す。揃った者たちは、広場に整列した。采春は、福娘とともに先頭に並ぶ。

しばらくして再び太鼓が打たれ、馬車と数騎が園内に進んできた。どれが安禄山か。面の目穴から探った。さらに凝視しようと前のめりになると、福娘に頭を押さえつけられた。

「陛下のお出ましよ。叩頭(こうとう)して」

皆が一斉に額を地に付けて、拝礼する。大声が園内に響いた。

「皇帝陛下！　万歳万歳、万々歳！」

周囲にならって、立ち上がった。手は揖(ゆう)の礼のまま、現れた衆を観察する。

観賞席に手引きされている男が、采春の目に入った。腹が異様に大きく、見世物の道化のようだ。ひとりで立てぬ様子で、宦官(かんがん)が腹を下から支えている。男が中央に設置された椅子に尻を落とすと、地が揺れたような気がした。数人掛けと思い込んでいた西方風の幅が広い椅子が、ずいぶん小さく見える。この巨漢が、安禄山か。

——そう遠くないうちに、私が八つ裂きにしてくれる。

にじみ出る殺気を、何とか抑える。安禄山の側に控えた宦官が、高い声を張り上げた。

「陛下の御言葉を伝える。皆、思う存分、才を披露するように」

「采春、揖の礼をしっかり。陛下を凝視してはなりません」

小声で福娘に叱られたが、どうしても目が行く。この無駄肉の塊のような身体で、軍団の長である節度使が務まったのだろうか。その上、どこか上の空で呆けた表情をしている。

安禄山と采春の間には、わずかな隔りしかない。今この位置からでも殺せる気がした。だが、その側に控えた男の姿を見て、身体に緊張が走る。安慶緒だ。警戒の目を光らせ、不測の事態があっても、すぐに安禄山を護れる姿勢でいる。

太鼓が鳴り、天幕に戻るように指示が出される。采春は面を押さえて、一座の後に続いた。

演技会が始まり、天幕の並び順に舞踏や雑技が披露されていく。福娘の一座は六番目だった。

天幕の隙間から、演技を覗き見た。平原では見たこともない技ばかりだったが、やはり広場の先の安禄山に目が向く。

次が福娘の一座の番というときだった。

「福娘、あの獣はなんだ。虎ではあるまいな」

采春が問うと、福娘も天幕の端をめくった。

「獅子よ。西方から運ばれた獣ね。獅子の雑技は別に珍しくはないけれど。派手ではあるから、私たちの前にはやってほしくなかったわね」

広場に一頭の獅子が現れる。鬣は雄々しく豊かで、口の端からてらりと光る牙が覗いている。あれに食らいつかれたらひとたまりもない。調教はされているのだろうが、万が一を思うと身震いがした。

白い衣装を着た男が、肉塊を与えながら、獅子を台の上に立たせる。もうひとりの黒い衣装の男が、大きな輪を掲げる。白の男が合図すると、獅子は輪の中に飛び込んだ。観賞席から拍手が起きるが、まばらだ。輪潜りのほかにも、玉転がしや炎の上を飛び越える芸が披露されたが、それほど盛り上がらなかった。福娘が言ったとおり、派手だが都の人には目新しい芸ではないのかもしれない。

獅子の芸の終わりが近づいてきた。天幕のなかで面を着け、馬技のための弓矢を手にする。外へ出ようと天幕の裾に手を掛けたとたん、広場から騒めきが聞こえてきた。すぐさま飛び出すと、白の男が腰袋をまさぐっている。獅子に与える肉を切らしたらしい。待ちが長かったので、与え切ってしまったのだろうか。

ぞくりと嫌な感触が背を這った。獅子が突如、腰袋を持つ男の腕に食らいつく。広場のあちこちから、悲鳴が上がる。

――助けなければ。

　采春は即座に矢を番えた。獅子の目に命中し、その口から男が離れる。片目を矢で貫かれてもひるむことなく、獅子は男に再び食らいつこうとしている。采春は駆け出し、短剣を獅子の眉間に放った。獰猛な嘶きとともに振り払われる。獅子はようやく采春に目を向け、飛び掛かってくる。采春も踏みこんだ。裂帛の気合とともに、刀を横に薙ぐ。獣の身体が地に投げ出された。しかし、すぐに体勢を立て直す。矢の刺さった赤い目が采春に向いた。

　やはり猪とは違う。刃は獅子の身体を浅く傷付けただけで、逆に、采春のほうが右腕に傷を食らった。獅子の全身が、気を放つ。采春の命を欲している。

　――食われるものか。

　すぐそこに憎き敵がいるのだ。獣の餌になるために、家族を置いて故郷を飛び出したわけではない。

　凄まじい勢いで、獅子が食らいついてくる。刀を両手持ちにする。剝き出しになった牙を押さえた。血肉のこびり付いた口元から、生々しい獣の臭いが迫る。飛び掛かって来た勢いを活かして後ろに倒れ、獅子の腹を蹴り上げて背後に飛ばした。

　観賞席の前の壁に獅子が激突する。考える余裕などない。そこへ飛びつき、すかさず首の血脈に刀を突きたてた。繁吹いた血を、全身に浴びる。耳がおかしくなるかと思うような大きな咆哮が采春を襲う。振り払おうとする猛々しい力に、采春の身体が地に打ち付けられる。単純な力の応酬になると、采春はめっぽう弱い。鬣にしがみつき、刀を突きたてたまま堪(こら)えた。傷を負った右腕がちぎれるかと思うほど痛い。刻(とき)がやたら長く感じる。気づくと獅子は動かなくなっていた。

一瞬置いて、広場の周りから歓声が沸いた。安堵で全身から力が抜ける。刀を抜こうとして面がずれ、まだしびれの残る手で元に直す。観賞席の安禄山の周囲からも、「良くやった」「見事だ」と声が掛かる。

安禄山に向かって形ばかりの拱手(きょうしゅ)の礼を取った。側に控える安慶緒と目が合った気がしたが、すぐさま身を翻して、嚙みつかれた男の元へ駆けつけた。肘から下が千切れており、男は恐怖と出血で顔を蒼白にしている。自分がこうなっていてもおかしくなかったのだ。服の裾を破って、腕の付け根を縛り上げてやった。

「きちんと処置すれば命は助かる。気をしっかり持て。血を流し過ぎぬよう気を付けろ」

壊れた人形のように、男は二度三度、首を縦に振る。その白い衣装が血で真っ赤になっていた。同じ一座の下男たちが男を運んでいき、座長らしき者が観賞席の前で叩頭している。座を汚した失態を詫びているのだろう。観賞席では、安禄山の周囲の者たちが何か相談をしている様子だ。

——今日の会は中止になるのか。

ところが、福娘の一座の天幕から、鈴の音が聞こえてくる。舞手たちが一列になって、広場に姿を現した。それぞれ、帽子に着けている物と同じ、鈴の飾りを手にしている。

どうやら、福娘は有無をいわせずに続けるつもりらしい。

広場の中にいた者たちは、追い出されるように外に出た。獅子の骸も運び出され、采春もいったん広場から出た。

舞手たちは配置に着くと、それぞれ刺繍の入った丸い赤の布を自分の足元に敷く。続けて、楽伎たちが琵琶や笛などの楽器を奏でながら現れる。舞手の背後に長い青の布を敷き、その上に座って楽器を構えた。

最後に、福娘が鈴の音を鳴らしながら、舞手の中央に登場する。青と赤の二色で統一した舞台の中で、福娘の雪肌（せっき）が映える。

爽やかな鈴の音と清涼な様（さま）で、一座は酸鼻な気を払拭（ふっしょく）した。

観賞席では、立ち上がっていた皇帝の周囲の者たちが、再び席に着いた。続行が認められたと悟り、采春は胸をなでおろす。

急ぎ天幕の中に戻り、血まみれの衫や袴を脱ぎ捨てる。上腕の傷は幸い浅いが、利き腕なのは運が悪かった。圧迫して布を巻きつけたものの、やはり血がにじむ。

服を着れば見た目はごまかせると思ったのに、衣装箱をひっくり返しても男装の替えがない。やむを得ず舞手の予備の胡服を身に付け、赤の錦の鞋（くつ）を履く。最後に面を着けた。

天幕の外に出て、杭に繋いでいた馬に近づくと、少し尻込みしている。獣の血腥（ちなまぐさ）さに、過敏になっているのだろう。

広場では、福娘たちが一糸乱れぬ動きで、鈴を使った舞踏を見せている。

音楽がぴたりと止まり、舞手たちが一斉に上着を引き抜くと、観衆がどよめいた。

彼女らの衣装が、一瞬で変わる。単色の衣装の下から現れたのは、繊細で煌(きら)びやかな衣装だ。薄絹の衫の袖には、紫と紅の刺繍が施されている。腰の宝帯がまばゆい。

舞手たちが、速い動きで旋回を始める。胡旋舞(こせんぶ)というソグド人の舞いだ。薄絹の袖をはためかせて、小さな布の上で回る。袖の刺繍に日の光が照り返し、小さな光を振り撒いているように見えた。

舞が終わり音楽が止まると、観賞席から大きな歓声が沸き起こる。圧巻だった。

大きく太鼓が打ち鳴らされる。次は、采春の番だ。舞手たちは広場からはけて、福娘と楽伎だけが残る。

「さあ、お前の番だ。物怖じするんじゃないぞ」

まるで張永がするように、馬に話しかけた。平原にいたときは、馬と語る張永を奇妙な目で見ていたのに、真似をしている自分がおかしかった。

騎乗して、広場の縁を駆ける。手綱を短く持ち、走る馬の上に立った。馬を走らせたまま、馬上で逆立ちをして見せた。右腕にずしりと重い痛みがある。まばらに拍手が鳴った。

一周走り終え、今度は広場の端に馬を立たせた。広場の反対側には福娘が立っており、その頭の上には打毬(ポロ)で使う毬(まり)が乗っていた。

采春は馬の上に立ち、腰の箭箙（矢筒）を控えていた楽伎に渡す。

矢を一本受け取り、番える。福娘が爪の小ささに見えるほどの間合いがある。しかも、逆風が吹いていた。弓を引く右の掌が汗ばむ。傷口が熱い。矢を放った時、指が少し滑った気がした。

だが、無事に矢は毬に命中し、采春は胸を撫で下ろす。

相変わらず寂しい拍手を聞きながら、楽伎に弓を預ける。馬上に座って鞋を脱ぎ、福娘へ顔を向けて、再び逆立ちになる。采春の脚が剝き出しになった。もしこの場に母がいたら、昏倒しただろう。

楽伎から弓を受け取る。大きく背を反らせ、左足の親指を使って弓を構えた。次に、受け取った矢を右足の指で番える。

観客が固唾を飲むのが分かる。体重を支える右手が悲鳴を上げている。その上、馬が緊張した気配を感じたのか、落ち着かない様子だ。采春は目を瞑った。

さあ来なさいと、福娘の執念の声が聞こえた気がした。一瞬、風が弱まる。刮目して、采春は矢を放った。

——当たってくれ！

願いと同時に、福娘の頭上の毬が撃ち落とされた。観衆が総立ちになり、歓声が上がる。

采春は下馬して、首元の汗をぬぐった。顔にも大汗を掻いているが、面のせいでぬぐえない。後は、広場の中央で皆と礼をしたら終わりだ。弓を肩に掛けて走ろうとしたときだった。弓が面を留める紐に引っかかり、面が取れて観賞席に飛んだ。その先に目を遣ると、安慶緒が立ち上がって、こちらを見ていた。采春をにらみながら弓を取り、矢を番える。

周囲が水を打ったように静かになった。

構えた采春だったが、向けられていた鏃の先がすっと横に動いた。安慶緒が矢を向けたのは、既に広場の中央に控えていた福娘だった。そのうつくしい顔が蒼白になる。采春は動けずにいる福娘の前に駆け込み、弧を描いて飛来する矢を躍り上がって蹴り飛ばした。

安慶緒は変わらず睥睨している。やはり、采春を覚えていたらしい。だが、福娘の一座に係わった以上、自分ひとりだけ逃げられない。

安慶緒をにらみ返しながら、福娘に聞こえるように低く呟いた。

「世話になった。私について問われたら、昨日入ったばかりの新参者だと主張しろ。一座と私は無関係だ。いいな」

安慶緒が、側近の者たちに指示を出している。父子軍の兵が采春に向かって駆けてくる。

——すぐ目の前に、仇がいるというのに。

安禄山を見据え、歯の根を鳴らした。

五

連行されたのは、街中にある屋敷の一室だった。牢獄でもなく宮城の中でもない。采春には、今、拘束されている場所が、洛陽城内のどこなのか見当も付かなかった。部屋の内外には、二十人の見張りの兵が付いている。

「ずっと立っていても疲れるだろう。私は逃げぬぞ」

兵たちは押し黙って、立っているだけだ。話しかけたり挑発したりしても、乗ってこない。

「演技会はどうなった。中止か。言っておくが、私は昨夜、飛び込みで一座に入っただけだからな」

置物のように押し黙っている兵の顔を、下から覗き込む。兵がぎろりとにらんだ。

「おっと、私は暴れたりせぬぞ。身に付けていた武器も取り上げられてしまったしな」

部屋の中にいるのも、さすがに飽きた。幸い、見張りは男しかいない。手洗いだと言って抜け出すか。右腕に怪我を負ってはいるが、二十人程度なら撒ける自信はある。

ただ下手に動いて、福娘たちに影響が及ぶのは避けたかった。八刻（約二時間）も待たされ、やっと部屋の外から物音が聞こえてきた。

「若様、女はこちらです」

宦官の案内で現れたのは、安慶緒だ。采春は座ったまま、片眉を上げた。

「どれだけ待たせるつもりだ。演技会は最後までやったのか」

安慶緒は、采春の前に立ち塞がった。以前と同じ悪気を体中からにじませている。

「なぜ、お前が洛陽にいる」

立ち上がった采春は、髻に挿していた簪を、すっと取り出した。尖端を真っ直ぐに、安慶緒に向けた。

「お前たちは、常山の家族を殺した」

安禄山が無理なら、安慶緒だけでもこの場で刺し違えてやると思った。見張りの兵たちが一斉に武器に手を掛ける。安慶緒がそれを制した。

「女たちは殺しておらぬぞ。常山の獄に入れた後に、婢に落としたはずだ」

思いもよらぬ話に、詰め寄った。

「今、顔家の妻や娘たちは、どこにいる。買い戻せるか」

「見つけるのは困難だ。官婢に落としたのではなく、市場に売ったはずだ。今となっては足取りはつかめまい」

罪人として婢になったとすれば、家畜以下の扱いを受ける。死ぬより、辛い目に遭っているかもしれない。

脳裏に、珠児の顔が浮かぶ。まだ十を過ぎたばかりの少女だ。弾けるような笑顔で、湯気の立つ肉包子を采春に差し出してくれた。その一方で、不安に押しつぶされそうな顔で「本当によろしく頼みますね」と采春に懇願していたのだ。

――何もできなかった。季明も、誰ひとりとして助けられなかった。

零(こぼ)れる涙を留めようと、歯を食いしばる。安慶緒が人払いをした。安慶緒と采春、宦官の三人だけになると、安慶緒は低く重みのある声で采春に問いかけた。

「安禄山が憎いか。敵討ちか。だが、安禄山はふだん、宮城の奥にいて姿を現さぬ。外出しても、幾重もの警固が付いている。お前ひとりでは近づくことすらできまい。ならば、力を貸してやる」

想定もしなかった言葉に、耳を疑う。

「父親殺しの手助けをするとでもいうのか」

この男は、いったい何をしようとしているのか。采春の問いには答えず、傲慢な表情で返してくる。

「ただし、手を貸すには条件がある。おれに従え。おれを護れ。おれを欺くな」

「なんだ、その身勝手な条件は！　そもそも、なぜ私に合力を持ち掛ける」

目を剝く采春に、安慶緒は淡々と説明する。

「父は、弟の慶恩(けいおん)を皇太子にする腹積もりらしい。父と弟の派閥は、次男のおれを殺そうとしている」

「安慶恩とは、安禄山のお気に入りの息子と噂されているやつか。晋王とやらが後継と聞いたが」

福娘と紅玉が言い合っていたときの話を、思い出す。

「おれには男の兄弟が十一人いる。長男の慶宗は、父の挙兵時に長安にいて、唐国に処刑された。長兄を欠いて以来、兄弟の関係がおかしくなった。人はおれを暗愚と揶揄するが、おとなしく殺されるほど馬鹿ではない。道を開くためには、血が必要だ。おれは、父を殺してでも、成さねばならぬ」

我が子を殺そうとする親などいるものかと思うが、安慶緒の禍々しさなら、あり得なくはない。信用できる身内もいないこの男は、安禄山殺害の志を同じくし、その点で決して裏切らぬ手下を欲しているのだ。

再度、安慶緒に問うた。

「親を殺してでも成したい志とは、何だ」

「お前には分からぬ。ただ、おれに従えばよい」

それまで黙っていた宦官が、安慶緒を見上げ、口を挟んだ。

「若様、迷われますな。『大義、親を滅す』ですぞ」

どこかで聞いた言葉だ。何かの故事だろう。

「案ずるな、李猪児。おれは迷ってなどおらぬ」

大義などと口にしているが、結局は権力の闘争だ。血縁同士で殺し合うなどと胸が悪い。しかも、相手は平原に急襲を掛けた安慶緒だ。この話は信用できるのか。本当に仇を討てるのだろうか。

　――これは賭けだ。

　世間知らずの采春の独力では、敵討ちは困難だ。少し考えるそぶりを見せてから、口を開いた。

「駆け引きに応じよう。ただし、事が成った後は好きにさせてもらう」

　安禄山の次に殺すのは安慶緒だ。一時的な結託だとおのれを納得させる。

「父を殺した後は、勝手にすれば良い。用があるときは、こちらから呼ぶ」

「私は、北市にいる。いつでも安禄山を殺す心構えはできている」

　采春と安慶緒の目が合った。安慶緒が先に目を逸らした。

「李猪児、この女をおれの麾下に入れる。良いな」

　言い捨てて、部屋を出て行く。

「承知しました」と李猪児は、深々と揖の礼を取る。安慶緒の足音が聞こえなくなると、采春に向き直った。

「安禄山の身の回りの世話をしている李猪児だ。用がある際は呼び立てる。お前は市井でふだんどおりにしていろ。決して、企みを漏らすなよ」

　安慶緒がいなくなった途端に、高慢な態度に出た。むっとして、嫌味を浴びせてやった。

「安禄山の世話をしているなら、お前が殺せるはずだ。臆病か」

「まずはその言葉遣いを改めよ。若様に対しては、お前ではなく晋王殿下とお呼びしろ」

李猪児の言葉の意味がすぐには理解できず、采春は言葉を詰まらせた。

「晋王は、知的で物静かな男だと聞いたが……まさか安慶緒ではあるまい」

「若様の諱を口にするな、無礼者め！　ここをどこだと思っている。晋王府だぞ」

李猪児の叱責する声を聞きながら、「安慶緒が晋王……」と大きく首を傾げた。

六

晋王府を出ると、日が落ち始めていた。

李猪児に描かせた地図を手に、采春は北市へ急ぐ。北市の坊内に入ると、暮れ紛れの街路樹の枝に、白い粒が浮かんで見えた。雪と見紛ったそれは、一輪の早咲きの梅だった。

まもなく春が来ると思うと、行きかう男たちや妓女の顔が、より華やいで見える。歓楽街を抜けると、一座の天幕が目に入った。舞踊や雑技も披露できる大きな劇場だ。中へ入ると、舞手の女たちに取り囲まれた。

「大丈夫だった？　何もされなかった？」

「福娘姐さんが落ち込んで、大変だったんだから」

松明の灯された天幕の中で、舞手たちは次々と采春の無事を喜んだ。

「私は問題ない。皆のほうこそ、父子軍から詰問されなかったか」

「特に何も訊かれなかったわ。演技会も予定どおり最後まで行われたし」

演技会が終わってから、安慶緒は晋王府に戻ったらしい。どうりで待たされたわけだと納得する。

舞台の袖から、福娘が姿を現す。采春の姿をまじまじと見つめ、近づいてくる。

「無事だったのね」

「朗報だ。お前の大好きな晋王の手下になったぞ」

ところが、福娘は采春の言葉が耳に入っていない様子だ。文句を付け加えてやった。

「福娘は、男を見る目がない。安慶緒のどこが知的だ」

それでも福娘は言い返しもせずに、悄然(しょうぜん)としている。

「殺されたらどうしようかと。良かった。生きて戻ってこられて」

福娘の頰を、一筋の涙が伝った。思いもしない反応に、采春はうろたえた。

「なんだよ、泣くな。私は簡単には死なぬ。獅子にだって負けなかっただろう」

本気で采春の身を案じていたらしい。野心の塊に見えた福娘の姿は、跡形もない。

「変な人だな。あれほど、権力者に取り入るのだと息巻いていたのに、めそめそして」

舞手のひとりが、采春に小声で耳打ちする。

「将校に宴席に侍るように命じられたけど、福娘姐さんが断っちゃったの。加減が悪いからって」

それを聞いて、すぐさま福娘に頭を下げた。

「せっかくの好機をふいにさせてしまった。申し訳ない」

福娘は涙をぬぐうと、いつもの勝気な顔に戻った。

「下っ端の将校だから、断ったのよ。一度のお誘いで付いていくほど安くないわ。采春のためじゃないから、自惚れないで。さあ、何か食べましょう。皆もお腹が空いたわよね。今日は豪勢に酒楼を借り切ろうかしら」

福娘の言葉に、一座の者たちは歓声を上げた。だが、すぐに、きりりとした声が釘を刺す。

「ただし、お酒はひとり一杯までよ」

第七章　魏郡、攻略

一

張永(ちょうえい)は、丘の上から手で合図を送った。平原(へいげん)城外の空に、太鼓が鳴り響く。

空の下の平野には、第一大隊を半数に分けた五百の陣が対峙していた。それぞれ、紅と白の布を腕に巻いている。向かって右手の陣が紅、左手の陣が白の紅白戦だ。

太鼓の合図を契機に、吶喊(とっかん)を上げながら双方の歩兵が突進する。模擬戦なので、矢は鏃(やじり)を取り、刀の代わりに棍棒を持たせている。

間合いが六十歩（約九十ｍ）になると、歩兵のうち先鋒の弓手が矢を放つ。矢が当たった者は場外に出る。

さらに接近すると、弓手は後退した。歩兵隊が前進し、白兵戦になる。

歩兵隊が疲労すると、騎馬隊と交代する。背後に下がった歩兵隊は、隊列を整えて休む。騎馬隊が疲弊すると、再び入れかわる。この交代を繰り返した。

次第に、交代時の乱れが出てくる。余力のある紅軍が白軍の乱れを突き、さらに横から白軍に奇襲を掛ける。矢継ぎ早の攻撃に、拮抗していた戦況が崩れて見えた。

だが白軍の中から、飛び出した騎馬隊がある。圭々が長を務める隊だ。

奇襲を掛けてきた紅の騎馬隊の横腹に突っ込む。虚を突かれた紅の奇襲隊は、立て続けに落馬した。落馬した騎兵は、場外へ去る。

——圭々の勘の良さは、采春以上か。

最初は、確かに騎馬の戦いに慣れていなかった。しかし、騎馬戦を二、三度繰り返しただけで物にし、たった二月でひとつの騎馬隊を任せられるまでになった。

白泰が隊長を担っていた隊を圭々に任せたが、圭々は寄ってくる隊の者と距離を取った。そのせいか、隊の者も圭々によそよそしい気がする。とはいえ圭々を嫌っている風でもない。白泰を欠いている状態が、皆しっくりと来ないのかもしれない。

圭々の隊は、紅の騎馬隊を蹴散らすと、敵の本隊に迫った。休憩を取っていたしんがりの隊を突く。紅の軍は、入れ替わっての戦ができず、追い詰められていく。

白の勝ちは明白だった。張永が合図を送ると、今度は撤退の銅鑼が打ち鳴らされた。

三郎に乗って丘を駆け下りる。各隊の隊長が、張永の元に駆けつけてきた。

全部で二十人。ほとんどが十代、二十代の若者だ。太守の顔真卿が見込んで、集めた者たちだった。張永はそれぞれの隊に、評を伝えていく。

「まずは紅の隊だが、横から奇襲を掛けたのは良かった。騎兵は重さではなく、身軽さと速さが利点だ。騎兵の長所を活かした戦法だと思う。だが、相手に勘付かれては意味がない」

騎兵による奇襲は、朔方節度使の郭子儀が得意とする戦法だ。若手中心の隊で、試してみようとした気概は買いたい。

「次に白だが、隊が乱れたように見せかけ、誘ったのは見事だった。相手の奇襲をいち早く察知して動いたのも良かった。実戦では、何が起こるか分からぬ。視野が狭くならぬよう、周囲に目を光らせておくように」

紅白それぞれの隊長は、拱手で応えた。張永は、隊長たちの顔を見回した。

「今日の演習はこれで終わりとする。このあと皆に報せがある。配下の兵を待機させ、隊長は丘の上に再び集まってほしい」

隊長たちは力強く応答すると、それぞれの隊の元へ向かった。

張永は、三郎と丘の上に戻り、西を見遣った。隊伍を整え、休憩を取り始める郡兵の先に、平原城が見える。約四か月前、季明や采春とともに、この景色を望んだ。城門から狼煙が上がる光景が、目の前に蘇る。

あのとき確かめる予定だった顔真卿の東方朔画賛碑は、今どこに設置されているのだろうか。非常の事態が続き、太守に訊く機会を逃していた。

丘の上に全ての隊長が揃うと、張永は皆の顔を見回した。

「報せというのは、次の戦のことだ。第一大隊は、李録事参軍の麾下に入る。李様の足手纏いにならぬように励むぞ」

安禄山の挙兵以来、顔真卿は強兵に努めている。兵を集め、複数の将軍を任じた。各将を統率するのは、武官の長である録事参軍の李択交だ。その麾下に入るようにと、張永は顔真卿から命じられた。

「とうとう戦場に出るのですね！　向かうのは常山でしょうか」

一番若い歩兵の隊長が、前のめりになって訊いてくる。

第一大隊はかつて、たった五十騎の安慶緒の隊に打ちのめされた忸怩たる思いがある。次は負けぬと気概を持って、訓練に臨んできた。

「おれたちが戦うのは、賊軍に下った魏郡だ。近日中に援兵の命が出る。備えを怠らぬように」

隊長たちが騒めいた。歩兵隊長のひとりが、張永に詰め寄った。

「常山には向かわないのですか。てっきり応援を命じられるものと思っていました」

ほかの者たちも同じ考えだったらしい。皆、首を傾げ、顔を見合わせている。

「常山への出兵は不要との御命令だ。常山には、既に李河東節度使が入城したと、報告があった」

隊長らは、手を叩き合い、歓喜に沸く。常山は史思明ら敵将によって、一度は叛乱軍の手に落ちた。その後、常山を守備していたのは安禄山の養子の安思義だ。

朝廷は、叛乱軍から常山を奪い返すべく動いた。名将として名高い李光弼を新しく河東節度使に任じて、常山に向かわせたのである。

「常山の団結兵が安思義を捕えて、城内から李節度使に呼応したそうだ」

土門でともに戦った髭の兵馬使が生き残っていたとすれば、奮戦したのだろう。

「しかし、史思明が、大人しくしていましょうか」

史思明は常山を落とすと、常山に奪われた博陵の攻略にすぐさま向かった。博陵は常山とそう遠くない。

「お前の言うとおりだ。史思明は、常山が奪われたと知って、博陵から常山に引き返した。だが、常山にいるのは、あの李将軍だぞ。戦歴が違う。それに、李将軍が朔方節度使の郭将軍を呼び、既に山西北部に迫っているとのことだ」

郭子儀、李光弼ともに、唐の五本の指に入る将軍だ。郭子儀が李光弼を見出した関係にあり、郭子儀のほうが戦歴は長い。唐側が河北戦線に力を入れ始めたと実感する。

「唐の猛将がふたりも揃うなら、おれたちの援兵が不要なのも納得です。しかし、なぜおれたちは魏郡へ」

張永は棒切れを拾うと、地に一本の縦線を引き、その左側に大きな丸を描いた。隊長たちは、その図を囲って輪になった。

「皆も承知のとおり、太行山脈の西にあるのが山西地区だ。現在、禁軍金吾衛の将軍が、山西地区の東南部から、我らがいる河北の南部に向かおうとしている」

朝廷は、禁軍の将に十万の兵を付けて、唐側の河北諸郡に合流させようとしている。

張永は左側の円の下部から、右側の下部に向けて線を引いた。

「この移動には、壺関を越えねばならぬ。壺関を掌握しているのは、敵軍に下った魏郡だ。おれたちは、魏郡を攻め、禁軍を河北に導く」

大きな目標を示されて、隊長たちは気をたかぶらせた様子だ。

「重要な戦になりますね。平原が一丸となって、魏郡を攻略するのですね」

張永は首を横に振る。

「平原だけではない。平原の近隣にある清河郡、博平郡との同盟軍だ。この同盟軍の大将が、我らの将である李録事参軍となる。禁軍が河北に入れば、兵の士気も変わる。意味のある戦いだ。心して命を待て」

隊長たちは、意気揚々として「はっ」と応えた。だが、騎馬隊の隊長がひとり、顔を曇らせている。張永に問いを差し向けた。

「張子将。今、叛乱軍は洛陽に腰を落ち着けております。河北に戦力を割いてばかりで、陛下のおわす長安は手薄にならぬのでしょうか」

皇帝が斃れれば、戦状が一変する。隊長が案じるのも当然であり、張永は知る限りの情勢を伝えてやった。

「長安防衛の要は、洛陽と長安の中間地点にある潼関だ。潼関さえ破られなければ、長安は無事だ。今、潼関は哥舒将軍が護っている。郭、李将軍と並ぶ名将だ。心配には及ばぬ」

皇帝は、最初に潼関を防備させた将の高仙芝を、明確な根拠なく処刑した。その後任が哥舒翰だ。言葉とは裏腹に、口ごもった張永を、皆が怪訝そうに見た。

「何か懸念でも。潼関に何か問題があるのですか」

「もともと哥舒将軍は体の加減が優れなかったと聞く。相当な無理をなさっているはずだ。その上、陛下が哥舒将軍を頼りにするのを快く思わぬ佞臣がいるとの噂でな。哥舒将軍の足を引っ張ろうと、策謀しているらしい」

朝廷の内訌の中心人物は、宰相の楊国忠だという。

楊国忠は、哥舒翰の権が自分よりも強まる事態を恐れている。元々、哥舒翰は、安禄山の勢力を抑えるために、楊国忠が取り立てた武将だったが、楊国忠の想定以上に力を持った。それで、両者はお互いに足の引っ張り合いをしていると聞く。

しかし、憤慨したところで、張永は地方の一子将に過ぎない。国を論ずる立場になく、内訌を糺す力もない。

――嫌な流れを変える。

季明とともに、世を動かす一字になるのだと誓った過去が、やけに遠く感じられた。

「朝廷の状況は、平原では委細が分からぬ。朝廷は余力があるから、郭、李将軍を河北に当てていると考えよう。おれたちは、与えられた任を全うする。目の前の戦に集中しよう」

張永の言葉に、隊長たちは力強い目で頷いた。

た。

解散し、隊長を各自の隊に向かわせる。ひとり、圭々が考えに沈んだ様子で立ってい

「圭々、どうした。顔色が悪いぞ」

声を掛けると、我に返った様子で顔を上げた。

「何もありませぬ。疲れが出たようです。すぐに、兵に伝達します」

早口でまくし立てると、身を翻した。長安の戦状を聞いて、敬愛する建寧王の身の上を案じたのだろう。目下、志護和尚が平原に現れる気配はない。今、圭々の戦力を失うのは惜しかった。

「魏郡攻略までは平原にいてほしい。だが、圭々は長安に戻りたいのだろうな」

兵を集める圭々の姿を、張永は複雑な想いで見た。

二

暖かな日差しが、庭に降り注いでいる。

駐屯地の博平への出立の支度を済ませ、張永は軍装のまま、堂に入った。出立の前に、母への挨拶を済ませるつもりだった。朝餉の片付けを済ませた後は、母はよく堂で縫い物をしている。ところが、その姿が見当たらない。

ほかの部屋を探そうと、身を翻したときだった。堂の机の陰で、項垂れている母が目

に入った。

「母上！　いかがなさいましたか。また目眩(めまい)でしょうか」

ここ数日、母は目眩がするといって、寝込んでいた。だが、出征の前に、持ち直したと思っていたのだ。母は眠たそうに顔を擡(もた)げると、堂の中を見回した。

「采春は、どこへ行ったのかしら。家のどこにもいないのです」

ふだんの母とは別人のようだ。とうとう心を病んだのか。張永の心に、焦りが生じる。

「何をおっしゃいますか。采春は平原を出奔しました。今は家におりませぬ」

しかし、張永の言葉の意味が分からない様子だ。

「采春の好きな胡餅(こべい)を焼いたのだけど。永はいくつ食べますか。采春は三つかしらね」

「母上、しっかりなさいませ。采春は家を出ております。ですが、逞(たくま)しい娘です。必ず母上の元に戻ります」

張永に肩をつかまれても、どこか遠くを見ているようだ。

堂の戸口に人影がある。圭々だった。

「永どの。馬の支度は済みました。おれはいつでも出られますが……」

尋常でないふたりの様子に気付いたのか、言葉を途切らせた。

圭々の姿を目にして、母は正気に返った表情をする。その頬を、涙が伝った。すぐに手巾で押さえて、うつむいた。

「どうかしていました。采春はいないのでしたね。胡餅を焼いたなどと、夢を見ていたようです」

母の手をしっかりと握った。我に返ったとはいえ、まだ目が虚ろだ。

「母上にお話があります。おれは不肖の息子ですが、母上の元を離れぬと誓います。全てが片付いたら、身を固めようと思っております」

帰らぬ采春を待ち続ける母を励まそうと、思いついたままを口にする。

「永が嫁を貰うの。娘ができるのね」

瞬きをする母に、力強く肯いて見せた。

「おれは二十六になりました。母上と家庭を持ったときの父上と同じ歳です。早く母上に、孫の顔を見せねばと思っておりました」

母の顔に、少し生気が戻った気がした。張永に支えられながら、母は立ち上がった。

「婚姻の際は、旦那様は二十六歳、私は十三歳でした。これは、くよくよしてはいられませんね。どこかのお嬢さんに当てがあるの」

具体的な話になるとは思わず、慌てる。

「見込みは全くないのですが。然るべき方に世話をしていただこうかと」

母は声を立てて笑った。いつもの母の顔だ。

「期待させて。分かりました。私が世話人に訊いてみましょう」

改めて、張永は母と向き合った。

「魏と戦うため、博平へ出立します。母上は、どうか御身を大切に」

母は、張永と圭々を堂の外にうながす。柔らかい光が、三人を照らした。張永には、良い嫁を探しておきましょう」

「張永も、圭々も無事に帰ってきなさい。武運を祈ります。張永には、良い嫁を探しておきましょう」

門前で母に見送られ、圭々とともに馬で家を出た。門の前に立つ母を、圭々が振り返った。

「あのような嘘を吐いてよろしいのですか。永どのは、身を固める気など毛頭ないでしょう。軽々しく口にするものではありません」

本心を突かれ、張永は鼻白んだ。

「嘘など吐いておらぬ。子孫を絶やさぬのが、家長の務めだ」

母は何か生き甲斐がなければ、おのれを保っていられぬほどに弱っている。母が壮健でいられるのなら、身を固めるのに吝かでない。

「母御は、目眩でも起こされたのですか」

「いや、采春が居た頃の夢を見たようだ。采春を案じるお気持ちは、多少、落ち着いたと思っていたが、胡餅と言われて気付いた。母上は、采春の好物だけ作るのをずっと避けておられた。おれも鈍いな。母にとって、娘を失うとはそれほど大きいのか」

しかし、圭々は前を向き淡々と答えた。

「若輩の私には、分かりませぬ」

三

爽やかな風が、天幕の中に入った。現れたのは圭々だ。

「永どの、すべての隊が揃っております。李録事参軍に御報告を」

平原、清河、博平の三郡の同盟軍が博平に駐屯した事実を、魏郡はいち早く察知し、二万の大軍を送りこんできた。

斥候によると、二万の敵軍は、既に魏郡の東北の堂邑に布陣している。おかげで張永たちは、博平に入った途端に、出陣の運びとなった。

張永は、圭々の出で立ちに、顔を顰めた。

「いくらなんでも兵仗が足りぬ。先鋒ではないとはいえ、足に吊腿くらいは巻け」

僧衣の上に、胸や腹を護る簡易な円護を付けているだけだ。だが、圭々は逆に張永を諌めてきた。

「軽装のほうが動きやすいですし、馬の負担も軽い。永どのは末端の者の支度を気に懸けるよりも、全体を俯瞰せねば」

「何を言うか。ひとりの不備が、全体に影響することもある。おのれひとりと侮るのはいかん。それに、お前は下っ端などではない。一隊を任せている」

荷から予備の吊腿を出して渡すと、圭々は素直に腓に着け始めた。

「戦場では何が起こるか分からぬ。お前には、大きな志があるのだから、河北の戦で命を落としてはならぬぞ」

「むろん、おれも命を粗末にするつもりはございませぬが。永どのは、出陣前の切迫したときでも人の世話を焼くのですな」

兵仗を纏った圭々を連れて、天幕を出た。

なだらかな勾配のある平野で、清河、博平の順に出立を始めていた。日差しは暖かく、風も強くない。気候はうららかだが、駐屯地は殺伐とした気に包まれている。他郡の兵の動きを横目に、最も大きな天幕の前で声を上げた。

「第一大隊の張永です。失礼いたします」

圭々を伴い、天幕に足を踏み入れた。右頬の古傷を摩りながら、武将の李択交が机上の布陣図を眺めていた。張永が報告をする前に、豪快な声で言い放った。

「出立の支度が整ったか。慌ただしい出陣になったな」

想定より敵方の動きは早いが、李択交の頭は冷静で、判断に無駄がない。全軍を整列させてからでは遅いと、陣触れを省き、出立の可能な隊から順次、動かした。

「堂邑に着き次第、開戦となりそうですね。足を掬われぬように気をつけます」

「こちらの構えが整う前に、仕掛けてくる危険があるからな。まあ、何か不測の事態があれば、お前たちの番だ。頼りにしておるぞ」

鎧を固定する甲絆を締め直して、放胆な笑みを張永と圭々に向けた。張永は、声を張って応えた。

「お命じいただければ、どのような困難も打開して見せましょう」

机上の逆八字の陣に、目が留まった。敵の二万の兵に対して、同盟軍は約一万五千。うち四千が清河、千が博平の兵だ。陣の左右に清河と博平の兵を置き、それぞれの前に平原の兵を配置する。中央には、大将が構える。張永たちは大将の側に控える伏兵隊だ。

李択交は、側近の者が掲げた兜を手に取った。

「さあ、さっさと賊軍を蹴散らして、顔太守に吉報をお届けしよう」

張永と圭々は、李択交の後に続いた。

四

案の定、同盟軍が堂邑に到着して陣を敷いた途端に、魏郡は戦を仕掛けてきた。駐屯地の博平から堂邑までは、さほどの里程はないが、移動直後の戦では疲労が出る。敵の策略に嵌ったかのように思えた。

ところが、実際に干戈を交えてみると、敵の当たりが弱い。堂邑の戦場は強風が吹いており、乾いた砂塵に塗れて、魏の郡兵はもたついていた。父子軍の兵とは違って戦に慣れていない農民兵であり、その上、平原の郡兵のように調練も積んでいない様子だ。開戦してすぐに、張永は勝ち戦だと感じた。

騎馬したまま前方をにらんでいた李択交が、張永を側に呼んだ。三郎に乗って、速やかに駆けつける。

「あの青い旗の将だけが面倒だ。指揮が的確で、腕が立つ兵を従えている。潰せ」

「仰せのままに。一刻も掛けずに、仕留めましょう」

身を翻し、第一大隊の元へ戻る。騎馬隊の隊長三名を呼んだ。

「李録事参軍からの御命令だ。青い旗の敵将を潰して、その勢いを殺す。圭々の隊は伏兵とし、おれがほかの騎馬隊を率いて、真正面からぶつかる。圭々は、回り込んで横から突いてくれ。敵が慌てて狼狽したところを一気に叩く」

張永の命に、圭々を含む三人の隊長は、声を上げて応えた。

第一大隊の残りの騎馬隊と歩兵隊は、李択交の護衛に残した。騎馬二隊合わせて百騎に、号令を掛ける。第一大隊の赤の旗が、砂をはらんだ風に音を立ててはためく。

「目指すは青旗の敵将だ。首を取った者は、誉れを得よう」

張永とふたりの騎馬隊長は、先頭を切った。陣の隙間を駆け抜ける。混戦する先陣に躍り出た。ふたりの隊長が、張永よりも前に出る。その勢いに麾下の兵が続く。横殴りの風を受けながら、敵の隊に飛び込んでいった。

その勢いを青旗の隊は巧妙に躱して、反撃を繰り出した。読みどおり、剛腕の兵が多い。一方、張永の麾下の兵も負けてはいない。怖いもの知らずの血気盛んな若者ばかりだ。うまく風上の位置を取り、少し、敵を押し込んだ。

だが、おかしい。圭々の攻撃がない。挟撃を待つうちに、敵兵に囲まれた。

——このままでは、こちらが潰される。退路を断たれる前に撤退するか。

背後を確認したときだった。突撃する圭々の隊の姿が、目に入った。指示した横からではなく、張永たちの背後からだ。退路を塞がれたも同然だった。

これでは、前を向かざるを得ない。青旗の将と目が合った。この好機を逃すかとでもいうように、青旗の将は、長刀で張永を指した。周囲の敵兵の目が張永に向けられた。背筋に冷たいものが走る。息を張って、長刀を構え直した。

敵兵が、次から次へと張永の首を狙って、攻撃を仕掛けてくる。ひとつひとつを打ち返すが、際限がない。風の読みを誤り、叩きつけるように砂が目に入った。視界を奪われ、際どいところで、敵の二振りを避ける。騎馬隊のふたりの隊長も張永を助けようと試みているが、意図を察した敵兵に阻まれていた。

青旗の将の狙いが張永の首であれば、麾下の兵たちまで道連れにする必要はない。おのれの首ひとつで、救えるだけの命を——。ふたりの騎馬隊長に、撤退の強行を命じようとしたときだった。

青旗の隊の後方が、急に慌ただしくなる。背後から、突っ込んできた騎馬隊がある。張永は、痛む目を大きく見開いた。

隊頭の一騎の兜から、炯々（けいけい）とした目が覗いている。見間違えるわけがない。あの八重歯は白泰だ。約二十騎を従え、青旗の隊の兵を襲っている。平原にいるはずの白泰が、なぜ堂邑の戦場にいるのか。行軍には、参加していないはずだ。

青旗の隊は、挟撃に浮足立った。この好機を無駄にするわけにはいかない。張永は号令を掛け、砂まじりの涙を流しながら、真っ先に敵隊に突っ込んだ。これまで防衛一辺倒だった張永の麾下の兵たちは、攻撃に転じた。青旗の隊は、一騎、二騎と負傷しては落馬していく。一刻もしないうちに、味方の隊長のうちのひとりが声を上げた。青旗の将の首を掲げていた。

張永は、周囲に白泰の姿を探した。だが、豪風で白泰を呼ぶ声が掻き消え、混戦ですぐには見当たらない。今は、探すのを諦めた。

「続けて、ほかの敵将の首を狙うぞ！」

勢いづいた張永たちは、次の標的の将を定めて、攻撃を続けた。しばらくして、唸る風の音に交じって、敵軍の陣から急かすような銅鑼の音が聞こえてきた。撤退の合図だ。麾下の兵たちが、歓声を上げて張永の元へ駆け寄って来た。それぞれの顔を目にして、万感で胸が詰まった。

「皆、よい働きをした。おかげで李録事参軍の命を全うできたぞ。ところで白泰はどこにいる」

兜を脱ぎ捨て、白泰の姿を探した。

五

第一大隊の兵から白泰の居所を聞き、張永は自陣へ向かった。

白泰の姿を見つけ、声を掛けようとしたときだった。白泰が思い切り、圭々の頬を殴った。殴られた圭々は無表情で黙っている。

「永兄を殺す気か。お前のせいで、指揮していた永兄が狙われた。命じられたのは、敵隊への挟撃（きょうげき）だろう。なぜ、指示に背いた」

志護和尚が、圭々に手を焼いたのも今なら分かる。張永が戦で命を落とせば、自身を平原に留める楔（くさび）がなくなる。おのれの目的のために、数か月ともに暮らした張永を、圭々はためらいなく見捨てようとしたのだ。

だが、命が助かった今、張永には、白泰が目の前にいることのほうが重大だった。

「白泰！お前はいつの間に隊に戻った。驚いたぞ」

曇りのない蒼天のような瞳が、張永に向いた。風に吹かれながら、満面の笑みを浮かべている。

「永兄を驚かそうと思ってな。皆に口止めして、黙っていてもらった。驚いたろう」

「なぜ、おれを驚かせる必要がある。圭々、お前も知っていたのか」

殴られた圭々は、口端から血をにじませながら頷いた。圭々の隊に感じていた違和の正体が分かった。皆、白泰の参戦を張永に隠そうとして、よそよそしい気配を漂わせていたのだろう。白泰は腕を組んで、張永に子細を話した。

「安慶緒の襲撃の際、おれは酷く恰好の悪いやられ方をしたからな。采春は安慶緒と対等に渡り合えたのに、おれにはできなかった。おれは、弱いおのれが許せぬ。ひとりで強くならねばと思った」

白泰の気も分からぬでもない。しかし、せめて出陣前に、張永に参戦を知らせるべきだ。

「そうは言っても、少しずつ演習で身体を戦闘に慣らせばよいものを。いきなり実戦とは」

白泰は白い八重歯を見せ、にいっと得意げに笑んだ。

「いつおれが出てくるか、永兄は待ち侘びただろう。どうせなら、焦らしておいて派手に現れようと思った。おれは、地味なのは嫌いだからな。ところで永兄、戻った以上は、おれが隊長だ。この手のかかる坊主は隊副でいいか」

同じ歳の圭々を、子ども扱いだ。圭々は変わらず黙り込んでいる。張永は苦笑した。

「諸々は、平原に帰還してからだ。まずは、負傷した兵を救護する。敵兵を捕え、敵が残した馬を集めよ」

張永の言葉を受けて、白泰は皆に声を掛けた。

「皆、永兄の命が聞こえたな。それぞれ、任に就け。年配の隊に後れを取るな」

まるで張永の副将のように、皆に指示を出している。思い出したように、張永の元に駆けて来た。風を遮るように口に手を当て、張永の耳元に寄った。

「大事な話を忘れていた。おれは死んだり、勝手に離れたりはせぬ。安心しろよな」

思いがけぬ言葉に、虚を突かれた。白泰は、季明や采春のことまで承知しているのだ。

「おれは頭も悪いし、非力で何の力にもなれなかった。でも、これからは違う」

――永兄はそんなやつじゃないって。どうして皆に分かってもらえぬのだろう。

かつて張永に対する誤解を解くために、奔走していた幼い姿が脳裏に浮かんだ。平原の災厄と皆が同調して張永を貶(おとし)めていたとき、その理不尽な流れに白泰は小さい身体で立ち向かってくれた。そして、流れを変えられなかった非力を恥じて、今までずっとおのれと戦っていたのだ。

こみ上げてくる感情をごまかすように、張永は白泰の背を強く叩いた。

「お前は、知ったような口をききおって。どれだけ、おれがお前を案じていたと思う」

「痛てえ。心配させたのは、分かっているって」

白泰は笑いながら、負傷している自軍の兵の元へ駆けて行く。兵たちに指示を出しているその背が、大きく見える。季明を欠いて、張永が見失いかけているものを突きつけられたような気がした。

第八章　胞衣壺眠りて

一

開いた小箱から立ち上る香りに、采春は盛大なくしゃみをした。粧閣の一室の片隅に、白粉が飛び散る。

化粧の練習をしていたふたりの娘が、背後から寄ってくる。采春とともに一座に入った常山の娘たちで、福娘が青凰と紅児と妓名を付けた。ほぼ空になった白粉の箱を見ると、ふたりは揃って悲鳴を上げた。

「これは、福娘姐さんが色々と試して作ったこだわりの瓊粉よ。姐さんが練ると、のりが良くて、薄づきでも肌が映えて見えるの」

「このひと箱で、万頭や煎餅がいくつ買えると思っているの」

「すまない。それほど特別な物だったのか」

一座にいる以上は装いを覚えようと、自分なりに化粧に挑戦してみたが、慣れないことはするものではない。

「福娘姐さんに怒られるわよ。先に謝ったほうがいいわ」

「お夕飯の煎餅は采春が買ってきなさい。采春が女の恰好で行くと、市肆の小父さんがいくつもおまけしてくれるんだから。福娘姐さんが喜ぶわ」

床や机に散った白粉を刷毛で集め始めると、ふたりは手を貸してくれた。常山の娘たちは皆が、洛陽に残る道を選んだ。一座で生活を始めた頃は、誰も表情が昏かった。今では生気を取り戻し、福娘の元で舞踏の稽古に励んでいる。

三人掛かりで、なんとか散った白粉を小箱にかき集めた。掬いきれない分は、布巾で拭き取る。

「少し埃混じりだけど、手足に使えばいいわ。それより、采春は顔を貸して。化粧を直してあげる。せっかくの顔が、吹いた白粉で台無しよ。それに、眉はもっと長く引いたほうが華やかになると思うの」

細面の青凰が、采春の顔をまじまじと見た。

白粉と黛を手にして直し始める。鏡で確認すると、きれいな蛾眉が描かれ、采春が自分で化粧したよりもずっと良くなっていた。青凰の右側に回って礼を伝える。常山の戦乱以来、青凰は左の耳が聞こえないという。戦による心身のひずみか、舞踏の際も音楽が聞こえにくく、立ち位置を工夫したり、周りの者が補ってやったりしている。

もうひとり、小柄な紅児が、采春に団扇を持たせた。

「その顔で笑む練習をしてみましょう。以前から、采春はこうしたほうがいいんじゃないかと思っていたの。団扇で口元を隠して、少し目を伏せて一、二と数えてみて。少し溜めて、首を傾げながらゆっくり瞼を上げるの。それからにっこりよ」

言われたとおりにやってみせると、ふたりは燥ぎ出した。

「とてもいい！　やれば、できるじゃないの」

「采春は目が印象的だから、ゆっくり魅せたほうがいいと思っていたのよ。でも、そうやって気を抜くと、すぐに荒っぽい采春に戻るから注意して」

平原では親しい女友達もいなかったのに、常山にいたときのようにまた女衆と睦まじくしているのが、我ながらふしぎだった。粧閣の外から、足音が聞こえてくる。紅児が目配せをした。

「福娘姐さんだわ。天幕へ稽古に向かう前に、化粧の確認を頼んでいたの。一緒に謝ってあげる」

福娘が現れた途端、三人で声を揃えて謝った。福娘は、優美な瞳をしばたかせた。

「いったい何なの。采春に報せがあるのよ。定鼎門から、晋王が入城したそうよ。宮城に立ち寄ってから、晋王府にお帰りになったと」

安慶緒は、潼関への侵攻で、しばらく洛陽を不在にしていた。福娘に礼を伝えてから、青凰にも分かりやすいように身振りを交えてふたりに断りを入れる。

「晋王府に伺う。煎餅は帰って来てから買いに行くから」

すぐに粧閣を出て、馬に乗った。

晋王府の裏門に着くと、腰に下げた牌を門番に見せる。晋王府に出入りを許された者の証だ。門番は掲げていた槍を落として、采春を中に入れた。

馬を預けて、屋敷で一番日当たりの良い居室に近づくと、警固の者に見咎められた。

「女、どこへ行く。ここから先は、許された者しか入れぬ」

「晋王にお招きいただきました」

腰牌を見せて、出まかせを言った。団扇がないので、袖で口元を隠し、紅児に助言されたとおりに笑む。警固の者は何かを察したような顔をして、引き下がった。

ちょうど軍装を解いたところらしく、安慶緒は侍女たちに着替えを手伝わせていた。衫の袖に腕を通し、人払いをする。皆がいなくなったのを見計らって、安慶緒に迫った。

「もう我慢ならぬぞ。既に六月だ。いつになったら安禄山を殺すのか、はっきりしろ」

安慶緒は、采春をにらんだ。

「声を落とせ。それに、おれは戦場から帰還したばかりだ。疲れている」

「ごまかすな。お前が洛陽を不在にしている間に、安禄山を狙っても良かったのだぞ。確実に殺せると約したから、私は条件を守っている。せめて決行の時期だけでも、お前は私に示す義務がある」

椅子に腰を落とした安慶緒は、額を手で押さえた。疲労が色濃いのが見て取れる。翳った目で、采春を見上げた。

「唐を可能な限り、追い詰めてからだ。おれが父の後を継いだら、離れていく者が続出する。おれには人望がない。父が生きている間に、唐をできる限り攻略しておく必要がある」

「お前は、安禄山の腹心の史思明やほかの兄弟とも上手くいっていないらしいな。安禄山が死ねば、李猪児くらいしか、お前の元に残らぬかもしれぬな」

福娘の一座にいれば、燕国の内情は漏れ聞こえた。采春の揶揄に、安慶緒は澹々と答える。

「李猪児も信用できぬ。あれは、担ぐ者の頭は寡薄が良いと思っている。おれを膂力だけの愚者と見下していてな。ほかの者も同じだ。言葉の端々から、おれを侮る心の内が分かる。実際におれは賢くはない。事実ゆえ異論もない」

おのれを見る目は、意外に冷静だ。安慶緒を詰る采春の勢いが弱まる。

「燕軍の将は異国の者が多い。胡人は団結が強いと聞いたが、信頼できる者はおらぬのか」

「おのれに利益がなければ、団結などせぬ。元々、唐の武将は、異国出身の者ばかりだ。同じ漢族に武功を上げられては、出世の道が奪われる。異国の者であれば、中央の朝廷で競り合う危険も少ない。そう目論んだ朝廷の文官が、主だった武官に漢人以外を配置するように仕向けたのだからな」

安慶緒の話に、采春は瞬きをした。

「つまり、おのれの栄達のために唐の文官は、重要な軍事を異国民に担わせてきたというのか」

異国出身の将らは戦功を上げても、朝廷の文官に出世を妨げられていた――。ようやく安禄山と、安禄山を挙兵に駆り立てた楊国忠（ようこくちゅう）の対立の根幹を理解した。この戦の導因は、唐国にもある。

――国とはいったい何なのか。

唐国は内訌により戦を引き起こし、結果として、多くの民の命を奪っている。戦によって困窮した常山の娘らを救ったのも、国ではなく同じ民である福娘だ。

権を持つ者は、民が力を持ち、強くなるのを恐れていると、かつて季明（きめい）が話していたのを思い出す。朝廷の者たちは、保身が第一で、民の人命など守る気もないのだろうか。

「しかし、唐を攻略するといっても、潼関で膠着しているだろう。これ以上の侵略は無理だ」

「潼関を、落とした」

安慶緒の目が、真っ直ぐ前を見据えた。思わず、声を上げた。

「難攻不落の潼関をか。嘘だろう」

安慶緒は、眉を顰（ひそ）めた。

「声を落とせと言っているであろう。嘘をついてどうする。なぜか潼関の守将の哥舒翰（かじょかん）が、こちらの誘いに乗って、撃って出てきた。潼関から動かねば、破られることもないのに。いずれにしても、唐の自滅で潼関を抜いた。おれは、その報告のために洛陽に戻った」

唐朝の崩壊が、具体に迫ってきた。

「これから、長安に侵攻する。お前も来い。戦に出ろと命じるわけではない。後から追ってくるだけで構わない。洛陽に残したお前に余計なことをされては困るからな」

采春は、安慶緒の前に立った。声を抑えて訊いた。

「お前は、いったい何をしたい。皇帝になりたいだけか」

昏い目元が、采春を捉えた。

「父を弑す。唐を斃す。おれが、国を統べる」

権に魅せられたのか。気に入らぬ者を屈服させる欲に溺れたのか。

「国を統べて、何をする。皇帝となった後は考えているのか」

返ってきたのは、意外な言葉だった。

「楽土を創る。老若男女が、音曲を奏でて歌い踊り、笑って暮らせるように。おれが幼かった頃のように。掠奪も殺戮も飢えもない。求めるのは楽土だ」

まじまじと安慶緒を見た。残忍な貌をして、楽土を求めるという。だが不似合な言葉が、妙にしっくりと来た。

「笑わぬのか。おれが楽土などと口にして」

率直に問われ、言葉に詰まった。

「滑稽過ぎて、逆に笑えぬ。掠奪と殺戮を犯しているのは、お前の手だろう」

「父は理想の楽土を、おれに示した。ただ、人を動かし、世を変えるには、血が必要だと。おれは、この方法しか教わらなかった」

「ならば、なぜその父を殺す」

安慶緒は、目を逸らした。表情に、苦悩の色がにじんだ気がした。

「今の父には、もはや楽土を創るのは、無理だからだ」

「やはり、体の加減が悪いのか」

楡柳園で初めて安禄山を見たときから、様子がおかしいと思っていた。将校たちの噂で、安禄山には消渇（糖尿病）の気があると聞いた。あれだけの肥満なら、納得だった。

「目はほとんど見えておらぬ。性格も別人のようだ」

立ち上がり、いつもの傲慢な目で采春を見下ろした。

「必ず、安禄山を殺させてやる。ただし、条件を忘れるなよ。おれに……」

「おれに従え。おれを護れ。おれを欺くな。だろう」

安慶緒に詰め寄り、襟をつかむ。匕首を首元に突きつけた。

「条件は守る。だが、お前こそ忘れるなよ。私にとっては、お前も憎い仇のひとりだ」

戸口に人の気配を感じて、匕首を納めた。姿を現したのは、李猪児だった。

「これは、失礼をいたしました」

李猪児の向ける卑俗な目に、余計に苛立った。采春は、足音を荒くして部屋を後にした。

二

——なぜ、私は安禄山を、安慶緒を殺さぬ。

北市へ馬を走らせながら、采春は自責した。洛陽に来たばかりの頃であれば、困難だと分かっていても、安禄山の外出の機会を見計らって、敵討ちを試みただろう。身を寄せている相手が、紅玉のような悪党であれば、行動に出ていたはずだ。

しかし、采春は、福娘たちと深く関わった。

福娘は、商魂逞しく、燕国の幹部将校と繋がりを作っていった。宴席に呼ばれて舞いを披露し、有力者と懇ろになる。抜け目なく安慶緒以外の幹部とも顔を繋いでいるものの、福娘が一番頼みにしているのはやはり安慶緒だ。

志を成し遂げても、仕損じても、福娘たちへの影響が懸念される。安親子の殺害をためらう原由は一座にある。

馬を繋ぎ、天幕の前に立った。今が決断のときかもしれない。長安への出立を機に、皆と別れる。中に入ると、福娘は青凰と紅児を含む常山の娘たちに舞踏を教えていた。采春の姿を目に留めると、ねめつけてきた。

「白粉の話は聞いたわよ。化粧品は大切に使いなさい。それで、晋王には、お目にかかれたの。今日は、御帰還を労う宴席でもあるのかしら」

「宴席はどうだろう。とても疲れているようだったから。それよりも話がある。舞いの指導が終わったら、少し刻を貰えるか」

「いいわよ。もうすぐ終わるから、袖の部屋で待ってなさい」

袖口にある物置部屋に入る。采春にあてがわれた寝床だ。平原から持参した荷を開くと、季明から貰った靴があらわになる。

目を閉じると、夕紅に包まれて、季明に靴を履かせてもらった感触が蘇る。慣れない手つきで、懸命に履かせてくれた。目を開けると、懐かしい感触は忽ち掻き消える。

「新しい靴を用意すると、一緒に生きると言ってくれた。まだ、私は何のお返しもしておらぬのに」

安禄山を殺すときに、この靴を履くと決めている。ふと、事を成した後のことが、頭を過った。事を成せたとして、それから自分は何をしたらよいのだろう。

背後に気配を感じて、我に返った。素早く靴を仕舞う。

「話とは何かしら。晋王府で、何か重大な話でも聞いたの」

「今まで世話になった。洛陽を出る仕儀になった。これから、私は長安へ向かう」

改まって対面した采春に、福娘は怪訝な顔を見せる。

「長安への道のりは、危険でしょう。潼関では、唐と燕の軍がにらみ合いを続けている」

福娘に身を寄せて、声を潜めた。

「いずれ耳にすると思うが。燕の軍は、潼関を落とした。長安に向けて進軍している」

「難攻不落の潼関が。まさか、そんなことはありえない」

福娘の白肌が、瞬時に青ざめた。驚き方が尋常でない。

「何か、気懸(きがか)りがあるのか。長安に知人でも」

福娘は、手を横に振った。

「長安には、育った家がある。それだけよ。もう家族は離散しているもの。言ったでしょう。私は、唐が嫌いなの。はやく長安が燕の手に落ちればいい」

強気な言葉とは裏腹に、福娘の表情は憂苦に歪んでいる。

「生家があったなら、長安に知人や友人がいるのでは」

離散したとはいえ、家族が生きているかもしれない。福娘は口を一文字に引いたまま、答えない。

「安慶緒は戦勝を報せるために洛陽に戻ったが、燕の軍は長安に向けて侵攻を続けている。今から長安に向かっても間に合わぬかもしれぬ。でも、援(たす)けられるかもしれぬだろう」

采春は、靴の入った荷に目を遣った。

「私は、間に合わなかった。大切な人たちを救えなかった。私には正直に話してくれ。長安に、援けなければならぬ者がいるのだろう」

一座では、おのれから言い出さない限り、それぞれの過去や出自には触れない。福娘の来歴は全く分からない。踏み込むべきではない領域だが、今は、人の命が係っている。

福娘は、目を閉じた。絞り出すように、打ち明けた。

「長安に、五人の兄がいるの。生きていれば、だけど。でも、私が同行したら、采春の迷惑にならない？」

「迷惑なものか。すぐに晋王府に戻る。ふたり分の通行証を出してもらう。替馬や金も都合してもらおう。福娘は、一座を不在にしてもよいように、皆と整えておいてくれ。よいな」

福娘に念を押して、身を翻した。北市の往来を駆けながら、一座を離れようとしていたことを思い出す。離れるどころか、より深く係わる流れになった。

――長安に、福娘を送り届けるだけ。世話になった恩返しだ。

おのれに言い聞かせて、采春は晋王府に急いだ。

三

日が高く昇っている。少し馬で走っただけで汗ばむ陽気だった。

道の左右にはなぎ倒された木々が寄せられており、見通しの良い道に一本だけ残された槐（えんじゅ）の木が立っていた。その木陰で、采春は下馬する。

采春に続き、馬から下りた福娘に水筒を投げる。強い風が吹いて、葉陰が大きく揺れた。

「この木陰で少し休もう。まだ先は長い」

安慶緒は、采春と福娘のために、通行証と各駅での宿泊を許可する官用文書を発行した。

福娘が洛陽を不在にするにあたって、一座の者や関係者と折り合いを付けるのに二日も掛かった。安慶緒の行軍に遅れて、采春たちは洛陽を立った。

戦乱の最中でも、洛陽に近い駅は役目を果たしていた。唐が燕に代わっても、公務に忠実な官人や吏員が残っていたからだ。

路上を行く者が、ふたりの姿を盗み見た。これまでの道中でも、あからさまに好奇の目を向けてくる者がいた。胡服に身を包んだ福娘の姿を、采春はまじまじと眺めた。

「やはり、福娘は目立つな。地味な胡服を着ても、肌の白さは隠せない」

福娘の白肌と長身は、美人の条件だ。目立てば強盗や賊徒の襲撃の的になる。余計な面倒は避けたかった。

吹き付ける風で、砂埃が目に入った。砂埃を遮るはずの木々が伐られたため、直に受けるはめになる。水を口に含んだ福娘が、先に続く道を冷めた目で見遣った。

「以前は、道沿いに植わった槐が、とても綺麗だったのよ。洛陽の守将が、民を見捨てて撤退する際に、全て薙ぎ倒したそうよ。敵が追ってこられないように、路を遮ったのね。もう元には戻らないでしょうね」

槐の木の切り口は荒い。槐は、仁政や高位高官の象徴として官庁や官人の邸宅に好んで植えられ、その上、生命力が強いことから、日差しや砂埃から通行人を守る街路樹としても重宝されている。木々が放り出されている道の風景は、痛々しかった。

「私は、破壊される前の洛陽も見たかったな。今と違って、繁栄した美しい都だったのだろうな」

「政(まつりごと)の中心は長安だけど、商売の中心は洛陽だもの。洛陽で購(あがな)えないものは、なかった。その都を二度と戻せないほど壊しておいて、誰も責任を取らないんだものね」

燕国の非道について、どう返したらいいのか。逡巡(しゅんじゅん)する采春を楽しむかのように、福娘はにっこりと笑んで訊いた。

「晋王は、陛下を弑(しい)そうとしているのでしょう」

慌てて、周囲を見回した。風を受けた槐の葉擦れだけが聞こえる。辺りに人の気配はない。

「誰もいないわよ。今は、私たちだけ」

「なぜ、福娘はそう思う」

聞く者はいないと分かっていても、声を潜めた。福娘は、目の前で手をひらひらと振って見せた。

「大した事情じゃないわ。色々な立場の将校の話を聞いていれば、なんとなく察せられる。私は、いいと思うわ。晋王を支持する。そろそろ話してくれても良いと思うけど。

采春も、陛下の命を狙っているのでしょう」

どう答えたものかと、再び焦燥する。だが、すぐに観念した。福娘をごまかせるとは思えなかった。

「何でもお見通しだな。ほかの者に気付かれていないか不安になってきた」

「大丈夫。皆、その日を乗り切るのに懸命だもの。他人の様子まで気が回らないわ。それで、采春は晋王と手を組んだわけね。采春が洛陽に来て、もう半年になるけど。まだ決行しないの」

遠慮する様子も見せず、ずけずけと核心を訊いてくる。

「安慶緒から決行の合図が出ない。安禄山殺害の協力に当たって、安慶緒から条件を示されている。おれに従え、護れ、欺くな、と」

安慶緒の傲慢な口調を、真似てみた。

「出された条件に、素直に従っているの」

「一度でも約したからには、破るわけにはいかぬ」

福娘は、声を上げて笑った。

「本当に采春は、真面目ねえ。そこまで驕悍な条件を強いる晋王も晋王だけれど」

「笑わないでくれ。確実に安禄山を仕留めるためだ。しかし、安慶緒を完全に信用しているわけではない。福娘には悪いが、私にとっては安慶緒も敵だから」

心に留めていた言葉が、口を突いて出た。ところが、福娘は気にした様子もなく、あっさりと流した。

「別に、私に遠慮することはないわよ」

咎められぬのをいいことに、采春は言い募った。

「安慶緒は、父を殺して、老若男女が楽しく暮らせる楽土を創ると言った。だが、あいつの創る国など、たかが知れている。大体、親を殺そうとするなど、畜生の仕業だ」

福娘は、即座に否定した。

「私は、そうは思わないわ。『大義、親を滅す』というでしょう。春秋時代の衛国の大夫の言葉よ。大夫は、謀反を企てた一味に加担した我が子を殺した」

以前、李猪児も口にしていた言葉だ。聞き覚えがあると思ったが、衛の故事だった。

福娘は一息つくと、口を開いた。

「不孝は大罪だけれど、偽りの仲の良さなんて、意味がないわ。私は商家の生まれでね、十二のときに大きな商家に嫁いだの。初夜に閨房を訪れたのは義父だった。初めての相手が四十も年上の義父とは、奇怪でしょう。初夜以降も、夫とは一度も閨をともにしていない」

突然、明かされた過去にうろたえた。

「私は、その、申し訳ない」

居たたまれない気持ちになって、身をすぼめる。

「もちろん私と義父の関係は、家の外には秘密。外向けには、仲睦まじい普通の家族として皆振る舞った。その上、義父は『家族は、助け合わなければならない』なんて、偉そうに家長としての訓辞を垂れるわけ。私はね、家族であっても、人を搾取する者が口にする綺麗事なんて絶対に信じない」

　福娘の顔が、わずかに上気する。

「夫も愚かな人でね。自分の妻を毎晩、奪われていて、それでも親を立てるわけ。そんなぼんやり者より、遥かに晋王のほうがましよ。孔子の言葉にあるでしょう。『父は子のために、その罪を隠し、子は父のために、その罪を隠す』と。ふざけた言葉よ。『大義、親を滅す』のほうが、よっぽど腑に落ちる」

　家庭の事情に踏み込むべきではない。迷ったが、おずおずと訊いた。

「生家のご両親や、五人の兄上たちは、助けてくれなかったのか」

　福娘は、弱々しく首を横に振った。

「刻悪く、生家で父が逮捕されたの。秤をごまかし、行（同業組合）の決まりを破ったって。でも、商売敵の言い掛かりよ。父は、一切の不正は働いていなかった。市署の吏員も県の官人もまともに調べてくれなかった。賂を貰っていたのでしょうね」

　だから、福娘は唐を憎んでいるのだと、ようやく合点がいった。

「私がもっとしっかりしていれば、婚家の力を利用して、陳情もできたのに。でも、父が逮捕されたとき、私は身重で、悪阻が長かったの。もちろん、夫の子じゃない」

　話を聞いているだけで、辛くなってくる。

「つらい禍災が、重なったのだな」

福娘は、小さく肯いた。

「父の逮捕で、生家は離散した。母も兄も、ほかの商家の下働きになったの。私は、母と兄の消息を必死にたどったけれど、見つけられなかった。母は体が弱かったから、下働きには耐えられない。おそらくもう生きていないと思う。兄たちは、長安のどこかにいるとは思うのだけど」

次々と福娘を襲った不幸に、もはや言葉も出ない。

「子が生まれて、これで少しは動ける。母と兄を探せると思ったのだけど。今度は生まれた子を見て、義母がおかしくなってね。赤子の首を絞めた。可愛い女児だったわ。ちゃんと育っていれば、今頃、采春と同じくらいの歳になっているはず」

「私は、今年で二十だ。さすがに、こんなに大きな娘ではないだろう」

福娘は、両手の指を折って歳を確認する。途中で首を傾げて、数えるのを止めた。

「大きな商家とはいえ、婚家もさすがに発狂した義母を隠しきれなかった。商家は信用が一番よ。商売が立ち行かなくなった。そのときちょうど、今いる一座を仕切っていた姐さんと出会ったの。婚家を飛び出した私を、洛陽にある一座に入れてくれた」

余裕があるわけでもないのに、困窮した若い娘がいれば、福娘は一座に引き取った。

その背景が分かった気がした。

「姐さんが亡くなって、私が一座を継いだ後は、また苦労したわ。社会を動かす文武官も、家を仕切る家長も、この世の権を握っているのは男だけ。だから、男の権を頼みにするしかないけど、心まで依存してはいけないと身に沁みた」

福娘は、采春と向き合った。真摯な顔付きで、采春の目を見た。

「だからね、私は、晋王を頼みにはしているけど、心を寄せているわけではないの。采春が私たちに遠慮する必要はないのよ。皆、どうせ死んでしまうのだから、自分の思うように生きればいい。志があるなら、成し遂げなさい。ずっと、それを言いたかったの」

采春と福娘の間を、砂埃を含んだ風が通り過ぎた。

采春を見つめる福娘の目は、母の眼差しに似ている。容姿のせいで同じ年頃のように感じていたが、むしろ福娘の年齢は采春よりも母に近い。

「福娘、ありがとう。そこまで考えてくれていたとは」

福娘は、水筒を采春に返した。

「さあ、休憩は終わり。先を急ぎましょう」

福娘に続いて、采春も馬に乗った。馬を走らせる際に、東北の方角を一瞥した。

——故郷の母は、息災だろうか。

四

張家の堂に、生ぬるい風が入った。

「采春はまだ戻っておらぬのですか。御母堂」

椀を手にしたまま、剃髪の男が頓狂な声を上げた。嫌な和尚だと思った。分かっていて言っているのだ。

「水を飲んだら、出て行ってください」

一度は平原を去った和尚が、またこの張家を訪ねてきた。喉が渇いたと水を所望されて、やむを得ず堂に通した。

「息子どのも圭々もおらぬとは、心細かったでしょうに」

「あなたには関係がありません」

厳めしい目が、棚をちらりと見た。がらんとした堂に、古びた小さな鞋がふたつ飾ってある。

長男の永が生まれて、おぼつかない足で歩きはじめたのが、つい最近のことだったような気がする。

采春など歩くのを怖がって、ふたつになる頃にやっと歩き始めたのだ。どこか身体が悪いのか、育て方が悪いのかと気を揉んだ。なんてことはない。本当は歩けるのに母に甘えて抱っこをせがんでいただけだった。それがいつの間に単身で故郷を飛び出せるほどに、身も心も成長したのだろう。

幼い子らは、もう自分の想い出のなかにしかない。和尚は額に皺を寄せ、水を飲んだ。想い出にすがって生きている女なのだと、憐れまれたような気がした。

つい、言い訳をするように口が動く。

「心細いのは今だけです。戦が落ち着けば、すべて元に戻ります」

「さあ、どうでしょうな」

世事の疎さに呆れるような物言いが、いちいち癪に障る。

「戦が長引くのは仕方がありません。でも、最後には唐が勝つのでしょう」

夫に先立たれ、娘も許嫁を殺された。これ以上の不幸はごめんだった。

「どうにも戦況が厳しい。雍丘の城では、長い籠城戦で飢えに耐えかねて、兵らが女や老人を殺して食ったそうです」

「食った？」

言葉の意味が分からなかった。人が人を食べるという事態が想像できない。

「若い女たちは子を産むために残し、年増から殺していったと」

やはり嫌な和尚だ。平原が籠城戦になれば、まっさきに食われるのは年増のお前だと言っているのだ。和尚は深く息を吐き、沈んだ顔で漏らした。

「三万だそうです」

その数が何を示しているのかが分からず、目をしばたいた。和尚が察したように言葉を続ける。

「兵の胃におさまった者たちの数です」

その説明に動揺を隠せない。

「万の数に至るまで、だれも止める者がいなかったのですか。それではまるで――」

敵ではなく味方に殺されたようなものだ。という言葉を飲み込む。そんなことがあり得るのだろうか。

「最初はためらう者もいたのでしょうが、一度流れができると誰も止められぬのでしょう」

そんなことがこの平原でも、いや、この平原でこそありうるのだ。この土地は、誤認で長い間息子をつまはじきにしてきた閉鎖的な地だ。おのれが食い物にされる状況がより具体的に想像できた。

――何のために生まれてきたのか。

夫に、息子に尽くし、家を守らなければと思っていた。それが婦人の務めだと教えられたからだ。そうすれば、国や郡が守ってくれるのだと言われた。しかし、教えた者たちはもうこの世にいない。ずいぶん無責任だと思った。

国力のために子を産めといい、食糧がなくなれば殺され食われてしまう。子を多く産む女や従順な女が称(たた)えられるのは、それが国にとって都合がよいからだ。

そして、そうならない者に罪悪感を抱かせるように落伍者の烙印を押す。まるで采春がされてきたように。

ああ、そうか。と腑に落ちた。今までだって唐の民は男も女も食い物にされてきたのではないのか。だれか特定の者によって、というわけではない。皆が作り上げた圧のある空気が、ひとりの幸せな生き方や命を奪ってきた。黙っていては、何かにとって都合のいい存在にされてしまう。

——食い物にされて人生が終わってたまるものですか。

腹の底から怒りが湧いてきた。

「新しい靴をあつらえなくてはなりません」

唐突な言葉に、椀を傾けていた和尚の手が止まる。永や采春のための靴ではない。自分のために靴を用意しなければならない。嫌な圧から一歩、踏み出すための靴だ。

年増が何をしていると笑われるかもしれない。否、誰もがおのれの生命を守る手を、他人にゆだねてはいけないのだ。刻がもうない。まもなく、人を食らうことに何のためらいも抱かぬような悪い圧が、この平原にも生じる。

「もし」

顔をあげて和尚を見ると、穏やかな顔があった。俗なふりをしているだけで、本当は節度のある僧だと、とっくに気づいている。和尚の話は事実を端的に告げているだけで、何の含意もない。自分はおのれに対して苛立っていたのだ。素直になって頼めば、この僧はきっと力を授けてくれる。

「頼みがあるのです」

五

長安に近づくに連れて、采春の緊張は高まった。

互いに皇帝を擁する長安の唐軍と洛陽の燕軍の正面衝突となれば、大きな戦になると踏んでいた。ところが、長安城に到着すると城外に燕軍の陣営がない。既に、入城した後だった。

辺りを警戒しつつ、采春は城門の衛兵に訊いた。

「いつ、燕軍は長安を落とした。唐は抵抗しなかったのか。唐の皇帝はどうなった」

立て続けに問われた兵は、顔を顰めた。傲慢な顔つきで逆に訊いてくる。

「女ふたりが、いったい何の用だ。怪しいな」

舌打ちをして、安慶緒から与えられた腰牌を突き付けた。

「晋王の麾下の者だ。今、長安城には、どの将が入っている」

兵は、慌てた様子を見せる。采春の背後で馬を引いている福娘を目にして、得心した顔をした。福娘を安慶緒の愛妾と、采春を護衛の者とでも思い違いをしたのだろう。目尻を下げて話し始める。

「燕軍の入城は六日前だ。今、長安城におられるのは、孫将軍とその麾下の将だな。唐の皇帝は、燕軍の入城の数日前に西奔した。おかげで燕軍はすんなりと入城できたというわけだ」

福娘が、一歩二歩と前に進み出た。その顔が、いつにも増して皓い。

「唐の皇帝が、城外へ親征したと。つまり、民を見捨てて逃げたのね」

兵は、得意げに話を続けた。

「皇帝や皇族、それに楊国忠ら宰相級の官人らが長安を出奔した。民は後からその事実を知り、慌てふためいて、城外に逃げ出そうとした。そこへ我ら燕軍が到着した」

福娘が下唇を嚙んだ。搔き消えそうな声で、呟いた。

「私たち、来るのが遅かったかもしれないわね」

兵は、下心を丸出しにして訊いてくる。

「入城するなら、おれが随行しようか。女ふたりをこのまま城内に送り出すのはためらわれる」

「不要だ」

鼻白む兵を無視して、福娘を先にうながした。城門を抜ける際、年老いた吏員が、ぼそりと声を掛けてきた。

「女人が入る所ではないぞ。燕軍が破壊の限りを尽くした後だ。官庫も奪われ、貴重な史書もすべて焼けてしまった」

燕軍の入城前からいる城門の吏員だろう。先ほどの兵と違って、まともな話が聞けそうだ。采春は、礼をもって訊いた。

「破壊の限りとおっしゃいましたが、長安城は戦わずに降伏したのでは」

「長安城は、燕軍に抵抗をしなかった。だが、安禄山の麾下の将が、逃げ遅れた皇族や楊国忠の派閥の者たちを捕えて処刑している。惨い仕打ちだ。生きながら臓腑を抉り出し、頭蓋骨を打ち砕いた」

安禄山にとって、楊国忠は積年の憎き政敵だった。溜飲を下げるために、処刑を命じたのだろう。

「手を下したのは、晋王でしょうか」

安慶緒なら、やりかねない。力を誇示し、恐怖で相手を屈服させてきた男だ。

「いや、晋王は後から入城して、おそらく今は宮城にいる。処刑を仕切ったのは、長安侵攻の大将の孫孝哲だ。あれは、楽しんでやっておる。政敵の処刑だけでは飽き足らずに、民も虐殺し、強奪した。ゆえに、お前たちは入ってはならぬ」

「御忠告、恩に着ます。無理はせぬつもりです」

吏員に礼を述べて、長安城内に足を踏み入れた。蒸した気と悪臭が顔に迫る。福娘が顔を顰めて、口元を押さえた。

「もともと長安の湿気は酷いけれど。死骸の腐臭も相まって耐えがたいわね」

福娘を馬に乗せてやり、自分も騎乗した。少し進むと、燕軍の兵に連行される官人の姿が目に入った。

道端には、腐敗した死骸が打ち捨てられている。洛陽に入ったときは、陥落から一月が経った後だったが、長安は燕軍の入城から間もなく、惨状が生々しい。正直なところ、福娘の兄たちを探すのは困難に思えた。

「福娘、兄上たちの居場所に目星はついているか」

「とりあえず、私が昔、住んでいた東市へ向かいましょう」

福娘の進むほうへ付いていく。二つ三つと坊を越えてから、福娘は馬を止めた。

「長安城は、皇城から真っ直ぐに南に走る朱雀（すざく）大街で東西に区切られていてね。東側が万年（まんねん）県、西側が長安県よ。今いるのは、万年県。出仕する大明宮が東側にある都合で、官人が多く住む地域ね。万年県のおよそ中央に位置するのが、この東市よ」

東市の坊門を管理する坊正（ぼうせい）や警固の者の姿が見えない。何かを感じたのか、采春の馬が前掻きをして、顔を震わせた。

福娘に続いて、開け放たれたままの坊門を潜る。目の前に現れた光景に、一瞬、言葉を失った。焼き討ちに遭ったのか、一帯の家屋が焼け落ちていた。手綱を握ったまま、福娘は険しい顔をしている。

「私は今でも、唐なんか滅びればいいと思ってる。佞臣が私腹を肥やすだけの朝廷だもの。でも、私が斃してほしいのは唐朝よ。街を壊し、民を殺してほしいわけじゃない」

「ここは市なのだから、主だった軍営や官人の屋敷があったわけではないだろうに」

しかし、金品はあったに違いない。強奪のために、燕軍は、無辜の商家の家屋を焼いた。

福娘が突然、馬を走らせた。

「どうした、福娘。勝手に私から離れるな！」

万が一、はぐれたら面倒だ。だが、福娘は、すぐ近くの崩れた門の前で立ち止まった。門の裏には、二本の楡の木が寄り添うように立っている。楡の木を見上げたまま、采春に教えた。

「婚家だった場所よ。この家も、焼けたのね」

馬に乗ったまま、門の中へ入っていく。家屋は完全に焼け落ちている。

「数軒が続けて焼けたようだな。火が移ったのだろう」

「私を苦しめた義父も、意気地無しの夫も、赤子を縊り殺した義母も、全部、燃えてしまったのかしら。何もない。誰もいない」

その重い声が、少し震えた。福娘にとって、東市はつらい想い出のある場所だろう。

「大丈夫か。いったん東市を離れたほうがよいか」

「いいえ、大丈夫よ。でも、とても悔しいし、空しい。私を苦しめた何もかもが、なくなってしまって。私の心に、虐げられた思いが残っただけなんだもの」

福娘は、焼け落ちた家屋をにらんだ。

「今、つくづく思ったわ。どうしてあの時、我慢していないで、抗議しなかったのか。

理不尽な想いをしたら、すぐに訴えないと駄目なのね。今となっては詰ることもできない」

「でも、嫁いだ際は、まだ十二だったのだろう。無理な話だ」

「そうかしら。采春が私の立場だったら、十二であっても刃向かったでしょう」

「私は、そういう性分だから。でも、そもそも悪いのは、婚家の義父たちだ。福娘が自分を責める必要はない」

福娘は、睫毛を伏せて、馬首を返した。

「もう一箇所、付き合ってくれる」

福娘に続いて、婚家の敷地を出る。馬を進めると、人と出くわした。皆、怯えた目で辺りを窺っている。燕軍の襲撃を警戒しているのだろう。

しばらく歩み、福娘は崩れ落ちた店構えの前で馬を止めた。騎乗したまま、采春に身体を向けた。

「ここが、私が生まれ育った商家よ。陶器を扱っていたの。一家が離散した後、誰かが住んでいたのね」

「焼けてしまったが、以前は立派な店構えだったのだろうな」

福娘は下馬すると、中庭へ入っていく。采春も馬から下りた。

庭の花木も燃えていた。煤だらけで、かろうじて樹木があった形跡が分かるだけだ。

福娘が思い出すように、庭の土を一歩一歩、踏みしめている。

「ここに牡丹が植わっていた。その隣は梅ね。春に咲く梅花が清楚で美しかった」

梅の木の根の辺りを足先で踏むと、おもむろに煤の下の土を掘り出し始める。

「どうした。何か埋めてあるのか。待て。今、何か道具を出してやる」

福娘は一心不乱に土を掘る。素手で掘るから、石で指先を切った。その腕をつかんで止めた。

「大切な指を怪我しただろう。私が掘るから、下がっていろ」

消毒用の酒を福娘の指に滴らせ、布を割いて傷口に当ててやった。

「そのまま指を心臓よりも高くして見ていろ。いったい何を掘り出す気だ」

「私の記憶が正しければ、壺が埋まっているはずなの」

抜身の刀で土を掘り返すと、確かに壺が出てきた。蓋には、福の一字が書かれていた。

壺の本体には、何か文字が書かれている。だが、最後の「急急如律令」しか読めない。

「やっぱり、あった。家が人の手に渡っても、壺はここに残っていたのね」

福娘は座り込み、愛おしそうに壺を抱きしめた。

「中には何が入っているんだ。水か酒か。福娘の名が記されているが」

「これは、私の胞衣（胎盤）壺よ。赤子が生まれたら胞衣を清水と酒で清める。銭や筆と一緒に壺に入れて、家の吉方位に埋める。采春も生まれたときに、似たような儀礼をしているでしょう」

記憶をたどってみるが、思い当たる話は両親から聞いていない。

「胞衣壺の儀礼は聞くが、我が家では、おそらくやっていないと思う。埋めていたら、母から話を聞いているはずだから」

「采春は可愛い赤子だったろうし、なんらかのお祝いはしているわよ。幸せな人生を送れるようにと、家族が願ったと思うわ」

福娘の腕の中で、胞衣壺がちゃぷんと音を立てる。焼け落ちた家屋を見上げた。

「幸せを願われて生まれたのよ。幼い頃の私は、父上と母上、五人の兄に囲まれて、公主のように慈しまれて暮らした。特に父上は、珠のように大切にしてくださった。重い物なんて持ったこともない。もちろん、武術なんてとんでもなかった」

荒廃した庭を見やると、かつて豪商の邸宅だった過去の様子が目に蘇った。庭には花が咲き乱れ、鳥や蝶が飛び交っている。父母や兄、幸せそうな幼い福娘の笑顔が浮かんで消えていった。

「福娘には品があるから、育ちが良いのだろうと思っていた」

「でもね、死ぬまで守ってくれるのなら、甘やかした育て方でも良いのかもしれないけど。離別は訪れる。采春みたいに、武術を身につけておけば良かったわ。義父を、思い切り殴ってやれたのに」

「顔に傷を作る羽目になるぞ。私の頬に残った傷を、兄がずっと気に病んでいる」

この傷のせいで、だいぶ張永に気を揉ませた。深窓の福娘が刀など手にしたら、同じように五人の兄がやきもきしただろう。

「さっきの話だけどね。武術を会得していたら、十二の娘であろうとも、抵抗を試みたと思うの。でも、私は何の力も身に付けてなかった。家に師を招いていたから、少しだけ学はあったけど、それもお遊び程度よ。采春のような力を持っていたら、違ったのに」

「私が武術を学べたのは偶然だ。運が良かったんだ」

志護(しご)和尚と出会っていなければ、平原を出ることもない。故郷でひとり浮いたままだったろう。

「洛陽の楡柳(ゆりゅう)園で、采春は獅子に立ち向かったでしょう。自分を食らおうとする獣に果敢に立ち向かった。正直に言うわ。私ね、そういう方法もあったんだって、あのときの采春の姿を見てやっと気づいたの。自分を食い物にしようとするやつらに歯向かっていいんだって。ほんとうにこの歳になるまで分からなかったのよ」

訴える真剣な目が、手元の胞衣壺に向いた。家族と過ごした幸せな記憶の詰まった壺だ。

「女の身を持つだけで、力を付けることを忌(い)まれる。そのほうが世間にとって都合がよいからだとよく分かった。でもそれはね、私にとっては都合が悪いのよ。私にもっと力があったら、両親も五人の兄もみんな助けてあげられたかもしれないのだから」

「その気持ちは分かる。私にも、兄がいるから」

張永が吏員を免職になったとき、職を持たぬ采春は、代わりに家計を支えることもできなかった。張永が「平原の災厄」だとつまはじきにされた際も、何も守ってやれなかった。

平原から離れた今もなお、あの兄がひとりで抱え込んでいるのではないかと心配になる。

「兄上たちを探そう。その前に、何か食べようか。最寄りの駅で買った胡餅があるはずだ」

福娘は首を横に振った。差し出された采春の手を取って、立ち上がる。

抱えていた胞衣壺を、名残惜しそうに元の土の中に収める。指を怪我した福娘の代わりに、采春は壺の上から土を被せてやった。壺が乾いた土で完全に見えなくなると、福娘はさっぱりとした顔を見せた。

「もう、兄の捜索はいいわ。吹っ切れた。采春は、晋王の元へ行かねばならないのでしょう」

見つけるのは難しいと、福娘も悟っているのだろう。

「顔くらいは、見せねばならぬだろうな」

采春は、宮城のある北西に目を遣った。

六

宮城の奥にある禁苑で、晋王こと安慶緒は獣と格闘していた。初めて見る珍獣の姿に、采春は愕然として立ち尽くした。

見上げるほどの大きな身体、灰色の皮膚は硬くざらついて見える。円らな瞳は可愛らしいが、耳が大きく、顔から長い尾が垂れている。

「福娘、あの獣は何だ。あんな奇怪な姿は見たことがない」

福娘も目を見開いて、獣を凝視している。

「南方の獣よ。象というの。私も見るのは初めてだけど。あの顔の長い尾が鼻なのよ」

安慶緒は、その象を檻に入れようと、麾下の兵に指示を出している。だが、象は人の思うようには動かず、のんびりと鼻を揺らしていた。采春の姿に気付いた安慶緒が兵たちに作業の中止を命じる。その顔は曇り、いかにも機嫌が悪そうだった。福娘が采春の側で揖の礼を取る。

「苦労しているようだな。こんなに大きな獣をいったいどうするつもりだ」

「洛陽まで運ばねばならぬ。獣使いが自害してな。今、手を焼いている。場所を変えるぞ」

うんざりとした顔で身を翻した。采春と福娘も後に続く。

足を踏み入れたのは、宮城の中の煌(きら)びやかな宮殿の一室だった。仮の居室だろう。寝台が備え付けられ、机上には、水差しや椀が置かれていた。部屋の中は風が入らず、蒸し暑い。

　安慶緒は、部屋付きの護衛と侍女を下がらせると、天蓋のある寝台の縁にどっかと腰を下ろした。

　福娘は、水差しから椀に水を注ぐ。安慶緒の側に跪(ひざまず)いて、両手で椀を捧げた。椀を手にした安慶緒は、水を飲み干した。額の汗をぬぐおうとする福娘を止める。福娘の指先の傷を気遣ったのか、手巾を取って自分で拭(ふ)く。

　安慶緒と福娘は、ソグド語で言葉を交わした。父子(ふし)軍は異民族が多くを占めており、接待のために福娘はソグド語も身に付けている。席を外せと命じられたのだろう。福娘は短く答えると、采春に目配せをして退室した。

「さすがに宮殿は焼かなかったのか」

「お前が目にしていないだけだ。燕軍が長安に入る前に、民衆が徒党を組んで暴れ、宮殿や官庫に火を放ったそうだ。その後、燕軍も宮中の財宝を我先に手に入れようと争った。おれは長安入りしてから、奪うのは官庫のみとし、財宝は洛陽に運んでから分配するようにと命じた。が、各将もその麾下の兵も抑制できぬ。これでは、父を弑(しい)した後が案じられる」

　安慶緒は、寝台の上に身を投げ出した。目を閉じ、深く息を吐いた。

「掠奪を命じるより、禁じるほうが難しいとはな」

声に、自虐の色がにじんでいる。いつもと違う様子に違和を感じた。

「お前らしくない。相手を血で汚すことでおのれの意思を通すのだと、豪語していただろう」

「元より父子軍は、抵抗せずに降伏した河北の郡を礼遇していた。それを続けておればよかったものを」

ふと、張永から聞いた話を思い出す。

「河水を渡ってから、侵掠した郡での虐殺が始まったと聞いたが。何かきっかけがあったのか」

静かに、安慶緒は目を開けた。

「陳留郡を、降伏させたときだ。おれは、陳留の官人から、兄の慶宗が長安で処刑されたと聞いた。それを父の耳に入れたのがまずかった。長男の死を知った父は逆上して、陳留の民の虐殺をおれに命じた。要は、八つ当たりだ。兄は皇族の娘を娶って長安にいた。挙兵すれば兄が殺されるなど、容易に想像がつくだろうに」

事情を知って、声を失った。本拠の范陽では、安禄山は民から慕われていると聞いた。だが、安慶緒の話が真実であれば、あまりにも稚拙だ。

「虐殺だけではない。父の判断は、首を傾げざるを得ないものばかりだ。挙兵時、唐の名将の李光弼を味方に引き入れるべきだと、おれや麾下の将は父に献言した。上手く李光弼を懐柔できたかは分からぬ。だが、試す価値は十分にあった」

李光弼といえば、唐で五本の指に入る名将だと張永から教えられている。もし、この将が叛乱軍側に下っていたら、戦況は今よりさらに唐にとって苦しいものになっていただろう。

「結果、史思明が攻略した常山を、李光弼に奪われた。李光弼は籠城戦の得意な将だ。以降、何度もあの将の知略に苦しめられている。この挙兵には、戦略がない。そのせいで、無駄に兵を死なせた」

訥々と吐露された心情は、采春にとって意外なものだった。人を嬲り殺しにして平然としているこの男にも、良心の呵責はあるのか。

「お前は安禄山とは違うやり方があると思っていたのか」

「おれも、挙兵前に、平原への警戒を父にうながしていた。ところが、父は、平原太守の顔真卿は書生に過ぎぬと、取り合わなかった。見ろ、平原を盟主として河北諸郡は団結した。一度は服従を約した各郡が、次々と唐へ帰順した」

安慶緒が挙兵前に平原に姿を見せた動機が、ようやく明らかになった。やはり、平原が安禄山の挙兵に備えていた事実に気付いていた。反抗を防ぐために、予め牽制したのだ。

「私には虐殺の言い訳にしか聞こえぬな。少しでも民が血を流さずに済むやり方に気付いていたのなら、その方法を採れば良かっただろう」

安慶緒は、天井を見据えたまま、答える。

「お前の言葉どおりだ。父の命令にただ忠実に従ってきたつけを今、払わされている。この戦は人命を奪い過ぎている。おれは人の評するとおり、頭が悪い。だが、愚陋を言い訳にして思考を怠れば、獣と変わらぬ」

上半身を起こして、采春を見た。

「父は、長安に阿史那従礼を駐屯させるそうだ」

采春の知らぬ将だ。漢人ではなく、異国出身の将だろう。

「安禄山の人選に、不満があるのだな」

「阿史那従礼は、がき大将がそのまま大きくなったような男だ。手下を従えて荒野を駆ける姿がしっくりくる。とうてい都の守将の任に堪えられるとは思えぬ」

ふと、疑念が湧いた。

「待て。駐屯と言ったが、燕は、唐の皇帝を追いかけて捕えないのか」

拳を握りしめて、安慶緒は頷く。

「おれは潼関が落ちたと分かるや、すぐに洛陽へ身を翻した。唐の皇帝を追討する指示を父に請うためだ。だが、父は拒否した。洛陽の宮城に満足して戦況が見えておらぬ」

呆れ声が、漏れた。

「長安を落とした好機を逃す気か。ここで皇帝を捕縛して、唐を亡ぼしておかねば。後で盛り返してくるぞ」

「おれの目算では、今頃は長安から西進し、唐の皇帝を捕縛しているはずだった。それがなぜか、おれは象の移送に苦闘している。やっていられぬ」

敵ながら、同情を抱いた。とともに、怒りがこみあげてくる。ここまで杜撰な挙兵で、季明は命を奪われたのだ。

「父のおれに対する冷遇を見て、ほかの将もあからさまに軽んじ始めた。おれが父を殺して帝位に就けば、麾下の者はますます離れていくだろう。これまで、力で屈服させていたからだ。このやり方では、駄目だ」

安禄山の後継と目されていた自分が、目に見える形で周囲に軽んじられた。焦りが、変化の発端になったのだろう。安禄山を殺した後の策を考え、どうすべきか模索している。苦悩の目が、洛陽のある東の方角に向いた。

「長安侵攻で、ますます父を生かしておけぬと思った。これから、長安の珍獣や楽人を、洛陽に運ばねばならぬ。お前は先に洛陽に戻れ。父は、長安へ移るつもりはないからな」

「私は、燕でのお前の立場に関心はない。ただ、お前から、安禄山を殺す決心を聞けたのは良かった。後は、いつ決行するか。お前の心ひとつだ」

安慶緒が、采春の目を直視した。

「洛陽に戻ったら、見込みを話す。それまで、大人しく待っていろ」

「さすがに私も年明けまでは待てぬからな。お前が失脚する前に決断してくれ」

安慶緒をにらみ、采春は部屋を去った。

第九章　不孝に非ず

一

　数か月ぶりに張永が自宅の門前に立つと、敷地内から複数の婦人の掛け声が聞こえてきた。

「采春が帰ってきたのかもしれぬ」

「待て、永兄」

　白泰が止めるのにも構わず、張永は荷を投げだして三郎から下りる。

　だが、中庭に駆け込んだ途端、目に飛び込んできたのは、近所の婦人たちが一斉に槍を突く姿だった。細やかな光を放つ樹木の緑の下、皆の前で槍を掲げ、掛け声を上げているのは張永の母だ。

　あれほど、采春に荒事を避けるようにと厳命していた母が、武器を手にしている。その上、婦人方の稽古を取り仕切る立場を担っているらしい。目の前で起きている事態を理解するのに、しばしの刻を要した。

中庭の入り口で立ち尽くす張永らに気付き、母は皆に告げた。

「魏郡と戦った者たちが帰ってきました。今日は皆、家に戻り、帰還した家族を迎えてください」

婦人たちは張永たちの姿を見ると、顔を明るくして中庭を出て行く。残った母は、首元で光る汗を拭いて、労いの言葉を掛けてきた。

「勝利の報せは聞きました。よくやりましたね」

平原を出た際、母は自力で歩くのもおぼつかないほど弱っていた。それが今は、帰還した息子に落ち着いた目を向けている。

「母上、私が不在にしている間に、何があったのでしょう。采春が家に帰ったのですか。婦人方の集まりは、いったい何なのでしょう」

「采春は相変わらず戻りません。あなたがいない間に、私は娘子隊を作りました。戦の疲れが取れたら、相手をなさい」

張永に、挑むような目を向けた。

——母上は、このような快活な顔をお持ちだったのか。

以前の母と同じ人物とは思えない。まるで、采春が家にいるようだった。

「なぜ、母上たちが武術の稽古をなさっているのです。郡庁からのお達しですか」

「役所は関係ありません。あなたたちが戦に出てから、あの生臭い和尚が我が家に立ち寄りました。私は采春と同じように、しばらく武術を習いました」

母から志護の話が出るとは思いもよらず、心の底から驚愕する。

「あれほど志護和尚を毛嫌いしておられたのに。母上自ら師事するとは、どのような心境の変化があったのです」

張永を押しのけて、圭々が訊いた。

「志護和尚は、何か申しておりましたか。何か私に言伝は」

母は、圭々に諭すように伝えた。

「圭々はもうしばらく張永とともにいるようにと、話していました。采春の部屋を整理しましたから、あなたがお使いなさい」

「しかし、おれは……」

「いつまでも、永と同じ部屋では、ゆっくり休めないでしょう」

ぴしゃりと返され、圭々は黙り込む。

「さあ、ふたりとも荷を解いて、部屋で少し休んでいなさい。食事を作ります。白泰はここで食事を取るなら、先に御両親に報告をしていらっしゃい」

きびきびと言い放った。白泰も八重歯の見える口をぽかんと開けている。想像もしない母の変化に、皆が困惑した。てっきり嫁を見つけて、張永の帰りを待ち構えているものだと思っていた。

張永は、おずおずと訊いた。

「母上、おれの婚姻の話はどうなりましたか」

母は少し首を傾げ、思い出したように答える。

「嫁探しは止めました。あなたは、人の面倒をみるのは好きですが、人から世話を焼かれるのは苦手です。本心は、まだ嫁を貰う気などないのでしょう。それでは、相手の娘さんにもご家族にも礼を欠きます」

そもそも張永が身を固める決心をしたのは、母のためだ。その言いぶりは、あんまりだと思った。

「皆の好きな料理を作ります。お酒も用意しましょう。圭々は休む気がないのなら、手伝って」

一方的に言い捨てて、家屋に入っていってしまった。張永の隣で、白泰が含み笑いを漏らしている。

「永兄、残念だったなあ。嫁に会えると期待して平原に帰ってきたのに。これからも、寂しい独り寝が続くな」

圭々の複雑な顔が、張永に向けられた。

「母御が、妹御の部屋を使えとおっしゃいましたが。よいのでしょうか」

「母上がお許しになったのだから構わぬ。だが、部屋を整理するとは、生半可な気持ちではない。采春の帰還を諦めたのだろうか。とりあえず、部屋を見よう」

三人は、采春の部屋に向かった。服も道具も、采春の物はすっかりなくなっている。

処分したのだろう。残っているのは、寝台などの最小限の家具と武器だけだった。

白泰とともに、すっきりとした部屋に入る。周囲を窺って、白泰が囁いた。

「先ほどの母上の御様子だが、十数年後の采春を見た気分だ。采春の気の強さは母親譲りだったのだなあ」

「おれは、夢を見ているのかと思った。まだ何が起きたのか理解できておらぬ」

圭々は、陽光を背に、部屋の戸口で立ち尽くしている。うつむいて、考え込んでいる様子だ。長安への帰還がまだ許されぬと知って、心に打撃を受けているのだろう。

「志護和尚は、いったいどういう心積もりだ。平原に留まるのは一時という約束だったのに。これでは圭々が哀れだ」

張永の言葉に、圭々は顔を上げた。

「永どのは、おれを疎まぬのですか。同じ屋根の下におれがいても、気になさらぬのか」

おれはお前を殺そうとしたのだぞ、と黒く大きな双眸が問いを投げている。部屋の中央に置かれた椅子に張永は腰を下ろした。

「なぜ、疎む。ともに過ごした数か月で、お前の誠実な為人は理解したつもりだ」

圭々は、小さく息を吐く。

「永どのは人の良さが、いつか命取りになります」

聞き覚えのある苦言に、張永は頰を掻いた。

「いつぞや、采春からも同じ忠告をされたな」

部屋に入った圭々は、壁に並ぶ長刀に触れた。

「やはり、妹御は、甚だ勝ち気な性分なのですな」

「采春が側にいると、困難に陥ったときでも心強い。あれは、相手が誰であろうと、怯まず戦う。実際、負けぬからな。采春さえいれば、もっと楽に戦えるのだが」

「ですが、所詮、女でしょう。男には勝てませぬ」

張永の隣に立った白泰が、大きく首を傾げた。

「思えば、大兄と采春では、どちらが強いのだろう」

引き合いに出され、張永は大きく頭を振った。

「おれが負けるに決まっておろう。采春とおれでは、勘の良さが違う」

「でも、本気でやり合ったことはないのだろう」

「当然だ。おれも命が惜しい」

圭々が壁を背にして、張永のほうを向いた。

「もし、血を分けた妹と志を違えたら、永どのはどうします」

「どうするもこうするも、戦うしかあるまい。戦いを忌避したなどと知ったら、地の果てまで追いかけてくる女だ」

白泰が、訳知り顔で頷いた。

「手加減したなどと分かったら、烈火のごとく怒るしな」

「しかし、本心では、志を同じにしたいとお思いでしょう」

いつも淡々としている圭々にしては、珍しく拘る。

「采春に会ってみれば分かる。志を同じにしたいだと？　そんな発想すら、浮かばぬぞ。あれは何にも属さぬ自由な気風のある女だ」

張永の言葉を聞いて、圭々はまたうつむく。張永はひとつ咳払いした。魏郡との戦が終わってから、ずっと考えていた話を切り出した。

「圭々、よく聞いて欲しい。和尚がなぜお前をおれの側に留めようとするのかは分からぬ。だが、お前はやはり建寧王の側にいるべきだ。決して、お前を疎んでこの話を持ちかけているわけではない。だから、思い違いをするなよ。お前がこの家にいてくれたおかげで、母上もおれも救われたのだからな」

微動だにせずに、圭々は張永を直視している。

「失ってからでは遅いのだ。長安へ戻る事情は、何とでも作れる。必要とあれば文を持たせてやっても良い。志を遂げられずにいるお前を見ているのは、我が事のように辛い」

季明の死から、張永はまだ立ち直れていない。死を知らされたときの場面を未だに夢に見る。あの毅然とした男ですら濁流に飲まれたという事実は、張永の根幹をえぐった。この喪失感からは、一生立ち直れぬのかもしれぬと思う。自分と同じような思いを圭々に味わわせたくはなかった。

圭々は、一瞬、逡巡する表情を見せたが、すぐに真顔に戻った。

「おれは志護和尚の命には背けませぬ。ここに留まります」

拍子抜けした。張永の命を奪ってでも、建寧王の元に戻ろうとしていたのだ。申し出に喜ぶと思いきや、断った圭々の思考が分からない。

「お前は捉え難いやつだな。建寧王の元へ戻りたいのだろう」

「おれは、ふたつの信念を心に留めています。まずは、命の恩人である志護和尚には背かぬ。次に、陛下、延いては建寧王に尽くす。このふたつだけは、必ず守ると決めています。志護和尚が、永どのの側に留まれと命じた以上は固守します」

白泰が呆れ声で、圭々を誹った。

「やはり、面倒な僧だな。仏門の者は皆、お前のように理屈臭いのか」

白泰の悪言に反発するでもなく、圭々は静かに答えた。

「このふたつ以外の雑事を考え始めると、迷って身体が動かなくなる。おれは立ち止まりたくない。何も成せぬまま、死ぬのだけは嫌です。だからふたつ以外の雑事は切り捨てることにしているのです」

話は分からないでもない。何かを成すのに人の命は短い。ただ、圭々の頑なさが危うく感じられた。生き様が、純然に過ぎるのだ。

「圭々よ。いたずらに信念を増やせとはいわぬ。しかし、あとひとつくらい旨とする信念を持ってはどうだ」

信念が限られれば、挫かれたときの衝撃が大きい。圭々に説くうち、自分に言い聞かせているようだと思った。信念を欲しているのは、おのれのほうだ。守るべき母や友、子将としての任があるおかげで、今はなんとか立っていられる。だが、ここからさらに一歩踏み出すための信念が足りないのだ。

圭々は、しばらく考えてから、首を横に振った。

「おれは、この生き方を貫いてきました。今更、変えられませぬ」

「焦る必要はない。少しずつ増やしていけばよい」

圭々は、当惑顔で「母御の手伝いに参ります」と、部屋を去って行った。

二

強い日差しを受けながら、張永は三郎を走らせた。

調練が長引いて、参集の呼び立てに気付くのが遅れた。郡庁に着き、汗まみれの顔や首元をぬぐう。蒸し暑い政堂に、既に数十名の文武官が集まっていた。末席にいる韋恬（いてん）の隣に並ぶ。しばらくして、前方から太守の顔真卿（がんしんけい）の声が聞こえた。

「皆、集まったな。今日は、皆に重大な報せがある。李録事参軍」

呼ばれた李択交（りたくこう）が、皆の前に立った。ふだんは豪胆な男が、古傷のある顔を険しくしている。ここ数日、郡庁の幹部官人の態度がよそよそしかった。あまり良い報告ではない。予感はあり、心構えだけはしてきた。李択交の厳格な声が響いた。

「先月、賊軍によって、潼関が落ちた」

政堂に整列した皆が、一斉にどよめいた。

「信じられぬ。長安は、陛下は御無事なのか」

「誰が長安の守将をしている。長安を取られたら、唐はおしまいだぞ」

「陥落が先月なのに、なぜ今頃の報告になった。遅いだろう」

次々と問いが投げられ、政堂に怒号が行きかう。末席にいた張永も、錯愕とした。潼関は、燕との戦の要だった。潼関陥落で、唐は一気に劣勢になる。顔真卿が、皆を静まらせた。

「まだ報告は終わっておらぬ。陛下は、西へ親征された。賊の手から逃れておる」

一瞬、政堂の中がしんとした。

「長安は、既に敵の手に落ちたのですね」

張永の前に並ぶ文官が、訊いた。顔真卿は、首肯する。

「陛下は、皇太子殿下と別の経路に分かれたとの報せもあり、情勢報告が錯綜している。だが、陛下、殿下ともに御無事だと思われる」

そう、皆を安心させようと擬勢した。だが、試みも空しく、動揺が広がる。蒸し蒸しとした政堂の中が、再び騒めき始めた。洛陽、長安の両府を燕に奪われたなら、唐の敗北は確定したようなものだ。皇帝の親征といっても、単に長安から落ち延びただけだろう。

――いったい、どれだけの民が死んだのか。

河北諸郡、河水を超えて洛陽、潼関、長安と、各地で両国の軍馬が民の命を奪っている。

「皆静まれ、まだ伝えなければならぬ報告がある」

騒ぐ官人たちを、顔真卿は再び鎮めようとする。これまで情報を幹部のみに留めていたのは、情勢が好転する可能性に賭けていたのか。又は、皆への影響を案じたのか。いずれにしても、賢い判断とは思えない。知るのが遅くなるほど、戦略の変更が遅れる。

韋恬は、口を噤んだまま顔を青くしている。もとより気乗りしない戦で、ここまで深刻な状況に陥って、この男にしてみればさぞ不本意だろう。

追い打ちを掛けるように、李択交が報告を続けた。

「河北の情勢も、変化が生じている。まず、郭将軍が霊武に引き上げた。陛下の元へ向かう意図と思われる。土門を守備していた李将軍も、太原まで引いた」

張永は、狼狽を隠せない。これまで、郭子儀、李光弼の二将軍が陣を置き、にらみを利かせているおかげで、河北諸郡は強気でいられた。二将軍の撤退で、河北は支柱を失う。

河北諸郡に決起を呼びかけた盟主は顔真卿だが、今では求心力を失っている。

手柄を立てようと河北に乗り込んできた北海太守に、先の魏郡撃破の功績を譲ってしまったのだ。おかげで、魏郡を相手に命を賭して戦った三郡は恩賞に与れなかった。

――高潔だが人心が読めない。

いつか采春が顔真卿を評していた言葉を思い出す。

だがもしかすると、この太守の頭には、常山の顔一族の無惨な死があるのかもしれない。

味方に手柄を奪われて滅ぼされた常山と同じ轍を踏まぬように、北海太守を立てたのではないか。唐の勝利のために無私を徹底し、功績にこだわらぬ姿勢を見せたともいえる。

その結果はともあれ、顔真卿は唐軍不利の流れを変えようと必死なのだ。さらに二将軍を欠いた今、河北は劣勢に転じる。

――負け方を考えねばならぬのかもしれぬ。

文武官が騒めく中、張永は心が打ちのめされて、身じろぎもできない。李択交が、皆の周章を一掃しようとするかのように、声を張り上げた。

「郭・李両将軍の撤退を機に、賊将の史思明は、常山を奪った。次は、河間を狙っていると報告が入っている。平原は、河間への援兵を行う」

李択交の話に、張永は思わず大きく首を横に振っていた。今は、他郡へ兵を出すべきではない。周辺の諸郡と合力して、守りを固めるべきだ。だが、顔真卿と李択交の間では、既に援兵の子細が決められていた。李択交は武官に向かって、指示を出す。

「平原の守備の部隊は第一大隊を、援兵の部隊は第二大隊を中心に編成する。それぞれに分かれて、軍議を行う」

魏郡戦に出た張永の第一大隊を守備にし、今度は韋恬の第二大隊を援兵にする算段だ。援兵を出して勝てるのか。どうにも疑問が消えない。青ざめた顔の韋恬に声を掛ける。

「武運を祈る。死ぬなよ」

張永をにらみ、言い返してくる。

「お前にいわれるまでもない。お前こそ、そんな憔悴(しょうすい)した顔で平原が守れるのか。任に堪えられぬのなら、子将を返上しろ」

いつもの韋恬の悪態も、心なしか力がなかった。

三

河間へ援軍を送ってから、三月が経った。

郡庁の執務室にて、張永は顔真卿と顔をつき合わせていた。内々に呼び出されたのは、張永ひとりだった。

「今、なんとおっしゃいましたか。おれは聞き違いをしたのでしょうか」

顔真卿は、険相(けんそう)で同じ言葉を繰り返した。

「平原を脱し、霊武の陛下の元へ参じる。張永には、その護衛を頼みたい」

誤聞ではない。言葉を失った。

ちょうど河間への援軍が出発した頃、皇太子が、長安から北に千唐里以上も離れる霊武で即位した。年号は、至徳と改まった。上皇となった前皇帝は、長安を出てから新皇帝と別れて南下し、蜀に避難している。

即位した皇帝は、長安奪回に向けて態勢を整えていると聞く。顔真卿は、新皇帝の元で、敵との戦いに殉じるつもりなのだろう。乾いた風が吹き、執務室の戸を鳴らした。

張永は、言葉を絞り出した。

「お気持ちは分かりますが、平原は今、苦境に立たされております。太守を欠いては、戦えませぬ」

平原は、先の河間戦で大敗した。多くの平原の兵が戦死し、生き残った者も敵軍に下って俘虜となった。未だに、韋恬も平原に戻っていない。この損害から、平原はまだ立ち直れていなかった。その上、史思明が送り込んだ敵将の攻撃に苦しめられていた。

顔真卿の顔が、苦渋に歪む。

「私とて心苦しい。だが、このまま平原で戦っても、いずれ籠城戦になり、皆で餓死するだけだ。他郡の官人たちも、新しい陛下の元へ馳せ参じている」

叛乱軍への抗戦の功績が認められた顔真卿は、新皇帝から工部尚書及び御史大夫の兼任の辞令を受けている。地方官でありながら、中央官署の官位を与えられる異例の待遇だ。顔真卿にしてみれば、皇帝の側で貢献できないのが、歯痒いのだろう。

「勤皇の顔家らしいお考えです。しかし、陛下から任じられている太守の責を放棄するのもまた、不忠に当たりませぬか。太守に見捨てられた民は、どう戦えばよいのか。大体、どの将を霊武行きの供に付け、又は平原に残すおつもりです」

非難を込めて、訊いた。

「李録事参軍は、平原に残ると申し出た。麾下（きか）の将も、平原に留まる。霊武に向かうのは、私と主だった文官だ。お前の第一大隊に護衛を命じたい」

第一、第二大隊は、そもそも安禄山の挙兵に備えて、顔真卿が集めた隊だ。扱いはその私兵。第二大隊が河間戦で敗れた今、第一大隊にこの命が下るのは当然の成り行きなのかもしれない。だが、どうにも承服できない。黙り込んだ張永に、顔真卿が腹に響く声で言った。

「張永よ。陛下の、国のためぞ」

国という大きく漠然とした言葉に、反発を感じた。いったい、国とは何なのか。平原の民を見捨てては、何かを取り違えている気がする。

そもそも、国にとって民とは何だ。この世を身体に喩（たと）えるならば、国は骨格であり、民は血肉ではないのか。血肉がやせ衰えれば、骨も崩れる。

「おれの隊には、建寧王（けんねいおう）の手駒の僧侠がおります。腕の立つ男です。供にお付けしましょう。ただ、おれは、霊武へ同行することはできません。平原で戦って死ぬ道を選びます」

顔真卿の言葉を待たずに、執務室を飛び出た。

四

三郎を家の厩に繫ぐと、張永は荒々しい足取りで家屋に入った。

「圭々はいるか！　朗報だぞ！」

家の中に姿がない。裏庭に出ると、白泰と差し向かって落ち葉に覆われた地に座っていた。秋気澄む日向を選び、ともに弓や刀の手入れをしている。ふたりは、張永の姿を目にして、呆気に取られた顔をしている。

怒りが収まらない張永は、植木の幹を拳で叩いた。頭上から、枯れ葉がはらはらと落ちる。圭々が怪訝な顔で訊いてきた。

「いったい何事ですか。朗報と言いながら、相当お怒りだ」

「なんだ、なんだ。嫁探しがうまくいかずに苛立っているのか」

白泰がにやついて揶揄する。ふたりの間に、どっかと座った。

「お前たち、良く聞け。顔太守から内々に話があった。平原を出奔して、霊武の陛下の元へ参じるそうだ。護衛として同行する者に圭々を推した。お前は晴れて建寧王の元へ戻れる」

身を乗り出した白泰が、眉を顰めて訊いた。

「俄かには信じられぬ。太守としての任を放棄するなど、許されぬぞ。本当なのか」

圭々は動じた様子もなく、大きな黒目を張永に向けた。

「永どのも、霊武に向かわれるのですか。でなければ、承服しかねる」

腹立ちまぎれに、張永は言い放った。

「顔太守は、第一大隊に随行を命じた。おれは断った。そもそも、太守が民を見捨てて霊武に参じるなど、納得がいかぬ」

「太守が平原を出るのですか。永はその護衛を命じられたのですね」

背後から掛かった声に、飛び上がって振り向く。裏庭の入り口に、母の姿がある。一瞬で頭が冷えた。怒りのあまり、声を抑えるのを失念していた。母の元に駆け寄って、弁解する。

「母上を置いて平原を出るなど、非道な真似はできません。御安心ください」

ところが、母は一度ゆっくり目を閉じてから、張永を見据えた。

「いいえ。あなたは平原を出なさい。戦状は良くない。このままではいずれ平原は、籠城して戦う羽目になる」

「そうならぬように懸命に戦います」

「意気込みを聞いているのではありません。平静な頭で考えなさい。平原が籠城戦を避けられると思いますか。私は無理だと思います」

今のところ、燕軍との戦は城外で繰り広げられている。だが、周辺諸郡が次々と史思明に攻略されている中、援軍は見込めない。籠城戦に持ち込まれる可能性は高い。

母は、静かに説いた。

「私は、顔太守の判断は英断だと思います。志護和尚から、籠城戦に追い込まれた他郡の話を聞きました。飢えた兵たちは、戦うために、城内の女たちを殺して食糧にしたそうです。女を食べ尽くしたら、子ども、老人の順に殺して食べたと。このまま戦えば、平原でも同じ悲劇を見る羽目になる。粘って抗戦されるより、敵の標的の太守に逃げてもらったほうが望みがあります」

初めて耳にする話に、張永は当惑した。

「志護和尚の話の真偽は定かではありませんが、平原の兵は、女を食らうなどという恐ろしい所業には出ませぬ。御安心ください」

目を伏せ、母は首を横に振った。

「そうでしょうか。人は追い詰められると、皆が揃って狂ってしまう。それこそ張家は、身に沁みているでしょう。あの災厄のときに、私たちが受けた仕打ちを思い出しなさい。平静に考えれば、永に非はないのが明らかなのに、寄ってたかってあなたを責めた。誰かのせいにして非難をすれば、心が落ち着くからです」

豪雨の際の、異常な事態を思い出す。避難すべきだと訴えても、誰も取り合わない。城壁の修復に没頭して、避難指示という採るべき単純な行動に気付かない。結果、多くの人命が奪われると、何の落ち度もない張永に罪を負わせた。その理不尽を誰も指摘しなかった。

「ですが、さすがに兵たちが大切な母や姉妹を食らうとは思えませぬ。話が飛び過ぎです」

「私とて、あなたや近所の知己が、自分を殺して食べるなんて想像もできない。平生ならば、そう思います。でも戦時は非常です。私は和尚の話を、実感を持って聞きました。私は食い物にされるために、生まれてきたわけではない。食われるくらいなら戦います。そのための調練もしてきました」

母が突如、武術の稽古を始めた子細がようやく分かった。これから起こる災禍に、対抗するための備えだった。

「永、あなたは、平原を出るべきです。このまま籠城戦になって、窮地に追い詰められたとき、豪雨の話を蒸し返して、『平原の災厄』のあなたに非があると言い出す者が出てくる。悪いのは張永だ。悪い者は虐げても許されると、また石を投げつけてくる」

「しかし、育てていただいた御恩を踏みにじる所業はできませぬ。母上をひとり残して平原を出ては、おれは親不孝の誹りを受けます」

「誹られるのが恐ろしいのですか。采春を見なさい。他人の目を気にせず、出て行きました。あの子は大したものです」

母は張永の隣をすり抜け、圭々の側から刀を取った。庭の植木に近づき、刀を抜く。おもむろに、地を掘り起こし始めた。

ふたつの壺が、土の中から顔を出した。

「これは、あなたの胞衣壺(えなつぼ)、それは采春のです。あなたたちを産んだとき、健やかな成長と、生涯の幸福を祈って埋めました」

俄(にわ)かに、刀で壺を叩いた。音を立てて、壺が割れた。張永たち三人は母の突然の行動に呆気に取られた。張永は母に駆け寄った。

「いったい何をなさるのです」

きっぱりとした声が返って来た。

「あなたたちを産んで育てたのは、母の勝手です。あなたたちの成長と幸福の祈願も、私が勝手にやりました。私の勝手に対して、あなたが感謝したり、恩に着たりする必要はありません」

「ですが、おれが国のために戦う故(ゆえ)は、母上を護るためです。母上を見捨てては、本末転倒です」

母の真摯(しんし)な目が、張永に向けられた。

「永、間違えてはいけません。国のために戦うことと、母のために戦うことは本来、別です。それを混同すると、身内への愛を、国のための戦に利用される。私はその欺瞞(ぎまん)を知っています。なぜなら、他郡では、飢えたら真っ先に女を食糧にしたのですから」

返す言葉が思いつかない。母の言葉には、強い意思がある。ずっと、ひとりで考えを深めていたに違いなかった。

「少しお待ちなさい」

黙っている張永の前で、母は身をひるがえした。家屋から戻ってきた母が手にしていたのは一葉の紙だった。

「家屋の片づけをしていて、見つけました」

手渡された紙を開くと、季明の書いた《永》の字があらわになった。辟召(へきしょう)の誓いを立てた日に、常山郡庁の執務室にあったものを失敬した。目にするのもつらく、ずっと部屋にしまい込んでいた。

「永。あなたは、何をしたいの」

母の問いが、直(ちょく)に張永の心に刺さる。

「あなたは優しいから、身近な者や頼ってくる者皆に尽くそうとする。ですが、それでおのれが何をしたいのかを見失ってはいけません」

手元の《永》の字が、お前も身を投じろと迫ってくる。そうだ、季明は人ひとりでできることは少ないと、それでも流れを変える一石にはなれるのだと言っていた。

季明は濁流に飲まれたのではない。最期まで身を投じたのだ。

母と張永の間で、秋風が色づく葉を淩(さら)う。爽籟(そうらい)に、顔を引き締めた。

「嫌な流れを変えるのです。もはや、唐も燕も自制を失って、ただ人命だけが奪われていく悪い流れに飲まれているように思えます」

燕の戦は行き当たりばったりで戦略がない。一方、唐は唐で愚かな内訌を繰り返し、幾度も勝機を逃している。その犠牲になっているのは、何万何千という個々の民だ。

「田舎の子将がなにを言っていると笑われるかもしれません。ですが、この嫌な流れを変える一石になることはできる」

これがおのれの答えだ。一言一言を口にするたびに、胸のあたりが熱くなっていく。失っていた信念が、再び灯ったような気がした。

「そのとおりです。これまで散々私たちを苦しめた嫌な流れを変えるのです」

母は、張永の両肩をつかむ。覇気のある声で鼓舞した。

「母を気にする必要などない。圭々も、早く支度をなさい。永が行くなら、白泰もならうのでしょう。御両親に御挨拶を済ませてきなさい。私は、道中の食糧を用意しましょう」

言い切ると、身を翻して厨(くりや)に向かった。白泰が、駆け寄ってくる。

「永兄、本当に霊武に行くのか。おれは、永兄が行くなら付いていくが」

平原に留まっていたのは、母に遠慮をしていたからではない。張永にとって、母も平原の民も大切で、おのれの中で思い定めることができなかっただけだ。

だが、違うのだ。母は押し寄せてくる圧を変える一石になろうとしている。

「お前もそうだったな、白泰」

皆が同調して張永を貶めていたとき、その理不尽な流れに抗わんとおのれを鍛えていた。白泰は眉を顰め、何のことだかさっぱり分からないといった顔をしている。

「行く。不孝の咎を負って平原を出る」

背後から、圭々の明朗な声が聞こえた。

「永どのは、不孝者ではありません」

「慰めはよい。おれが決めたことだ」

肩越しに言い返したが、圭々は淡々と語った。

「慰めなどではありません。おれは、生き別れた親と再会しましたが、志を違えたゆえ、この手に掛けました。ですが、永どのは母御の望みどおり、賊軍と戦うのです。ですから、不孝ではありません」

振り向くと、大きな目が張永を見つめていた。親殺しは、いかなる事情があっても許されぬ最大の不孝だ。圭々の告白に、さすがの白泰も黙り込んでいる。

「お前は、歳若なわりに、覚悟が違うと思っていた。過酷な道を歩んできたのだな」

信念を守る頑なさも、それ以外を切り捨てる潔さも、生い立ちが影響したのか。圭々は、控えめな表情で弁明した。

「大層な話ではありませぬ。ただ、永どのは不孝ではないと言いたいだけです」

圭々の年齢は白泰と変わらない。まだ、十五だ。いったい幾つの時に、親を手に掛けたのだろう。

「志を違えても、母御とお前は世の流れを変える一石にならんとしていたのだ。立場は違えども、抗おうとした敵はおそらく同じぞ」

張永の言葉に、一瞬はっとしたような顔をする。

「おれは大した荷もありませんので、母御の手伝いをして参ります」

すぐに何事もなかったかのような顔を取り繕って、庭を出て行く。ひとり残った白泰に、張永は笑って見せた。

「情けない思いをさせてすまなかった。これから、平原を出る」

第十章　大義、親を滅す

一

曇りのない刀身に、采春の顔が映った。

聖武二年（七五七年。唐の至徳二載）元日、宮城の正殿である含元殿で朝賀が執り行われた。朝賀の後は、皇帝と群臣が酒食や演奏を楽しむ祝宴が行われる。

采春は、宮城の西北隅にある安慶緒の居室で、祝宴が終わるのを待っていた。抜き身の刀を鞘に戻す。足には、季明から贈られた靴を履いている。

火鉢の中で、木炭が崩れた。火鉢の側には、ふたり分の戦袍と手袋が掛けられている。

遠くから、祝いの爆竹の音が聞こえた。安禄山が洛陽で即位して、ちょうど一年。民も、正月を楽しむ余裕が出てきたのだろう。

日が暮れた際に灯した部屋の蠟燭が半分ほど溶けたころ、部屋に安慶緒が入って来た。

「祝宴は終わった。皇族も百官も退出した」

手際よく祭事用の礼服を脱ぎ始める。

「祝宴で、何か変わった様子は」

「特にない。弟の派閥にも気付かれておらぬはずだ」

胸を撫で下ろした。部屋付きの侍女は、既に人払いをしている。安慶緒は、無造作に脱いだ礼服を椅子に放り、動きやすい胡服に着替え始めた。

「楽人たちは、まともに演奏ができたのか」

「かろうじてな。一様に昏(くら)い顔をして、恐怖と失望を抱えながら演奏したのだろう」

「楽人に罪はない。安禄山の仕打ちを目の当たりにしたのだから、当然だ」

安慶緒が、長安(ちょうあん)から洛陽へ何とか象や楽人を運ぶと、安禄山はすぐに群臣を招いて、宴席を設けた。場所は、宮城の西の禁苑(きんえん)にある凝碧池(ぎょうへきち)だ。

しかし、演奏が始まるや、楽人の雷海青(らいかいせい)が楽器を床に投げつけた。その上、唐の皇帝のいる西方に向かって慟哭(どうこく)した。雷海青は、その場で四肢を切り離す刑に処された。象も、群臣に見せるために運ばれたが、獣使いもおらず檻から出ないので、安禄山が怒って焼き殺した。

着替えを終えた安慶緒は、腰の革帯に下げた二本の革紐で刀を佩(は)いた。

「父の横暴は、日に日に増していく。怨みの声は大きくなるばかりだ」

「だが、それも今日限りだろう」

采春の問いに、安慶緒が目で応える。

——今夜、安禄山を殺す。

この日のために、安禄山の寝室の警固の者を、秘密裡に安慶緒の息の掛かった者で固めた。

皇子や公主は、宮城の居所ではなく、各坊の邸宅で元日の夜を過ごす。祝賀で皆の気分が浮かれている今夜が、最も宮城が手薄になる好機だった。

安禄山が眠りに落ちてから、お付きの宦官の李猪児が安慶緒と采春を、寝室に手引きする手筈になっている。

安慶緒は、采春と差し向かいで椅子に腰掛けた。静かに、口を開いた。

「お前、両親は健在か」

遠くから、また爆竹の音が聞こえた。

「父は天災で亡くなっている。母は、故郷にいるはずだ」

「幼い頃に、父に遊んでもらったのを思い出す。馬術も、父から教わった。音曲を好み、胡旋舞も得意でな。おまけによく喋る。仲間に頼りにされる父が、誇りだった。なぜ、そのままでいてくれぬのだろうな」

穏やかな顔で語る。心の整理をしているのだろう。また、口を開いた。

「父は変貌した。世を後退させる元凶に、いつまでも権を持たせておくわけにはいかぬ」

部屋の外から足音が聞こえてくる。李猪児が姿を現した。

「支度が整いましてございます」

ふたりは同時に席を立った。温めた戦袍を羽織り、手袋を付ける。大事の前に、手を凍えさせるわけにはいかない。屋外に出ると、被帛で覆っても、冷気が頰を刺した。李猪児が持つ小さな手燭の灯だけを頼りに、宮城の暗闇の中を歩く。

二

安禄山が居所にしている宮殿に着くと、李猪児は、警固の者に合図を送った。

采春と安慶緒は、李猪児の案内で宮殿に入る。寝室に忍ぶと、灯された三本の蠟の灯りで、真白の掛け布団が浮かんで見えた。ふたつ繋げた寝台の上に、安禄山は仰向けになって寝ている。鼾が酷い。

采春は戦袍と手袋を取り、刀に手を掛けた。だが、安慶緒に腕をつかまれる。

「仇を討たせてやると約したが。すまない。やはり、おれにやらせてくれ」

「約束を反故にするのか。お前も斬るぞ」

小声で、凄んだ。

「分かっている。最初の一太刀は、おれに。あとは好きにしろ」

安慶緒は、覚悟を決めている。

「最初の一太刀だけだからな」

采春が言い終えた途端、安慶緒は刀を抜いた。掛け布団を剝ぎ取る。刀の切っ先が、安禄山の下腹を掻っ捌いた。腸が一気に飛び出す。安禄山は呻きながら悶えた。ずるずると臓腑が溢れ出る。冷気に触れた臓腑から、湯気が立った。部屋中に、血肉の生々しい臭いが立ち込める。だが、まだ息がある。安禄山は枕頭の刀を探った。が、手が届かない。

「賊じゃ、助けてくれ！　慶緒はおるか！」

目の見えぬ安禄山が、最初に助けを求めたのは、安慶緒だった。

刀を持つ安慶緒の手が震えた。繰り返し名を呼ばれて、顔を背ける。

迷いなく、采春は安禄山の首に刀を突き立てた。そのまま横に捌く。噴き出した血を浴びた。顔に受けた血潮が熱い。袖でぬぐった。安慶緒は、肩で息をしている。

「すまない。お前がいてくれて、良かった」

「父殺しの咎を負わずとも、私が殺したものを。なぜ自身で手を掛けた」

「これまで、相手を従わせるために、血で汚せとおれに命じたのは父だ。おれ自身の手で、父の人生を終わらせたかった」

無残な安禄山の姿を直視しながら、座り込む。采春も、動かぬ骸になった巨漢の姿をまじまじと見た。

――遂に安禄山を、殺せた。

平原を出てからの経緯を思い返す。季明の死を知った場面が、つい昨日に起きたばかりのように感じた。腹の奥から、達成の感慨が込み上げてくる。季明や常山の家族、数多の命を奪ってきた濁流の元凶を討てたのだ。

安慶緒が、額を床に着ける。声を立てずに涕泣した。

――今なら、安慶緒も殺せる。

腰の短剣に手を伸ばす。だが、安禄山の臓腑から立ち上る湯気で、目が霞んだ。短剣を持つ手が汗ばむ。季明から貰った靴が、血に塗れていた。

突如、夕暮れの中で靴を履かせてくれた季明の表情が、鮮やかに浮かんだ。

ずっと、采春が婚姻を望んでいるのかと案じていた。しかし、気にしていたのは、采春も同じだ。三つも年上で作法も知らぬ自分を、季明が妻に望むとは信じられなかった。なぜ、生前に素直に好意を伝えなかったのか。

これまでは、安禄山の殺害で頭を満たしていればよかった。成し遂げた今、残ったのは季明がいない事実だけだ。靴が壊れても、もう替えはない。

口から、嗚咽が漏れた。口元を押さえようとして、手から短剣が零れる。

血の臭いと臓腑の湯気の中で、安慶緒と采春は、声を殺して泣いた。

三

居室の外を見遣ると、夜闇が仄々としてきた。鶏の鳴き声も聞こえてきている。炭を付け足さずにいた火鉢の熱は、いつの間にか冷(さ)めていた。

安禄山を殺した後、李猪児を呼び、遺骸を床下に埋めた。生前、暗殺を恐れた安禄山は、将への下命を古参の臣を通じて行っていた。寝室にも、李猪児などわずかな臣しか近づけなかった。李猪児は古参の臣らを抱き込んでおり、安禄山の加減が悪くなったといえば、殺害を隠し通せる。

采春は、おのれの手を見た。身は既に清めたが、まだ気はたかぶり、頭はぼんやりとしている。早く安慶緒の元を離れるべきだと分かっているのに、命じられたまま、朝まで宮城内の安慶緒の居室で過ごしてしまった。

ただ広くひんやりとした居室の隅に、紙筆を備えた机が置かれている。よく力の入らぬ手で、筆を執った。

常山(じょうざん)郡庁の顔杲卿(がんこうけい)の執務室で、机上の紙に書き付けていた季明の姿を目に浮かべる。

紙の上に、点を落とす。八つの法で筆を進め、《永》の字を書き上げた。心が乱れたときや節目に必ず書くようにしていると、季明が話した基本の一字。やや不格好で、几帳面な季明の字とは、やはり違う。それでも、以前に比べれば、少しは凜とした字になっただろうか。

「字は人なり、一字はおのれなり、か」

人の気配が近づいてくる。李猪児らと今後の手立てを詰めていた安慶緒が、部屋の戸口に姿を現した。小ざっぱりとした袍衫(ほうさん)に着替えている。身なりや顔つきから、血腥(ちなまぐさ)い暗殺の痕跡は一切、感じられない。

「お前には借りを作った。おれにできることがあれば、力になろう」

「何も要らぬ。お前と私は、もう無関係だ。今ここでお前を殺してもよい。ただ、それでは義理を欠く。次に会った時は覚悟しろ」

采春の答えを聞くと、安慶緒は部屋に入り、采春と向き直った。

「では改めて、おれから申し出をしたい。一度だけでも構わぬ。おれに、手を貸してくれ」

目を剝いた。まさか、助力を頼まれるとは思わなかった。憤って、口を開いたときだった。

「一字、震雷の如し」

安慶緒が、机上の紙に目を落として、ぼそりと呟いた。首を傾げ、詰め寄った。

「今、なんと言った。もう一度、言ってくれ」

《永》の字を指差して、繰り返した。

「『一字、震雷の如し』。平原で書生がおれに言った言葉だ。おれなりに、ずっとその意味を考えていた」

「季明の言葉を、覚えているのか」

脈が速まり、問う声が少し掠れた。安慶緒は、深く首肯した。

「最初はな、文官が尊ぶ律令などに、意味があるかと馬鹿にしていた。だが、規定そのものに意味があるのではない。規定の意図や趣旨に意味があるのだと、長安で身に沁みた」

　長安の禁苑で、象と格闘しながら苦悩していた安慶緒の姿を思い出す。

「おれは、長安で各将や麾下の者たちに、強奪や強姦を禁じた。それは、燕の本意ではないゆえな。だが、抑制できなかった。兵を心腹させることができなかったからだ」

「お前は、従順の姿勢を見せた者たちには礼遇をと、訴えていたのだったな」

　安慶緒の目が、再び《永》の字に向く。

「おれには書はよく分からぬ。だが、なぜ人は字を書くのか、そして、字を言葉として口にするのか。筆鋒日月を廻らし、字勢乾坤を動かすと聞く。要は、書生がおれに言った言葉と同じだろう。一字は、天地を揺るがすほどの力を持つと」

　気持ちを落ち着かせながら、安慶緒の語りに耳を傾ける。

「相手の心を動かせねば、真の意味で、人の身体は動かぬ。書生の言葉の意味が、ようやく分かった。おれが帝位に就けば、麾下の者は離れていくだろう。これまで、力で屈服させてきたからだ。長安でつくづく痛感した。このやり方では、駄目だと」

　右手を開き、ぐっと握り締めた。

「流した血では、真には人は動かぬ。意思を伝える努力を根気よく続ける。おれは、学がないゆえ、字もまともに書けぬ。だが、稚拙な言葉でも、伝わるように努める」

　その覚悟を確かめるように、安慶緒の顔をねめつけた。

「それでも、うまくいかぬかもしれぬぞ。人の心をつかむのは、容易ではない」

「ひとりひとりと、腹を割って話すしかない。それで去るならば致し方ない。父の腹心だった史思明(ししめい)には、何度でも説得を試みる。加えて最高の待遇を申し出るつもりだ。しかし、それでも去るだろう」

悪鬼の風貌は消え、気概のある表情をしている。それが生前の季明の表情と重なった。顔を小さく振る。季明と同じはずがない。安慶緒は敵だ。季明の命は、燕軍に奪われたのだ。

しかし、季明の言葉は、目の前にいる男の中で生きている。現に安慶緒は変わろうとしている。

――言葉は、それを発した者が死んだ後も人を動かすのか。

目の前にいる男は采春にとって、その証のように思えた。

戸惑いつつも、救われたような感覚に身体が震える。

安慶緒は、少し寂しげな表情を見せた。

「お前は、勤皇の顔一族の身内だ。無理だと分かっていたが訊いた。今の話は忘れてくれ」

腕を組み、安慶緒を見上げた。

「一度だけだ。一度だけ、手を貸してやる」

愀然(しゅうぜん)とした顔が、一変する。

「まことか。お前は、自分が何を言っているか分かっているか」

「そもそも私は、唐朝に心から服しているわけでもない」

なにより季明の言葉の証をこの目でみてみたかった。

采春の顔に、朝陽が射した。まぶしさに目を細める。夜の引き明けだった。

同日、安慶緒は、安禄山の危篤を公表し、自身を皇太子とする詔勅が出たと偽った。

数日後には、正式に安禄山の死を明らかにし、燕国第二代皇帝として即位した。

第十一章　希望の風

一

視界の開けた丘に出た張永は、手綱を引いて三郎を止めた。目の先には、鳳翔城が見える。城外には、夥しい数の天幕が張られていた。追いついてきた顔真卿に、声を掛ける。

「やはり、唐軍は鳳翔に駐屯しておりました。使いを先に遣りましょう」

至徳二載（七五七年）四月、平原の一団は、約半年の旅を経て、鳳翔の地に着いた。平原を出たものの、洛陽と長安の間の経路は、賊に捕まる危険がある。大きく南に迂回し、長安の西へ向かった。

新皇帝が霊武を出立して鳳翔まで進んだと、経由した郡で情勢報告を得た。誤報も疑われたが、目的地を霊武から鳳翔に変えたのは正解だった。

鳳翔は、長安から西に約四百唐里の里程にある。つまり、唐は、霊武から長安までの里程を三分の一に縮めた。かなり、長安に迫ったといえる。

顔真卿ら官人衆の後から、圭々や白泰らの護衛の隊が姿を現す。平原から連れてきたのは、第一大隊のうち二隊だ。約百騎で顔真卿らに付き添った。

顔真卿は、感慨深い声を漏らした。

「あの地に、陛下がおられるのだな」

だが、鳳翔城を見る顔は険しい。一方、皇帝に、平原を放棄した罪を請うつもりなのだ。厳罰を受ける覚悟でいるのだろう。圭々の顔は明るい。

「おれが様子を見て参ります。志護和尚が捉まれば、話が早い」

顔真卿から許可を得ると、単身で丘を駆け下りた。

「使いを出し、ここで馬を休ませながら待ちましょう」

張永の献言を、顔真卿が認める。皆が下馬した。

駐屯地を観察していると、天幕の群れから馬で駆けてくる者たちが見えた。圭々か使者が戻ったのかとも思ったが、様子が違う。後から追ってくる者たちがいる。追跡者の中に、志護の姿を見つけた。

「顔太守、どうやら賊のようです。助力いたします。何騎か、付いてこい！」

十数騎を率い、丘を下りる。向かってくる間諜らしき賊は三騎。追手は十騎ほどだ。

追手は、隊頭の男を除いて皆が僧侠だ。圭々の同志だろう。

隊頭の男は、僧侠を引き離して賊に迫る。男と賊が並んだ。賊が、男に向けて短刀を放つ。男は、際どいところで避けた。

前から向かってくる張永たちに気付き、賊は方向を変えようとする。張永は、賊の馬に向けて矢を放った。矢が、先頭の馬の前脚に命中する。賊の一騎が、前のめりになって倒れた。ほかの二騎も、倒れた一騎に躓く。

隊頭の男は速やかに下馬して、落馬した賊に飛び掛かった。麾下の兵より先にたどりついた張永と白泰が、走って逃げようとするほかの賊に飛び掛かる。男は、張永たちに向かって叫んだ。

「おい！　賊の口に轡を嚙ませろ。舌を嚙まれては、話を聞き出せぬからな」

男の装いから、警固の兵と踏んだ。精悍な顔立ちをしている。歳は、張永と同じくらいだ。張永は男を真似て、賊の口に丸めた手巾を突っ込んだ。

やっと追いついた僧俠たちは、慌てた様子で、男の元に駆けつける。志護が、男に申し出た。

「賊から離れてください。私が縛り上げましょう」

志護は男と代わって、賊を縛り上げた。男は、張永と白泰に近づく。

「お前ら、でかしたぞ。どこの隊の者だ」

張永が答えるより先に、志護が声を上げた。

「この者らは、平原の者です。張永！　なぜ鳳翔におる。圭々は一緒ではないのか」

縛り上げた賊を僧俠たちに引き渡して、張永は答えた。

「平原から陛下の元に馳せ参じました。圭々は、先に駐屯地に向かったのですが。行き違いになったようです」

男は、張永と白泰の顔を見比べた。

「志護の同志か。ならば都合よい。ふたりとも、おれに仕えよ。悪いようにはせぬぞ」

屈託のない笑みを見せた。志護が仕えている。となれば、この男は建寧王李倓か。やっと思い至り、即座に平伏した。一般の兵と変わらない身なりで、一目では皇族と分からなかった。

「身に余る名誉。私は平原の子将を務めておりました張永と申します。この者らも、同じく平原から参りました」

状況を理解できずに、白泰はぽかんとした顔で立っている。その足を叩き、叱責した。

「白泰、郡王殿下だ。頭が高い。皆も下馬せよ」

飛び上がらんばかりに驚き、白泰は張永の隣に跪いた。ほかの兵も慌てて下馬して平伏した。志護は、建寧王にくどくどと、苦言を述べる。

「あまり無謀をなさいますな。皆が殿下をお守りしようとしているのに、御本人が先頭を切って賊を追っては、守りにくくて堪りませぬ」

「うるさいぞ、志護。お前たちが遅いのだ。捕まったのだから良いだろう」

「お守りするこちらの身にもなってください。皇族は皆、城内で過ごされているのに、殿下だけが天幕でお過ごしだ。城内よりも、危ないのですよ」

「賊軍との戦を前に、父上も兄上も、ぴりぴりしておるからな。城内におると息が詰まる」

気儘な志護が振り回されている。確かに、圭々から聞いていたとおり豪放だ。その上、目下の者にも気安い。平伏したままの張永と白泰に、建寧王は手を伸ばした。

「いつまで、這いつくばっている。さっそくだが、賊から話を聞き出す。手伝ってくれ」

さらにぐいと、手が差し出された。恐れ多く、一瞬、躊躇したが、その手を取った。

指の胼胝から、長刀使いと分かる。馬上の戦いに慣れていると直感した。

建寧王が、人の心をつかむ故が、張永にも分かった。まるで、旧知の友に会ったかのような親近感がある。その上、皇族に気安くされて、おのれが別格な存在になれたように錯覚する。

背後を振り向くと、平原の一団が向かってくる姿が見えた。顔真卿は建寧王に近づくや直ちに下馬した。一同が顔真卿にならい、畏まった拝礼をする。

「殿下、恥を忍んで、御側に馳せ参じました――」

名乗ろうとする顔真卿を、建寧王が手で制した。

「お前の顔には見覚えがあるぞ。いつぞや朝議で顔を合わせたな。平原……そうか。顔真卿だな。よく鳳翔まで参ったな」

張永たちにしたのと同様に、顔真卿を立ち上がらせて、ほかの者にも声を掛ける。

「皆も、このような埃っぽいところで跪くな。免礼だ。よく来てくれたな。すぐに、父上の元へ案内する。平原の者たちが参じたと知ったら、父上もお喜びになるぞ」

快闊に話す建寧王を前に、平原の一団は皆、感極まった顔を見せた。

二

皇帝の前に参じた顔真卿は、河北での戦の放棄を詫びた。だが、皇帝は咎めなかった。その上、改めて顔真卿を憲部尚書兼御史大夫に任じ、平原の兵については、建寧王が麾下に求めて、これも許した。

顔真卿は皇帝の処置に感悟し、新しい朝廷で力を尽くすと気張っている。以降、張永たちは敬愛を込めて、顔真卿を「顔平原」と呼んだ。自分たちの顔真卿といった意味合いだ。

張永が天幕で補充した武器の点検をしていると、入り口の幕が開いた。陽光が射し、若草の香りが届く。現れたのは志護だった。

「圭々の様子はどうでしょう。同志と馴染んでおりますか」

張永の問いに、志護は含み笑いを漏らす。

「相変わらずだ。同志への挨拶はそこそこに、甲斐甲斐しく建寧王のお世話をしておる。建寧王も、圭々の帰還をお喜びだ。で、お前に平原での話を聞こうと思ってな。圭々は、少しは変わったか」

「わずかですが、心を開いてくれた気がします」

「お前はどうだ。憔悴していたお前のために、圭々を置いていったが」

想定外の言葉に面食らう。志護が、張永のことまで考えていたとは思わなかった。

「おれは、圭々の存在に救われたと思います。それに、信念の強さに、感じ入りました。ただ、頑なさが案じられますが」

志護は、深く点頭した。

「建寧王に心を寄せる者は多いからな。より、熱心になる」

「初めて拝謁しましたが、遊侠少年の長のような御方ですな」

「一見、郡王には見えぬ。三男という立ち位置が、一層気楽にさせるのだろう。自ら進んで、危険に立ち向かっていく。その姿に、周りは惹き付けられる。あの大胆さが、臣下の動きを良くする」

鳳翔城外で賊を追っていた建寧王の姿を、思い出す。

「初めてお目にかかっただけで、建寧王の御気性は良く分かりました」

「兄君の広平王と非常に親しくてな。おふたりとも、気骨がある。なかなかの人物だ。唐朝が長安から出奔した際、兄弟おふたりで父君を説得して再挙を決意させた。それで、蜀に向かう上皇と別れて、霊武に向かう流れになった。霊武に向かえば、郭将軍と合流できるからな」

郡王ふたりの説得がなければ、唐朝は蜀へ落ち延びたままだったかもしれない。となれば、間違いなく滅亡の憂き目に遭っただろう。

「霊武に向かう道も困難が多かった。賊のみならず誤って味方に襲われたこともあった。広平王が父君に寄り添って励まし、建寧王が危険を顧みずに自ら先駆して戦った。おふたりの存在がどれだけ、臣にとって心強かったか。御兄弟がおらねば、陛下の即位もなかった」

「それに長安の奪回に向けて、戦を仕掛ける流れもなかったでしょうな」

張永は、天幕の中の整えられた長刀や弓矢を手で指した。燕との大戦のために、唐が備えてきた武器だ。

「全くだ。だが、平原の隊は、建寧王の麾下で良いのか。仕えるのは楽ではないぞ。ただでさえ危険な戦場で、動きが読めぬ暴れ馬に連れ添うのだからな」

「おれは、長年あの采春（さいしゅん）の面倒を見てきました。志護和尚は御存知でしょう」

張永の返しに、志護は呵々（かか）と笑った。

「道理だな。唐朝の存亡を賭けた戦だ。建寧王が大人しくしているわけがない。よろしく頼んだぞ」

張永の肩に手を置き、天幕を去った。

三

長安城外に張られた天幕で、安慶緒と毛深く野獣のような風貌をした将が立って机上の地図を囲んでいる。

采春は一歩下がり、足を組んで椅子に座っていた。黙ってふたりの話に聞き入っている。安慶緒が地図上の一点を指さし、野獣のような将、安守忠の顔を見た。

「唐軍は、鳳翔まで迫った。長安は死守せねばならぬ。ここで踏ん張らねば、立て続けに負ける羽目になる」

安守忠が、遠慮なく苦言する。

「長安を奪取した勢いで皇帝の首を取っておかなかった失態が、つくづく悔やまれますな」

安守忠は、安慶緒が信頼を置いている将で、お互いに気安い様子だ。

「今さら愚痴を零しても詮方ない。これからどうするかを考えよう。おれは、勝つための配置をしたつもりだ。長安にも、ふさわしい守将を置いた」

長安の守将だった阿史那従礼は、安禄山の生前に長安を出奔した。

安慶緒の予知どおり、守将の任に堪えられず盗賊になった。遊牧民の長には、やはり守備は向いていなかったのだ。安守忠が肩をすくめた。

「勝つための配置と言いましても、我らは今いる将だけで戦うしかない。少ない人材で乗り切らねば」

「おまえは、またしても、ずけずけと。少しは言葉を遠慮しろ」

安慶緒が帝位に就くと、主だった数名の将は、燕(えん)から離れた。安禄山の腹心だった史思明(ししめい)は、安慶緒の呼び出しには応じず、本拠の范陽(はんよう)に引き上げた。

残った将で、安慶緒は大胆に兵備を替えた。

「だが、お前が残ってくれたのは、おれにとって幸運だった。次の戦の大将は安守忠、お前だ。思いつく限りの最高の兵備だと思っている」

自賛して、采春のほうを向く。

「あとは、張采春の扱いだが。大隊をひとつ任せてはどうかと思っている」

突然、話を振られて、采春は身体を起こした。

「私は目立つ地位にいないほうがいいだろう。女の率いる部隊だと侮られるぞ」

「些末(さまつ)を気にするとはお前らしくないな。おれの麾下に、女の兵は珍しくないぞ。漢族と違い、草原の民は、男女問わず騎射が身についているからな」

安慶緒の話に、安守忠が同調する。

「将や兵が離れていく中での参戦は、女でもありがたい。唐軍でも、衛の侯四娘(こうしじょう)を初めとした女三人が盟約を交わして、戦に身を投じたのを皮切りに、各地で女が武器を取っている。唐随一の将といわれる郭子儀(かくしぎ)の側近にも、孟という名の知れた女の将がおりますからな。河北諸郡の盟主だった顔真卿のお膝元、平原の女たちの決起も有名です」

「平原？」

思いがけず、故郷の名を聞いて声が裏返った。あの田舎に、女たちが武器を手にするような土壌があっただろうか。

「だいたい、お前はおれに助力すると約しただろうに。やはり、燕軍で戦うのはためらわれるか」

「前にも言ったが、私は心から唐に服しているわけでもない。特に唐朝のあり様には疑問を持っている」

「ならば、なぜ尻込みしている」

詰る安慶緒を、にらんだ。

「人には、向き不向きがある。数十騎ならともかく千の大隊を率いるには、私は向いておらぬ。武術はできても、軍事には疎いからな。単独行動のほうが向いている。例えば、敵の頭を狙えないか。新しい皇帝を狙えれば、唐は拠り所を失う」

安慶緒は、深く息を吐く。

「それができれば最善だ。だが、皇帝は親征すまい。それに、唐は皇帝が死んでも、民からの人気を誇る二皇子――広平王李俶と建寧王李倓がいる。父の皇帝よりも、人心をつかんでいると聞く。豪傑で知られる弟の建寧王は、戦場に出てくるやもしれぬが」

それだ、と采春は安慶緒を指した。

「ならば、狙うのは建寧王だ」

やりとりを聞いていた安守忠が、指まで毛の生えた手を挙げた。

「張采春の扱いですが、私に考えが。伏兵として、私の麾下に貰(もら)えませぬか」

「お前は、采春の武芸の実力が身に沁みて分かっているものな」

安慶緒の嫌味に、安守忠は苦々しい顔をする。

「陛下も一言が多い。あのときは容姿に惑わされて、抜かったのです」

采春は覚えていないが、平原で安慶緒と対面した際の隊に、安守忠もいたらしい。馬を斬り、落馬させた相手だった。

「好きにやってみるがよい。戦が始まれば、おれは口出しできぬ。早速、模擬戦をやろう」

天幕の戸口に向かう。安慶緒と安守忠は、歩きながら戦術を語っている。

確かに幾人かの将は去ったが、信頼のある者が残った。切迫した状況でも、軍議や兵の様子は悪くない。皆が気軽に意見でき、唐の打倒に向けて皆の心がひとつになっている。安慶緒の苦心の賜物(たまもの)といってよいだろう。

安慶緒は、楽土を創ることができるのだろうか。その楽土では、官吏の腐敗に苦しめられることもなく、戦乱により身売りされることもなく、また許嫁も失うこともなく、幸せに暮らせるのだろうか――。

外に出ると、辺り一面に張られた天幕群が、采春の目に入る。長安城外に逗留する兵たちの居所だ。安慶緒と別れ、采春は安守忠の後に付いていく。天幕の外で談笑する兵を眺めていると、見覚えのある背を見つけた。安守忠に断りを入れ、駆け出す。特徴的な肩すぼみの姿勢――。掛け声に振り向いた顔は、やはり韋恬だった。

韋恬は、采春の姿に、目を見開いている。ふたりはお互い同時に問うた。

「なぜ、お前がここにいる」

声が合って、韋恬は気まずい顔をした。

「おれは、河間で史思明と戦って敗北した。捕虜となり、そのまま燕軍に下った」

短く答えた韋恬に迫った。

「河間で負けたとは、今、平原はどうなっている。平原に戻ろうと試みなかったのか」

「平原の現状は、詳しくは知らぬ。だが、形勢は不利だろう。平原に戻っても、おれはもう故郷に父母がおらぬ。それで燕軍に留まったまま、今に至っている」

豪雨の災害で、韋恬の父は亡くなったが、母は存命だったはずだ。

「母上も、亡くなられたのか。御悔みを申し上げる」

韋恬は、翳のある目で采春を見た。

「おれが援兵として河間に向かう直前に、戦の心労で病んだ。お前こそ、なぜ燕軍に。まさか間諜か」

声を潜めて問う韋恬に、采春は端的に答えた。

「子細は略すが、一度だけ合力すると安慶緒に約した。つまり、今だけはお前と私は味方だ。お互い燕軍にいるとは、おかしな気がするが」

「張永も、長安にいるのか。燕に与(くみ)したのか」

詰問する目が据わっている。警戒して、訊き返した。

「永兄の居場所など、知ってどうする」

韋恬は悄然(しょうぜん)とした様子で、語った。

「思い違いをするな。今となっては、張永に対して、わだかまりはない。捕虜の身の上になって、つくづくおのれの愚かさが身に沁みた。身内でいがみ合う無益が今では分かる。できることならば、張永にこれまでの振る舞いを謝りたい。また会えるものならばな」

すぼんだ肩が、一層寂しく見える。安慶緒のように、韋恬も戦を経て変わったのか。

采春は、静かに口を開いた。

「永兄は、ここにはいない。私ひとりが、平原を出奔した。数奇を呪わず、目の前の戦に力を尽くそう。今は、私たちは味方だ」

采春の言葉を聞いて、韋恬はさらに力を落とした。

四

風が吹き、黄色の砂埃が舞い上がった。三郎が顔を震わせる。張永も顔を背けて、飛んでくる砂を避けた。

鳳翔を出立した唐軍は、渭水の北岸にある咸陽まで進んだ。

渭水に掛かる便橋を渡れば、長安まで東に約四十五唐里。馬なら楽に一日で着く里程だ。一唐里の長さの便橋は、長安城の西門の便門に通ずる。西方へ旅立つ者はこの木橋を通り、長安の者はこのたもとで彼らを見送る。そのため、便橋付近の街道沿いには、宿や酒楼が建ち並んでいた。

この便橋を目前にし、長安まであと少しと唐軍が勇んでいたところに、燕軍が立ちはだかった。

安禄山が范陽で挙兵してから、約一年半。至徳二載五月、渭水の滸近くの平地で唐燕両軍が対峙した。

唐軍は、郭子儀を大将として軍を編成した。布陣は、行軍時の方陣をそのまま横に敷いた横隊だ。日は高いが、まぶしくも暑くもない。風はあるが、むしろ心地よい。気候はほどよく、燕軍を前に兵の士気も上々だ。

張永の率いる平原の隊は、志護ら僧侠とともに、建寧王府の都虞候（武官長）の麾下に入った。平原の兵、僧侠、建寧王府の兵数は、それぞれ百だ。声を潜めて、志護に訊いた。

「戦場に出てみると、建寧王府の兵の少なさが目立ちますな。都から逃れてきたとはいえ、郡王の護衛としては、あまりに貧弱では」

「朝廷にも、様々な面倒があってな。建寧王は、広平王に遠慮しておられる。兄君よりも目立たぬようにとな。それを察した上皇（玄宗）は、少数精鋭の我らを、建寧王の護衛に付けた。建寧王が平原の隊を引き入れた決め手も、百という小さな規模が都合良かったのだろう。もちろん、長のお前を見込んだのもあろうがな」

「郡王には、皇室の方ゆえの気苦労があるのですな」

数歩前にいる建寧王は、郭子儀と騎乗して並び、話し込んでいる。張永と同じ子将級の軍装しかしておらず、郡王にしてはかなり地味だ。佩いた宝刀の装飾で、かろうじて皇族だと分かる。志護が敵を見定めて、張永に告げた。

「燕の大将は、安禄山の五驍将と呼ばれた安守忠だ。長安に侵掠した際に、狼藉を働いた将のひとりでもある。悠久の都を無残に破壊した罪を思い知ることになろう」

燕の布陣は、六花曲陣。防御に徹するつもりなのか、二列の逆八字を組んだ布陣が、黄色い砂風の奥に見えている。約二唐里離れていることを踏まえても、こぢんまりとして見える。前面に、騎兵を兵備しているようだった。

「安禄山を失い、主だった将は、燕から離れたと聞いております。勝利は堅いかと」

問題は、奔放に動く建寧王を守り切れるかだ。

「抜かるなよ、張永。戦では何が起こるか分からぬ」

両軍の陣から、呼応するように激しく太鼓が打たれ、戒める志護の声が掻き消えた。開戦の合図だ。唐軍の右翼が、いち早く突撃した。

建寧王は、気焔を揚げて、馬の腹を蹴った。

「相手に遅れを取るな。勝利は我らに！」

開戦と同時に、建寧王が風を切って駆け出す。張永は影のように寄り添って走る。すぐ背後には、気合を掛けながら白泰が付いてきている。建寧王を挟んだ向かいに、並走する圭々の姿が見えた。皆、同じ心積もりで備えていたのだろう。

――勝利を得るまで、この皇子を守り切る。

前線に目を遣ると、右翼から順に繰り出される唐軍の勢いに押されて、燕軍の前列が崩れている。

勝機はこちらにありと、唐軍の先陣に飛びこんだ途端、妙な感覚に襲われた。

唐の隊が攻撃を仕掛けると、燕の兵らはすっと引く。攻めても、手応えがない。罠を疑って、唐の兵の腰が引ける。怯んだ隙を狙って、燕の別の一隊が襲ってくる。

敵の一隊を撃つと、別の箇所からほかの隊が飛び出してくる。燕の陣が、自在の動きを見せていた。燕軍の動きを見定めようとするうち、目が眩んだ。圭々らも、当惑した様子だ。

「志護よ、なんと奇怪な技だ。仕掛けが分かるか」

敵の攻撃を防ぎながら、建寧王が訊いた。不利な状況でも、少しも動じた様子がない。

建寧王に迫る一騎を斬り捨てて、志護が答えた。

「妙な動きをする伏兵隊がおりますな。まるで卒然のごとく陣が動いている」

張永は敵軍を見渡す。最初は燕軍の前列が崩れたかのように見えていたが、よく目を凝らせば後列と連携して前後に動いている。

卒然は常山に住むといわれる蛇の名だ。首を打てば尾が、尾を打てば首が、腹を打つと首と尾が卒然と襲ってくる特徴からその名がある。孫子に「善く兵を用うるは、たとえば卒然の如し」とあるとおり、古から軍の理想とされている。

張永は、息を飲んだ。吹き上がる黄色い砂塵の中で、敵陣はうねるように形を変えている。最初、小体として見えた燕軍が、いつの間にか黄色の大蛇に変化していた。

建寧王が、ふんと鼻を鳴らして圭々を呼ぶ。

「おれも志護と同じ考えだ。だが、恐れるに足りぬ。要を潰せばよいのだ。圭々よ。首に被帛を巻いた長が率いておる数十騎の隊が見えるか。あの隊が、唐の兵の意表を突いて、攻撃を仕掛けている。ほかの隊に隠れては、飛び出すというのを繰り返しているであろう。あの伏兵隊を狙え」

「はっ、仰せのままに」

圭々は数騎の僧侠を引き連れ、敵味方の乱闘する先陣の中を抜けていく。張永は、建寧王に迫る敵を防ぎながら、圭々の動きにも目を配る。

唐の一隊が攻め込む。燕の兵が引く。警戒して、唐の隊が足踏みする。

そこへ、燕の兵の間から、一騎が飛翔する。肩に掛ける被帛を、首に巻いている。変わった着こなしに見覚えがある。

――なぜ、ここに采春がいる。

平原にいた頃から首に巻いていた、薄紅の被帛だ。埃避けとして、口を覆うのに使っていた。兜を被っていても、動きで采春だと分かる。精鋭の部隊を率いていた。

采春と視線が合う。その一瞬、采春が平原を出奔するまでの出来事が、張永の頭に怒濤のごとく流れ込んだ。目端に、馬を駆る圭々の姿が入り、我に返る。

「圭々、抜かるな！　敵は手練れだ」

腹の底から叫ぶ。圭々の長刀が横に薙ぎ、着地する采春を狙う。采春の手から素早く匕首が放たれる。圭々の馬に命中する。瞋恚の形相で、圭々は落馬した。

采春の目が建寧王に向いた。隊を率いて、突進してくる。

建寧王の前に入ろうと、張永は試みる。しかし、燕の数騎が繰り返し攻撃を仕掛けてきて、身動きが取れない。背筋に冷たいものが走った。

ふっと采春が横に逸れて、背後からの矢を避けた。圭々が、采春に向かって放った矢だ。矢は、そのまま建寧王に迫る。自ら長刀を振り上げて、建寧王は矢を防いだ。そのがら空きになった腹に、采春の長刀が迫った。

「殿下、御用心を！」

圭々の絶叫が響く。だが、あと一歩のところで、采春は体勢を崩す。

志護が刀を両手に構えて、地に立ちはだかっていた。采春の馬を下から狙ったらしい。落馬した采春は、立ち上がって刀を構えた。最初に仕掛けたのは、采春だ。

まるで、ふたりは舞いを演じているように見えた。お互いが二手三手先を読んで動く。緩急のあるその剣捌きは、音曲の律を取っているようだ。

師弟の技の応酬に、束の間、戦を忘れて見惚れた。初めて、ふたりが本気で戦う姿を見た。巧みな技が、次々と繰り出される。

——どちらかが死ぬまで、決着せぬぞ。

ただ、志護の動きには、どこかためらいがあるようにも見える。志護に手を貸そうにも、燕軍の兵が執拗に迫って動けない。ほかの兵も、誰ひとりとして、ふたりの斬り合いに近づけないでいる。

唐軍の陣から、大きく銅鑼が打ち鳴らされた。退却の合図だ。

周囲を見回すと、いつのまにか唐軍は、燕軍に両翼から挟まれていた。このまま戦を続けていたら、四方から包囲されるところだった。郭子儀の判断の速さに、張永は感荷した。

志護が肩越しに、建寧王に告げた。

「撤退のご準備を。郭将軍は、決断されました」

燕の軍からも、銅鑼が鳴り響いた。深追いはせずに引く。無駄に兵を疲労させない意図だろう。賢明な判断に思えた。

騎乗した圭々が、別の一頭を引いて駆けつけてきた。志護が刀を納める。

「采春よ、戦場で敵として相見えるとは思わなかった。腕を上げたな」

馬に乗りながら言い捨てる。その顔にはなぜか嬉々とした色が見える。圭々とともに、退却する建寧王を追っていった。

唐兵たちは、武器や食糧を積んだ輜重もそのままに、逃げ出していく。

人馬が入り乱れる中、張永は身体が動かない。なぜ、采春が燕軍にいるのか。人質でも取られて、本人の意思に反して戦っているのか。様々な想像が頭を過る。

采春が、張永を一瞥した。あと少しで建寧王の首が取れたのに、とでもいわんばかりの顔をして仲間と退却していった。

*

沸き起こった勝利の大喊の中で、采春は愕然とした。

なぜ、平原にいるはずの張永が建寧王の側にいたのか。志護和尚や白泰まで一緒だった。

「功を焦って、深追いするな。唐が残した馬を集めろ。置き去りになった輜重も長安に持ち帰るぞ」

安守忠の指令が伝えられた。采春は率いていた兵を集めて、伝令を知らせようとする。

ところが、参集の指示を出す前に、わっと兵に取り囲まれた。皆が我先にと、采春に言葉を向ける。

「張隊長、お見事でした。長安に戻りましたら、ぜひ私に馬術を御指導願いたい」

「剣技も素晴らしかった。敵は旧知の者でしたか。世の中には、張隊長と牛角(ごかく)に渡り合える手練れがおるのですな」

興奮している兵を、手で制した。

「皆よく戦えたと思う。大将の命に従って、唐の馬を集めてほしい」

「張隊長」といえば、兄の張永の呼び名だった。同じように呼ばれて、尻のあたりがこそばゆい。兵の無事を報告するために、安守忠の元へ参じる。采春の姿を目にすると、野性味のある大きな笑みを見せた。

「張采春、よくやったぞ。俺が期待したとおりの動きだった。策が想定どおりに嵌(はま)って、気持ちが良かった。切っ先を折ってやったゆえ、唐軍はしばらく動けまい。陛下もお喜びになろう。長安に戻ったら、祝い酒を交わそうぞ」

分厚く毛深い手で、采春の背を叩く。複雑な感情が、采春の腹の底で沸き起こる。将にも、周りの兵にも、これほど采春の存在が好意を持って受け入れられた過去はない。だが、燕軍で戦うのは今回きりだと、おのれに言いきかせた。

季明の言葉の証――安慶緒の戦いぶりは見た。肝腎(かんじん)なのは、同じ季明の言葉を聞いた采春自身がこれからどうするかということだった。

生返事をする采春を、安守忠が訝しんだ。

「どうした、黙り込んで。お前らしくない」

「何でもない。私こそ、安将軍の指示が的確で、戦いやすかった。性分も腕も、おのれを知る者の麾下で戦うのは、これほど気持ちが良いのだな」

安守忠は、自身の太い右腕を左手で叩いた。

「おれの采配は見事だったろう。陛下は、このまま燕に留まるようにと、あの手この手で、お前を引き留めるはずだ。今の陛下には、頼れる者が少ないからな。長安に戻ったら、おれもお前に話がある」

「承知した。では、私は負傷兵の保護に当たる」

采春は、前のめりになって、安守忠の前を辞した。

——このまま燕軍にいては、抜けにくくなる。

歓喜の言葉を交わす燕兵の中に、韋恬の姿を探した。

五

張永が、鬣に刷毛を入れてやると、兵馬が嬉しそうに高い声で嘶いた。

渭水の戦から、一月が経った。

唐は大敗を喫し、渭水の滸にほとんどの輜重を残したまま退却した。霊武に落ち延びて以降、蓄えてきた武器や馬の多くを失う羽目になった。

その中で、平原の隊は、あまり馬を失わずに済んだ。貴重な馬を、病や怪我で失うわけにはいかない。張永は、天幕の外に造られた簡素な厩舎の中で、平原から連れてきた馬の状態を調べていた。馬の間から、圭々が顔を出した。

「永どの、気になる馬が一頭おります。蹄（ひづめ）におかしな穴が。見てもらえますか」

圭々は馬の後ろ脚を抱えて、蹄を張永に見せる。蟻の巣のような空洞ができていた。

「小さい病変なのに、良く気付いたな。これは患部を削ればよい」

圭々と交代して、後ろ脚を抱きかかえた。小さな斧で空洞のできた蹄を削りながら、静かに訊いた。

「お前は、おれに建寧王の護衛から外れろと言わぬのか」

ゆっくりと顔を上げて、圭々を見た。圭々は、瞬きをして訊き返してきた。

「なぜ、そのような問いを。今、永どのに離れられては、困ります」

「事情は分からぬが、渭水の戦で、妹の采春が建寧王を狙った。詰（なじ）られるだろうと思っていたのに、未だにお前は何も言わぬ」

「家族だからといって、同じ志を持つとは限らぬ。そうおれに教えたのは、永どのです。もちろん、再び建寧王を害そうとしたなら、永どのの妹御でも容赦は致しませぬが」

「そのように考えていたのなら良いが。再び戦場で敵として采春と対面したら、おれも手加減はせぬつもりだ」

唐は、燕軍を甘く見た反省から、回紇（ウイグル）へ援軍を要請した。屈強の騎馬軍を味方につければ、唐の兵力は一気に増大する。次こそ長安を奪回すると、決死の覚悟で軍備に臨んでいる。近いうちに、また大きな戦になるはずだ。

「続きは私が削りましょう。永どのは、ほかの馬の確認を」

圭々の申し出に従い、再び馬の身体を確かめていく。戸口から薄曇りの日差しが射す中で、どの馬も良い表情をしている。平原からの長旅や燕との戦を経ても、馬が健やかでいられるのは、兵が張永の指示に従って、馬の世話を怠らなかったからだ。

遠くから、張永を呼ぶ白泰の声が聞こえる。厩舎から出て応えた。

「おれはここだ。何か異変があったか」

真っ赤な顔をして、白泰は駆け寄って来た。唐突に、張永を責める。

「永兄、いつの間に、そんな男になってしまったんだ。女には縁のない男だと思っていたのに」

「何の話をしているのか、事情が全く分からぬ。おまけに、無礼を言いおって」

「何をとぼけるか。早く来てくれ」

白泰は、身を翻してずんずんと進んでいく。張永と圭々は、白泰の後を追った。向かう先の天幕の戸口に、兵たちが群がっていた。

「お前ら、どけ。永兄を連れてきた」

戸口から兵を追い払うと、恨みがましい目を向けてくる。

「永兄に、客人だ。あんな女がいたとは、おれは知らぬぞ」

張永は兵が両脇に退いた間を進む。白い天幕が薄日を通して、やけに明るく感じられた。その中央に、確かに女が佇んでいる。大きく胸元の開いた半臂に、腰高に裙を穿いている。花鳥の刺繍の入った団扇で顔を隠していた。

女は、張永らに気付くと、団扇を少し下げた。睫毛の長い明眸が、あらわになる。張永に向けて、目で笑んだ。

張永は額に手を当てて、天をあおいだ。

「やはり、永兄の知った女だな。おれに黙っているとは、酷い」

騒ぐ白泰の頭に拳骨を入れる。それから、中を覗こうと群がる兵を追い払った。

「皆、見るんじゃない。散れ！　天幕にしばらく近寄るな」

頭を押さえた白泰が、縋る目で張永を見た。

「永兄、おれも外さねば駄目か。見るくらいならいいだろう」

「白泰と圭々は、立ち合ってくれ」

ふたりを天幕に入れると、布を下げて、戸口を閉めた。天幕の中央に進み、女と対峙する。

「采春だろう。なぜ、唐の陣営に来た。これまでの子細を説明してくれ」

「さすがに永兄は騙せぬか」

団扇をぱっと外して顔を見せた。とたんに動きが武骨に見えるのが、采春らしい。肩に掛けた被帛で分かりにくいが、よく見れば体つきもしっかりしている。白泰が、飛び上がって驚く。駆け寄ってきて、采春の顔をまじまじと見ている。

「本当に采春か。別人に見えるが、声は確かに采春だ」

采春は得意顔をして、白泰の前でくるりと回って見せる。

「見違えただろう。洛陽で出会った者に、化粧が得意な者がいてな。餞別代わりにと、教えてもらった。同じようにはできぬが、それほど悪くもないだろう」

張永は、咳払いをした。

「采春よ。ふざけていないで、答えてくれ。なぜ、燕軍にいた。人質でも取られたか。そのような不埒な装いをして。燕軍で何かされなかったか」

立て続けに問いを向けられた采春は、苦笑した。

「不埒とは心外だ。軍装のままでは、永兄のもとまでたどり着けぬと思ってな」

采春がちらりと見遣った先には、刀に手を掛けた状態の圭々がいる。黙っているが、場合によっては斬ると顔に書いてある。

「ともかく、お前が生きていてくれたのは良かった。再会を嬉しく思う」

化粧の施された目が、張永をねめつけた。

「なぜ、永兄は建寧王の元にいる。母上を平原に置いてきたのか。永兄がいれば母上の身は安全だと思って、私は平原を出たのだぞ」

両手を挙げて弁解した。

「母上は変わられた。志を遂げるために平原を出よと、おれを諭した。それでも決断しきれなかったおれに、親不孝の咎を負うのが怖いかと嗾けられた。それにな、食い物にされるくらいなら戦うと、母上はあの志護和尚から武術の手ほどきを受けたのだ」

采春の顔に、驚愕が広がる。

「母上がそのような行動に出られたとは。以前ならありえぬ。何かお心の変化があったのだろうか」

「おれやお前が思う以上に、母上は、おれたちの人生について考えて下さっている。此度の戦で、おのれの生き方についても考えを深められたようだ。お前も、母上と生きて再び会えたら、話し合うとよい」

側でやりとりを見ていた白泰が、我慢しきれぬ様子で声を上げた。

「で、采春はなぜ、燕軍にいた。おれたちは、あの戦で大きな痛手を負ったのだぞ」

白泰の言葉に、采春は畏まった顔で、口を開いた。

「永兄に報告がある。私は、安禄山を殺した。季明を奪ったこの戦の元凶を絶った」

打ち明けられた言葉に、采春を除く三人が息を飲んだ。采春は順に見回し、説明する。

「詳細は省くが、父の暗殺を企んでいた安慶緒と手を結び、安禄山を殺害した。その流れで、一度だけと約して燕軍に加わった。義理は果たしたゆえ、いったん燕を出奔した。唐軍に永兄を見つけたので、鳳翔を訪ねた次第だ」

安禄山を殺したなどと、あまりに話が大きくて、俄かには信じられない。

「安禄山は病死と聞いていたが、事実は異なるのか。お前が直接手を下したと……」

頭が混乱し、言葉が途切れた。しかし、采春ならありえなくはない。帝位に就いた安慶緒が父の命を狙っていたとするのも信憑性がある。采春の顔を、まじまじと見た。

「お前は、本懐を遂げたのだな」

「常山の家族は救えなかったが、仇は討てた」

脳裏に、季明の死を聞いたときの情景が、鮮明に蘇った。季明を失い、身を引き裂かれる思いがした。出奔した采春を追いかける雑踏の中で、人生の道標を失った気がして打ち拉がれた。

だが采春は、見事に季明の仇を討ち取った。張永の背を、白泰が叩いた。

「永兄、良かったな。采春はやはり采春だ。胸を晒して、不埒な装いをしても中身は変わらぬ」

知った口をきく白泰の頬を、采春が抓った。

「白泰は、一言が余計だ。不埒、不埒とうるさいぞ」

「良くやったな。季明も、常山の家族の無念も浮かばれよう」

改めて、采春を称えてやった。赤くなった頬を摩りながら、白泰が訊く。

「これから采春は平原に戻るのか。鳳翔に来たのだから、ともに戦ってくれるのか」

采春の顔が、すっと真剣な表情になる。

「それは、永兄の考えを聞いてから答えたい。永兄はなぜ唐軍で戦っている」

「季明の遺志に従っている、だけでは足りぬと」

少し眉を寄せて、采春は首を横に振った。

「季明を想うことと、唐国のために戦うことは、別だ。永兄から見て、唐は戦うに値する国か」

張永の頭に季明の言葉が浮かんだ。

――私は常々嫌な流れだな、と感じることがある。今はそれが安禄山なのだ。

常山郡庁の執務室で辟召（へきしょう）の誓いを交わしたときに、この悪い流れを変える震源をもっと作らなくてはならぬと、季明は張永と采春に説いていた。

采春が真に憎んでいるのは、季明を奪ったこの禍々（まがまが）しい流れであり、これまではその大元が安禄山だったのだ。

そして、安禄山を討った今、采春は迷っている。唐と燕のどちらに着けば、この殺戮（さつりく）の流れを変えられるのか。心して答えなければならないと思った。

張永は一呼吸置いてから、口を開いた。

「この戦禍を終わらせるために、唐と燕のどちらに着いたらよいか。おれが思うに、燕は陳留（ちんりゅう）から洛陽、長安と、次々に虐殺を続けた。とうてい国を治められるとは思えぬ。もちろん、唐の失態で戦乱が大きくなった責を忘れてはならぬが。都を追われた経緯（いきさつ）を省みることができれば、唐は以前よりも良い国になるかもしれぬ。そう期待している」

張永の答えを聞いてもまだ腹に落ちぬのか、采春は考えに沈んだ様子でうつむいている。正解などない。采春自身が納得がいくまで考えるべきことだ。

天幕の外が、ざわつき始めた。戸口の幕が開く。一隊長のような出で立ちで、爽やかな風とともに現れたのは建寧王だった。張永は、采春を隠すように立ち塞がる。おのれの命を狙った采春を、建寧王は覚えているかもしれない。どのように弁明したらよいかと、焦燥する。

「お前たちは外で待っていろ」

供の僧侠を天幕の外に留めて、建寧王は中へ入ろうとする。圭々が戸口に駆け寄り、建寧王を外へ誘導しようとした。

「ここは危のうございます。お下がりください」

白泰は、建寧王と采春を見比べて、おろおろとしている。

「何が危ないものか。三人とも、そうおれを邪険にするな。佳人が張永を訪ねてきたと聞いてな。案ずることはないぞ、煩い志護は兄上の元へ遣いに出しておいた」

建寧王は圭々を押しのけ、闊歩して天幕の中に入った。張永の背後にいる采春を覗き込むと、口元を摩った。

「その目に覚えがある。渭水で対面したか」

建寧王の足元に、張永は身を投げ出した。

「殿下、申し開きをさせてください。これは、私の妹で采春と申します。事情があり、一度は燕軍に与しておりましたが、関係を断って、唐の陣営を訪ねて参りました。そうだな、采春」

振り向いて問いかけた。だが、采春は答えずに、両手を揃えて揖の礼を取った。目を伏せずに、建寧王を直視している。

「采春、拝礼せよ。殿下に無礼を働くな」

たしなめたが、建寧王に止められた。

「構わぬ。それよりも、娘よ。おれに言いたいことがありそうだな」

采春は建寧王を見定めている。これほど真摯な采春の顔を見たことがなかった。

「お許しいただけるのなら、郡王殿下にお伺いしたい。唐朝のために散った命を、どうお考えですか」

何を言い出すつもりなのか。直言する采春を背に、張永は再び叩頭する。

「殿下、申し訳ございませぬ。不肖の妹にて、無礼はなにとぞ御寛恕ください」

圭々は再び、建寧王を外へ連れ出そうとする。

「この女に近づいてはなりませぬ。どうか、天幕の外へ」

次々に申し述べる張永と圭々を無視して、建寧王は采春と向き合った。

「お前たちは下がっておれ。今、この娘と大事な話をするのだからな。本来ならば、父上や兄上のほうが相応しいのだろうが、おれから答えよう。失った民の命は、おのれの命そのものだ。唐朝は、民の安寧のために朝廷を預かっているのだから」

「殿下に責はありませぬ。叛乱を起こした安禄山が元凶なのです」

圭々が異議を述べる。建寧王は、首を横に振った。

「霊武へ落ち延びた際、我らは食べる物にも事欠いた。行く先々の民が、ただでさえ不足している自分たちの食糧を分けてくれた。皆が良くしてくれるのは、世の安寧を唐朝に期待しているからだ。守れなかった命の分だけ、身を削がれたような思いでいる」

心の丈をぶつけるかのように、采春は建寧王を見上げた。

「では、この戦に唐が勝ったら、国は落ち着きましょうか。この戦を経て、国とは人が幸せになるための土台なのだと思いました。何を悪しとして罰するのか、逆に何を良しとして称えるのか。律令で定め、政（まつりごと）で示す。その上に、人の生活があるのだと」

平原を出る際、顔真卿は「国のため」と張永に説いた。だが、采春のいう国はもっと身近に感じられる。離れている間に、采春は何を見て、何を考えたのだろう。平原にいた頃とはまるで別人に見える。

「私は、戦乱のせいで身売りされた娘たちと寝食をともにしておりました。国という土台が荒れれば、女も辛い目に遭う。この私も、大切な許嫁を失いました。次の戦で唐と燕の決着がつくと踏んでおります。どちらのほうがより良い土台を作れるかで、私は与する国を決めたい。あなた様に、延（ひ）いては唐朝に、国の安寧を期待してもよろしいでしょうか」

しばらく采春を凝視し、建寧王は深く息を吐いた。

「おれは、街で民を見ているのが好きだ。活潑潑地（かっぱつはっち）として、学び、働き、遊ぶ姿を見ていると嬉しい。おれはしがない三男坊だが、民の潑剌（はつらつ）とした姿を取り戻したい。二度と国が荒れぬように尽力すると約束しよう」

建寧王の言葉に、采春の目が見開いた。一歩、にじり寄った。

「権を持つ者は、民が力を持ち、強くなるのを恐れている。生前に許嫁が、そう非難しておりました。殿下は、民が生き生きと暮らすことを望まれると。そうおっしゃるのですね」

深く頷いて、建寧王は、はっきりと応じた。

「そのために、唐朝は存在しているのだと思っている」

采春は目を伏せ、再び見上げた。

「では、私は唐に与しましょう。燕はこれまで虐殺を重ね、人心をつかめずにいます。治世の点で、燕は分が悪い」

優しく穏やかな笑みが、建寧王の顔に広がった。

「志護と牛角（ごかく）に戦える者が力になってくれるとは、心強い。感謝する」

張永は、胸を撫で下ろした。生きた心地がしなかったが、建寧王は無礼を気にした様子もない。

それに、采春とともに戦えるのはやはり嬉しい。どことなく安慶緒の元へ戻ると言い出すような気もしていたのだ。

再び天幕の外が騒がしくなる。建寧王を呼ぶ志護の声が聞こえてきた。入り口の幕をたくし上げて現れた志護は、目を吊り上げて、建寧王に苦言する。

「広平王がお呼びだなどと、偽りを言い付けましたな。広平王の一行と城門で鉢合わせたので、郡庁まで無駄足を踏まずに済みましたぞ」

一気にまくし立ててから、まじまじと天幕の中を見回す。

「いったい、何が起きたのです。なぜ采春がここに」

戸口に近づき、建寧王は訝しむ志護の肩に手を置いた。

「志護も知った者なら、話は早い。この佳人がともに戦ってくれるそうだ。おれの麾下に入れたい」

「それは吉報。後ほどゆっくり話を伺いましょう。それより、すぐに広平王に弁明なさいませ。内々に偵察へ出る計画が御耳に入り、勝手に動くなと相当お怒りです」

「なんと。これから兄上に相談するところだったというに。誰だ、漏らした者は」

志護を伴い、そそくさと天幕を抜け出して行く。ふたりが去ると、天幕の中央で采春がへたり込んだ。

「腰が抜けた。初めて、唐の高貴な方と言葉を交わした」

白泰が喚きたてて、采春に近づく。

「何をいうか。大胆に意見を述べていたではないか。相手が建寧王だったから良かったものの、肝が冷えたぞ」

心を落ち着かせるかのように息を吐く采春に、張永は手を差し伸べた。

「お前は成長したな。見違えた」

立ち上がった采春は、張永の顔を窺った。

「見違えたといえば、永兄に引き合わせたい者がいる。燕軍で韋恬に会った。戦で負けて燕の捕虜となったそうだ。永兄に詫びたいと消沈していたので、連れ出した。今は、陣営の外で待たせているのだが、呼んでも構わぬか」

思わぬ報せに身を乗り出した。河間の戦から韋恬は帰らず、戦死したものと思っていた。

「韋恬が生きていたのか。構わぬ、連れて来てくれ。合力できるなら、それに越したことはない。圭々にも紹介しよう」

六

天幕の外に出ると、いつの間にか、空に重い雲がたち込めていた。張永たちがしばし外で待っていると、立ち並ぶ天幕群の合間から、馬を引いた采春と韋恬が現れた。

平原にいた頃に比べて、韋恬はさらに痩せていた。肩をすぼませる癖は変わらないが、曇天も相まって顔つきが昏い。これまでの苦労が偲ばれた。

韋恬から手綱を預った采春が、二頭を天幕の外の杭に繋ぐ。遠慮しているのか、白泰とともに、繋いだ馬の側に立った。圭々も張永から一歩下がっている。韋恬が、張永の顔を見定めながら、近づいてくる。

「誠に、張永か。どうしても、お前に会って話がしたかった」

「久しいな、韋恬。河間から帰還せぬので、お前の身を案じていた。生きて再び会えたことを嬉しく思う。何でも話してくれ」

張永は韋恬の手を握り、その背を軽く叩いた。

わざわざ、韋恬が詫びに鳳翔まで訪ねてきた。張永にしてみればそれで十分だったが、話をしたいというのなら、いくらでも聞いてやろうと思った。

周囲では、ほかの兵らが談笑したり、体術の稽古をしたりしている。天幕の中へ案内しようとしたが、韋恬は思いの丈を吐き出すように話し始めた。

「おれは、かつて豪雨で父を喪った。そのとき、郡庁の上官の元で対応に当たっていたのはお前だった。さらにおれは、この戦のせいで母も亡くした。おれは、安禄山の挙兵を聞いたときから、叛乱軍に下ったほうが良いと考えていた。ところが、平原は逆の判断をした。決断をしたのは太守とはいえ、叛乱軍への抗戦の流れの中にも、お前がいた」

「それは間違いではないな。おれは、お前の近いところにいたといえる」

韋恬は少し顔を傾けて、張永の顔を見つめた。

「河間で敗れた際も、おれは思った。なぜ、河間に援兵されたのは、第一ではなく第二大隊だったのか。なぜ、お前ではなく、おれが捕虜にならねばならぬのかと。腹が立ち、おれは燕に下った」

怒りのせいか、韋恬の身体が小刻みに震えた。詫びではない。恨み言をぶつけに来たのか。こうなったら、反駁しても意味がない。共感の姿勢を見せる。

「つらい想いをしたな。お前が唐を捨てて燕に与した心情も、理解できる」

韋恬の表情が少し緩む。ぽつりとその顔に雨粒が落ちた。

「その言葉が聞けてよかった。お前が、おれの心中を分かってくれて嬉しい」

ぼろぼろと、落涙する。その涙に合わせたかのように、雨が本降りになってきた。韋恬は、肩をさらにすぼめて、うずくまった。

「好きなだけ、泣け。それだけの想いをしたのだからな」

極力穏やかに、声を掛けた。雨音の中、韋恬は辛うじて聞き取れる小声で、まくし立てた。

「おれの人生の元凶はお前だ。張永。お前さえいなければ、父母も死なず、おれもこのような目に遭わずに済んだ。恨むぞ」

言い終えた途端、韋恬は佩いていた刀を振り上げた。

張永は後ろに身を反らす。が、避けきれない。脇腹が焼けるように熱くなった。もう一振りを避けようとして、背から濡れた地に落ちた。韋恬が、叫びながら刀を振り下ろしてくる。その一太刀を、圭々が抜刀して弾き、韋恬の腹を突き刺した。

貫かれたまま韋恬は圭々に抱き着いて、腰の短刀を突きたてる。と同時に、采春の刀が韋恬の首を落とす。斬り口から、血飛沫（ちしぶき）が上がった。

激しい雨が地を叩きつける。わずか数瞬で、酸鼻の状態になった。周囲の者たちがざわめき、怒号を上げる。加勢しようと抜刀したままの白泰が、大声を上げた。

「おれ、医官か志護和尚を呼んでくる！」

張永は脇腹を押さえたまま、身体を起こした。

「韋恬のやつ、凄まじい執念だな。だが、このようなところで命を落とすとは憐れだ」

張永の身体を支えた采春が、怒鳴った。

「同情している場合か！ 身体を動かすな。すぐに血止めする。すまぬ。私が韋恬を連れてきたばかりに、こんな目に。永兄に詫びたいなどと、韋恬の言葉を迂闊に信じた。私は馬鹿だ」

「おれよりも、先に圭々の手当てを。ここで死なすわけにはいかぬ」

圭々を見ると、口を使って右の上腕を縛りあげている。処置を済ませ、張永の元に駆けつけてきた。

「おれなら、大事ありませぬ。それより、早く天幕の中へ」

圭々が刺されたのは、腕だった。命に影響はないと分かり、安堵した。

「お前の利き腕が動かなくなっては困る。すぐに志護和尚に診てもらえ。建寧王に捧げている命だろう。おれのせいで無駄死にするところだったぞ」

圭々は采春とともに、止血をしながら、張永の身体を天幕へ運ぼうとする。

「永どのを守って何が悪いのです。あとひとつくらい信念を増やせと、おれを諭したのは、永どのだ」

思いもしない返しに、面食らった。口を開こうとしたが、采春に止められた。

「これ以上しゃべるな。血が止まらぬ」

おのれの手を見ると、雨に流されてもなお、べっとりと血が付いている。

「母上がおっしゃったとおりだ。敗戦も、おれのせいにする者が出てくると。人の思い込みとは変わらぬのだな。韋恬も、なかなかにしぶとい」

「何を、感心している！　それに、話すなと言っただろう」

采春の声が、ぼんやりと聞こえる。周りを囲む人の姿が、降雨で霞んでぼやけた。

「次の戦までに、身体を治さねば——」

意識が落ちる刹那、季明の幻影を見た気がした。

七

至徳二載九月十二日、唐軍は長安の奪回に向けて、鳳翔を出立した。

皇帝は、長男の広平王を天下兵馬元帥に、武将の郭子儀を副元帥に任じた。約十五万の兵は、東へ行軍し、渭水を渡って、先の戦よりもさらに長安に迫った。

同月十七日、長安城の南に位置する香積寺（こうしゃくじ）の北に、唐軍は雁行（がんこう）の陣を敷いた。対する燕軍は約十万の兵で迎撃の陣を張り、四月ぶりに両軍は対峙した。

唐軍の意気込みにはただならぬものがあり、建寧王だけではなく、元帥である広平王も自ら出陣した。平原の兵と僧侠は、渭水の戦と同様に、建寧王府の都虞候の麾下にいる。戦における主な任は、建寧王の護衛だ。

両郡王は、郭子儀の元で言葉を交わしている。配置は、戦全体を見渡せる高台の中軍だ。平原の隊と僧侠は、郡王たちから下がって隊伍を整えていた。

采春は、予め頭に入れておいた周囲の地形を、目視した。南の香積寺の背後には、霊山として多くの修行僧が訪れる終南山が、その山頂に白い雲を弛ませて、切り立つように聳えている。西には終南山から渭水へ注ぐ灃水がゆったりと流れ、東には松の木が生えるごつごつとした岩山が立っている。土門での戦のように、伏兵の見落としがあってはならない。馬を数歩進め、三郎に騎乗して敵陣を見据える張永の隣に並ぶ。

「永兄は、あまり動くなよ。命じてくれれば、私やほかの兵が動くからな」

念を押したが、張永は苦笑して答えた。

「采春、くどいぞ。案ずる必要はない」

張永が韋恬に斬られてから、三月が経っていた。傷はすぐに志護が縫合したが、その後すぐに熱を出し、数日の間、生死を彷徨った。傷を負ってから十日後に、やっと起き上がれるまでになったのだ。

だが、安静を命じられても、張永は無理して動いた。それで、癒合した傷が開いては縫い直す流れを、二度に亘って繰り返す羽目になったのだ。

ひとりで背負い込むなと言っても改めない。呆れ声で、詰ってやった。

「そのように強情を言う。また傷が開いても知らぬぞ」

張永は人から世話をされるのを好まない。食事も着替えも、人の手を借りるのを嫌がった。采春は手を焼いたが、腹に怪我を負った経験のある白泰と、色黒の瞳の大きな僧俠――圭々からの世話は大人しく受け入れた。

右隣を見ると、志護を頭に、強面の僧俠が騎乗して控えている。圭々は、志護のすぐ側で待機していた。ふしぎな僧で、建寧王に忠誠を捧げながらも、周囲への気配りもできる。特に、張永とは深い信頼関係を築いているように思えた。

平原や常山で戦っていた頃と違い、今は白泰と圭々がいる。ともに張永を支える者がいるのは、采春にとってありがたかった。

平原の兵と僧俠が、次々に下馬した。都虞候を伴い、騎馬で近づいてくる建寧王の姿が見える。采春も急ぎ、馬から下りる。現れた建寧王は、護衛の兵を見回した。

「もうすぐ開戦だそうだ。唐の存亡が係った戦だ。皆、心してかかれ。勝利を得るのは我らだ。越女もおるしな」

爽やかな笑みが、采春に向けられた。建寧王は采春を麾下に入れて以来、古（いにしえ）の呉越の戦いで、越を勝利に導いた女剣士になぞらえて、越女と呼んだ。恐縮しながら、「はっ」と拱手で応える。畏（かしこ）まっていると、さらに恐れ多い話を振ってくる。

「凄腕の女兵がいると陛下のお耳にいれたところ、大層、関心を持たれていたぞ。この戦で勝利を得られたなら、陛下に紹介しよう」

「身に余るお話、恐悦至極にございます」

再び、建寧王は皆の顔を見る。

「勝って、街で酔い騒ぐ姿を、またおれに見せてほしい。むろん、おれもそこに混ぜてもらうつもりだ。だがその前に、都を破壊した賊を駆逐せねばな」

兵の目の色が変わった。さすが、建寧王だ。軽口混じりの激励で、周囲の者をその気にさせる。こうして、燕への抗戦の流れを作ってきたのだろう。

建寧王の背後から、美麗な明光鎧に身を包んだ広平王が、騎乗して姿を現した。

「倓（たん）！　郭子儀が戻れと命じておる。開戦の合図を出すぞ。お前は、私とともに、郭子儀の側で待機だ。気がたかぶるのは分かるが、あまり羽目を外すなよ」

建寧王は苦笑して、馬首を返した。

「戦場まで来て、兄上にたしなめられるとはな。では皆、頼んだぞ」

ふたりの郡王は、郭子儀の背後に着いた。郡王たちの背を見て、深く息を吐く。右隣から、志護が小声で話しかけてくる。

「どうした采春。建寧王のお声掛けには未だに慣れぬか」

「おふたりの郡王は、さすが高貴な方々といいますか、器量が違います」

周囲の騎兵にならって、再び騎乗する。馬上に跨った志護が、にやりと采春に笑みを向けた。

「その上、御兄弟揃って、若い娘が騒ぎそうな凛々しさだろう。おふたりが戦場に出られたので、兵の士気が高まっている。各将の気合も十分だ。陛下が絶対の信頼を置いている郭将軍、驍将の李将軍、知将の王将軍が揃った。今度こそ、勝てるだろう」

唐軍は、先鋒に歩兵を率いる李嗣業、中軍には実質の総大将である郭子儀、後軍には遊撃隊を率いる王思礼を配置した。皆、平原にいた頃から采春も名を知っていたほどの名将だ。

鳳翔を訪ねて以来、これらの将を間近で見る機会に恵まれた。平原の将との格の違いを感じた。唐は、有能な将軍に恵まれている。采配さえ間違わなければ、早い段階で安禄山の叛乱を鎮められたと思わずにはいられなかった。

白泰が、采春と志護の間に割り込み、口を挟んだ。

「それに、この戦は、諸国からの援軍に、屈強の回紇兵が加わっている。陛下が使者を回紇に遣わして、救援の盟を取り付けたそうだぞ。陛下も相当な覚悟で、戦に臨んでいらっしゃる。油断はできぬが、唐の兵力は質も量も先の戦とは違うぞ」

後軍で待機する異国の兵を見遣った。抜汗那や党項など、毛皮の武装を纏った遊牧民らが遊撃の部隊として、国ごとに待機している。

「異国の部隊が、多いな。回紇だけで四千はいるか。私が案じる話ではないが、異国に頼りすぎては、勝ったときの恩賞で苦労する気がする」

唐がこれまで軍事を異国に頼って来た経緯を、采春は安慶緒から聞いた。異国出身の将が起こした叛乱を、唐は異国の力を借りて治めようとしている。敵軍を見定めていると、志護が穏やかな目で訊いてきた。

「燕に心残りでもあるか」

首を、横に振った。

「正直なところ、燕軍で戦うのは、楽しかったのです。おのれを知る将に恵まれ、誰も私をのけ者にしませんでした。ですが、国選びは、情で決めてはなりませぬ」

燕の将には、おそらく安守忠もいるだろう。一度はともに戦った仲とはいえ、手加減をするつもりはない。常山の家族や洛陽で出会った福娘(ふくじょう)たち、多くの人の幸せを奪ってきたこの戦禍を、一刻もはやく終わらせなければならない。

日が最も高く昇ろうとしたとき、開戦の太鼓が打ち鳴らされた。

八

先手を取ったのは、燕軍だった。

騎兵が唐軍に切り込み、その背後から矢が飛ぶ。唐兵が怯んだところへ、騎兵と入れ替わった歩兵隊が突撃してきた。息をつく間もなく、次々と繰り出される猛攻に、唐軍の先鋒の陣が、たちどころに崩れた。采春の隣で、白泰が悔しそうに呟いた。

「戦に備えていたのは、敵も同じだったか」

采春は、前線の両軍の兵の動きを凝視する。

「安守忠は相手を惑わすのが上手い将だ。唐兵は、その策に嵌ったのかもしれない」

燕軍の勢いは衰えず、唐軍の陣に食い込んでくる。張永に問いかけた。

「先鋒は、李将軍ではなく、知将と謳われる王将軍を置いたほうが良かったのでは」

「おれはそうは思わぬ。見ていろ」

微動だにせず、先陣を見据えている。しかし、目の前の戦況はみるみる悪化していく。先鋒はかなり後退し、このままでは両郡王のいる中軍まで敵が達する。

一際（ひときわ）大きな身体を持つ男が、目に入った。先鋒の将の李嗣業だ。七尺（二m強）の身丈に、腕が人の腹周りほどある偉軀で、離れていても目立つ。敵兵の攻撃を撃ち返しながら周囲の兵を激励している。だが、おもむろに兜を脱いで放り投げた。続いて鎧も、脱ぎ捨てる。采春は焦った。

「李将軍が、肌脱ぎになったぞ。自棄（やけ）になったのか」

再び訴えても、張永は変わらず、前を向いている。

「黙って見ていろ。李将軍が自慢の陌刀（はくとう）（長刀のひとつ）を振るうぞ」

李嗣業は、咆哮を上げ、周囲の兵を叱咤する。まるで熊や獅子を思わせる雄々しさだ。燕軍に押されている隊を見つけては、駆けつけて陌刀で敵を薙ぎ払う。策など小賢しいとでもいわんばかりの力押しの攻めだ。驍将の名に恥じぬ、戦いぶりだった。次第に、唐軍は敵を押し返し始めた。

燕と唐の軍の勢いが拮抗する。上空で、日が最も高い点を越え、上昇から下降へ転じた。わずかに、唐が優勢になったように見えた。

「やったぞ。このまま押し切れば、勝てる！」

白泰が鼻息を荒くしている。しかし、戦場に違和を感じる。采春は、五感を研ぎ澄ました。地から伝わる振動、剣戟（けんげき）の音や兵の声、隅々の動きを慎重に探る。灃水のある西から東へと、埃混じりの風が吹く。東の岩山の上空で、鳥が舞っているのが、目に入った。

「永兄、東を見てくれ！　何か動きがあるぞ」

「燕の伏兵か。だが、郭将軍が伏兵を警戒して斥候を出しているはずだ。鳥が舞っているとなると、既に斥候が見つけて、乱戦になっているのか」

「すぐに、郭将軍に報せねば――」

張永に報告をうながそうとしたときだった。前から、建寧王が馬を走らせてきた。

「斥候が、敵の伏兵を見つけたようだ。回紇（ウイグル）の部隊を動かすように郭子儀に頼んだ。それまでを繋ぐ。付いてこい！」

建寧王は叫びながら、護衛の隊の前を駆け抜けていく。

張永が平原の隊に号令を掛ける。白泰、圭々も同時に駆け出した。三人は、慣れた様子で、建寧王の左右にぴたりと着いて走る。采春も後に続いた。

「まったく、御自身で出て行かぬと気が済まぬのだから」

志護がぼやきながら、僧侠を率いて馬を駆ってきた。遅れて、建寧王府の兵が後を追ってきている。

岩山の裏に着くと、燕軍の遊撃隊と唐の斥候が乱闘していた。思ったよりも、燕の兵の数が多い。五百騎は優にいる。

「一兵たりとも、唐の本陣に近づけるな。ここで殲滅するぞ！」

建寧王は、左右に叫び、燕の兵に突っ込んでいく。払った長刀が、敵の首をふたつ飛ばした。恐れずに敵に挑む建寧王の姿に、采春は一驚した。

――この御方は、ただ臣下に護られているだけの郡王ではない。

敵兵の目が、建寧王に集中する。建寧王は長刀を脇に抱えた。身につけている物の中で唯一、皇族と分かる宝剣をこれ見よがしに掲げて、唐兵を激励した。

回紇の部隊の来援を悟られぬように、燕兵の注意を自分に引きつけているのだろう。張永ら三人は、建寧王の護衛に徹している。

敵兵の中で、毛深く野獣じみた風貌の将が目に入った。安守忠だ。矢を番えて、建寧王を狙っている。采春は、すばやく矢を放った。毛むくじゃらの手首に命中する。体勢を崩した安守忠と、目が合う。もう一矢を撃ち込もうとしたときだった。

怒濤の勢いで、回紇の部隊が突入してきた。屈強の騎馬兵の部隊の猛攻に、燕の隊はあっという間に打ち崩される。援護を得た唐兵は勢いに乗って、燕兵を攻撃する。

燕の兵は耐えきれなくなり、安守忠が退却の指示を出した。燕の残兵が、自陣に逃れていく。追跡しようとする唐兵に、建寧王が声を張って命じた。

「深追いはするな！　我らも陣に戻るぞ」

建寧王は、回紇の部隊長の元へ駆けていき、拱手で謝辞を示した。蕃漢揃って、唐軍の兵は自陣に駆け戻った。

中軍の配置に戻ると、広平王が騎乗して、建寧王の帰還を待っていた。

「倓（たん）よ、勝手に動くな。大将の郭子儀の命に背いては、軍法違反になる」

非難する広平王に、建寧王が軽口で応じる。

「素直に、私をひとりにするなとおっしゃればよいのに」

開き直った表情で、広平王は言い切った。

「それは言うまでもない。お前を欠いては、私は国を立て直せぬ」

広平王の言葉を耳にして、采春は、どきりとした。まだ皇太子は定められていないはずだ。だが、広平王は自身を未来の為政者と認識している。それは、兄弟間の共通の理解なのだろう。建寧王は特に反応もせずに、自陣の後方を見遣った。

「後軍が動きましたね。郭子儀が指示を出しましたか」

後軍の布陣が大きく変化していた。王思礼の統率する遊撃隊が姿を消している。広平王は、馬首を郭子儀のいる前方に向けた。

「郭子儀が、勝負に出たぞ。得意の迂回挟撃を命じた。もうすぐだ、倓。長安が、私たちの手中に戻る」

ふたりの郡王は、意気揚々として郭子儀の元へ戻っていく。采春は、張永らとともに、先陣を凝視した。歩兵隊が前後で交代しつつ絶え間なく攻撃を続けている。唐が大きく、燕を押していた。しばらくして、燕の陣の後方から砂塵が巻き上がった。

「挟撃の遊撃隊が、出たぞ」

采春の隣で、張永が身を乗り出した。

王思礼の率いる蕃族の遊撃隊が、燕の陣の背後を突いた。前方からは、李嗣業率いる歩兵隊が迫っている。燕の陣から、逃亡する兵が出始めた。

空では、日がぐっと西に傾いていた。逃亡兵が出始めると展開が早い。燕の陣が、みるみる崩れていく。

間もなくして、敵陣から、撤退の銅鑼が打ち鳴らされた。周囲の兵が、一斉に下馬する。采春も、皆にならって地に立つ。

「皇帝陛下、万歳万歳、万々歳！　郡王殿下、万歳万歳、万々歳！」

勝利の歓声が、唐の陣のあちこちから沸き上がる。両郡王が馬上で手を挙げ、皆の言祝ぐ声に応えている。

「永兄、やったな！」

白泰が、張永に飛びついた。だが、張永の顔色が悪い。

「永兄、傷の具合が悪いのか」

案ずる采春に、張永は破顔した。

「いや、大した痛みではない。それより、勝ったぞ。これで長安は平穏な暮らしを取り戻せる」

張永は、腹の辺りを隠すように押さえている。その腕をねじり上げた。胸を覆う円護の下から、血が滴っている。また、腹の傷が開いていた。

「あれほど、無理をするなと言ったのに！」

勝利に沸く兵の歓声に、采春の叱責する声が混じった。

九

翌日早暁、長安城門の前に、唐軍の長蛇の隊列が並んだ。

城外における戦で、燕軍は全体の半数を超える約六万の兵を失った。約十六刻（約四時間）に及んだ戦は、唐の圧勝に終わり、燕の残兵は命からがら長安城に帰還した。城内に配備していた兵を合わせても、唐軍には勝てないと踏んだのだろう。燕軍は長安を捨てて、東の潼関に向けて敗走した。

今日、唐軍は晴れて長安城に入る。皇帝が長安から出奔して、約一年三月ぶりの唐朝の帰還だ。

麾下の兵に囲まれ、岩の上であぐらをかいた建寧王が皆に説いた。

「おれの入城は隊列の最後で良いと伝えたのだが、兄上がともに朱雀大街を進もうと言ってきかぬ。日頃は威勢を張っているが、ああ見えて寂しがりだ。おれは兄上に続いて入城する流れになった。しかし、あくまで元帥は兄上だ。皆、振る舞いには気を付けてほしい」

いざ帰還という段階になって、采春の胸に疑問が湧いた。建寧王にしてみれば晴れての帰還となるが、果たして長安の民は歓迎してくれるのだろうか。

唐朝は一度、長安の民を見捨てて逃亡した。燕軍の侵掠（しんりゃく）により家族や財産を奪われた民は、どのような気持ちで唐軍を迎えるのだろう。

建寧王は、麾下の兵ひとりひとりの顔を見ながら、語りかけた。

「唐軍の兵として、また、おれの護衛として、良く戦ってくれた。入城して落ち着いたら、今後の話をしよう。このまま、建寧王府に留まっても良し。平原の隊も、故郷に戻るのなら仕官の斡旋（あっせん）をしよう」

建寧王の労い（ねぎら）に、兵たちは心打たれた様子で、目を潤ませた。命に従って、建寧王の護衛隊は、広平王の護衛隊の後ろに整列を始めた。

澄んだ朝日に照らされて、張永の血色の悪い顔がより白く見える。腹の傷を布で固定して、何とか馬に乗っている兄に、半ば諦めつつも忠告する。

「今日くらい、白泰に隊を任せればよいのでは。いざとなれば、圭々もいる。無理をしては、後々に響くぞ」

だが、頑（かたく）なに譲らない。

「長安城に入っても、建寧王が無事に宮城に落ち着かれるまで、油断はできぬ。それに圭々は主君の晴れの行進なのだから、おれの傷痍に気を使わせたくない」

　采春は、前方で騎乗する建寧王の背を見る。すぐ側に控える圭々に話しかけていた。声を潜めて、張永に訊いた。

「なぜ、建寧王は、あれほど広平王に遠慮されているのだろう」

　張永は言葉を詰まらせる。采春の隣に並んだ志護が、周囲を憚りながら代わりに答えた。

「朝廷には、郡王が力を持つのを良しとせぬ文官や宦官がおる。陛下は英明でいらっしゃるが、御気性は穏やかだ。あやつらにしてみれば御しやすいのだろう。それとは対照的に、おふたりの郡王は義心が強い。いずれ、自分たちを追いやるのではないかと恐れ、郡王の対立を捏造して力を削ごうとしておるのだ」

「それで、広平王よりも目立たぬようにと、建寧王は心を配られてきたのですね」

　采春は納得した。建寧王は、郡王にしては身なりが地味だ。護衛は付けられているが、広平王に比べると寡兵に過ぎる。

　志護は、目を細めて建寧王を見遣った。

「戦乱時は、どうしても豪傑の建寧王が目立つ。真面の広平王と違い、建寧王は以前からよく街に出て、民と慣れ親しんでおったしな。民は、建寧王が可愛いのだ。老人らは、同じくお忍びを好んだ若き日の上皇（玄宗）に似ていると、持てはやしている」

　行軍の合図の太鼓が打ち鳴らされ、先鋒が動き始める。開け放たれた城門を潜って行進していく。城内から漏れ聞こえる民の歓迎の声に安堵する。民は唐朝を恨んでいるのではないかとの危懼は、杞憂だった。

先鋒に続いて、広平王が城門に入ると、一層大きな歓声が城外まで伝わった。

長安にこれほどの声を上げられる数の民が残っている事実に、采春は驚いた。燕軍の侵攻で、一部の民は長安を逃れ、また残った民も燕軍に命を奪われたはずだ。燕の暴政に耐えた者たちが解放されて、快哉を叫んでいるのだろう。

広平王に続いて、建寧王が城門を潜る。割れんばかりの歓喜の声が、建寧王と護衛の隊を包んだ。その歓呼の迫力に圧倒される。鳴りやまぬ喝采の中、建寧王は、馬を進めていく。

「凄まじい歓声だな。耳がおかしくなりそうだ」

采春の隣で、青白い顔をした張永が興奮した様子で言う。

朱雀大街には、所狭しと民が押し寄せている。木に登り手を振ってくる者、頰を紅潮させて寿ぎの声を上げる娘、行軍に付いていこうと人の合間を縫って走る子ら、涙を流す老人の姿が、采春の目に入る。

建寧王は、唐朝の復帰を歓迎する民に、手を挙げて応えている。ひとりひとりの顔を確かめるように、ゆっくりと進む。

安禄山が范陽で挙兵して二年弱——。

——嫌な流れを変えたいのだ。

人の命を奪う戦禍を収めようと、季明は各郡を奔走した。志半ばで斃れたが、その望みに大きく近づいたのだと、歓声を浴びながら采春は実感する。

志護が、采春の側に馬を寄せてきた。

「陛下は、あまりお身体が御丈夫ではない。おそらく、近い将来に広平王が玉座に着く。それを建寧王が補佐する。佞臣どもに負けるおふたりではない。お前の望みどおり、唐は安定するだろう」

隊列の先に見えた広平王は、民の歓声を一身に受け止めている。その堂々とした様を見て、玉座に近い者には、特有の気があると知った。国を統べる者には、それだけの器量が求められる。

天子になるべく生まれてきたような広平王と、闊達(かったつ)な建寧王が揃えば、唐は叛乱の前よりも良いほうへ向かうのではないか。戦禍で命を奪われる者がいなくなり、人が安らかに暮らせる日々が訪れる。その未来が見えた気がした。

采春は、白雲のたなびく東の蒼空を見た。

──安慶緒は、この敗戦を立て直せるだろうか。

疑念は、唐の勝利を祝福する民の声に掻き消えた。

第十二章　震雷の人

一

至徳二載（七五七年）十二月、平原。

早朝のしんとした寒さに、張永は床の中で身じろぎをした。日は出たようだが、戸口から見える外はまだ薄暗い。起き上がると、腹の傷がじくじくと痛んだ。

「雪でも降るか」

傷は塞がったが、まだ万全ではない。冷え込むと、傷に響いた。

長安が唐に帰してまた寒い冬が巡っていた。

長安を奪回した唐軍は、すぐさま燕軍の追討を開始した。対する安慶緒は、残った兵で軍を立て直し、潼関で唐軍を迎え撃った。だが、防ぎきれずに後退し、さらに東の陝郡で再度の防衛を試みるも、唐軍の勢いに抗えなかった。

長安を失った一月後の十月十六日に、安慶緒は洛陽も放棄した。残った将を率いて、今は河北の鄴郡へ逃れている。一方、唐の皇帝は、同月二十三日に、長安に入城した。

平原の隊は、建寧王とともに長安の宮城に凱旋した後、故郷への帰還を願い出た。

そのまま建寧王府に残る道も考えたが、兵たちは皆、平原に残した家族を案じていた。母に対する憂慮は、張永と采春も同じだ。加えて采春は、故郷での療養を強く勧めてきた。

建寧王からも、身の振り方を決めるのは年明けで構わぬと話があった。改めて上京すると約したが、その時点で、張永の心は決まっていた。新年には長安を訪ね、建寧王府で引き続き護衛の任を務めたいと申し出るつもりだった。

綿入れを羽織って、部屋を出る。鞋越しに回廊の冷たさが沁みた。中庭に出ると、采春がひとりで稽古をしていた。おのれを追い込むように、一心に木刀を振っている。冷気の中、汗が湯気になって立ち上っていた。

「あまり思い詰めるな。全ての責をひとりで背負い込むつもりか」

木刀を振るう采春の手が止まる。張永に近づき、岩に掛けてあった手巾で、顔の汗をぬぐった。落ち着いた口調で答える。

「起きた事態は変えられぬ。これからどうしたらよいのかを、考えていた」

建寧王が皇帝から死を賜ったと平原に報せが入ったのは、数日前だ。新しい平原の太守から郡庁に呼ばれて、事件を知らされた。

罪は、広平王暗殺の計謀だ。宦官の李輔国らは、建寧王が皇太子の座を狙って、兄の広平王を害しようとしたと讒言した。その証として、郡王は私兵の所持を禁じられているにもかかわらず、僧倓を手元に置いたと非難したという。

僧倓は、玄宗上皇が内々に建寧王に付けた護衛だ。建寧王に非がないのは明らかだった。

だが、李輔国の謀に、現皇帝の寵姫である張氏が加担した。張氏は、両郡王の生母ではない。皇帝は張氏の訴えを信じた。冤枉により、建寧王は自害し、僧倓らも自刎したという話だった。張永は、地に目を落とした。

「まずは、志護和尚や圭々の安否を確かめたいが、今や、長安の朝廷には顔平原もおられぬ」

平原から鳳翔に到着して以降、顔真卿は御史大夫の任を与えられていた。官の非違を糾弾する御史の長だ。長安城外の戦に向けて唐軍が鳳翔を出立した際も、広平王よりも先に馬に乗った王府の都虞候の非礼を弾劾した。万事を厳格に行おうとして、朝廷の官人たちから疎まれ、再び地方への左遷の憂き目にあった。

燕軍との戦で功績を上げた者たちが、佞臣により次々と朝廷から追いやられたと、平原まで聞こえた。顔真卿も、その例に漏れなかったのだ。

「顔平原は、今どのようにお過ごしなのだろう。文はいただいたけれど。あの一言一句が脳裏に焼き付いている」

采春の言葉に、張永は深く頷く。顔真卿は、赴任先の馮翊から、張永と采春に宛てて、一通の文を寄こしていた。

おのれ自身の不遇には直接触れず、ただ季明の魂を祭りたいと書かれていた。激情を抑えた字は、触れれば、怒りや哀しみが弾けて溢れ出すかのように見えた。その中に、一際目を引く言葉が綴られていた。

天不悔禍。誰為荼毒。念爾遘残。百身何贖。嗚呼哀哉。

この「百身何贖」の四字が、張永の心を抉った。季明が残虐な死に遭ったことを思うと私が百回身代わりになっても足りない——。

「まるで、永兄と私の心のうちを、そのまま表したかのような筆跡だったな」

もし季明が生きていたら、どう動いただろうか。長安を奪回し、明るい前兆が見えたところだった。新しい流れを作るべく建寧王の元へ飛びこまんとしていた矢先に、奈落に突き落とされた。

今の事態を受けてどう動けばいいのかを、張永は決めかねていた。

采春の真っ直ぐな目に気付く。

「永兄に、見せたい物がある。少し付き合ってくれるか。平原に帰ってから永兄がずっと部屋に籠っているから、三郎も走りたがっている」

回廊に母が姿を現し、張永たちに声を掛けた。

「ふたりとも、朝餉にしましょう。采春は着替えていらっしゃい」

采春は、木刀と手巾を手に取った。

「分かりました。すぐに着替えて、支度をします」

去り際、「では朝餉の後に」と張永に目くばせをしてきた。おそらく、采春は覚悟を決めている。なんとなく、母には既にそれを伝えている気がした。

二

朝餉の後、張永は平原城外へ出た。

疾駆する采春の後を追って、三郎を奔(はし)らせる。久しぶりに馬に乗る張永を、采春は気遣う素振りも見せない。悴(かじか)んでいた手足が、すぐに暖まった。到着したのは、郡境の近くにある廟だ。門前で下馬する。ふたりとも、口から洩れる息が白い。馬を樹木に繋ぐと、采春は張永と向き合った。

「二年前、安慶緒が平原を襲撃した日、永兄は季明とどこへ向かっていたか覚えているか」

脳裏に、季明と立った平原城外の丘での光景が、鮮やかに蘇った。

「顔平原の命で、書を碑に刻む石工の元へ、向かっていたのだったな」

あの日、季明は、采春が婚姻を望んでいるのかと気を揉んでいた。そこへ采春が追ってきて、三人で平原城の城門から上がった狼煙を見た。

采春がなぜ自分を連れ出したのか、ようやく合点した。ここは、漢の武帝に仕えた東方朔の廟だ。

「東方朔画賛碑の仕上がりを確認しようとしていて、結局そのままになっていた。あの後、碑がどうなったのか気にはなっていたが。既に収められているのだな」

張永の言葉には答えず、采春は門の中へ入っていく。廟ではなく、庭に足を踏み入れた。

白々とした淡い陽光の中で、碑が鎮座していた。そこだけ穏やかに刻が流れているように見える。碑は、想定したよりもだいぶ小さい。張永の背丈ほどしかなかった。

「戦が落ち着いたら、季明と三人で見に行こうと、約したのだったな。あのときは、すぐに三人で碑を見られると信じて疑っていなかったが」

碑に刻まれた字を凝視するうち、疑念が湧いた。指で一字一字を確かめていくと、清冽な感触がした。止めも跳ねも、筆運びが丁寧だ。繊細な字は、書き手の几帳面な性格を思わせる。それでいて、心に迫る気魄が感じられた。采春の顔を見た。

「これは、顔平原の字ではない。季明の筆跡だ」

少し潤んだ目で、采春は笑んだ。

「御名答だ。顔平原の書いた碑は、廟の中にある。季明は嫌がるだろうが、比べて見てほしい」

廟の中に入ると、確かにもうひとつ碑が立っている。こちらはやはり見上げるほど大きい。彫られた字は、肉太で、雄大な書風だった。采春は碑に触れた。

「季明は、顔平原がこの作品で大きく作風を変えたと言っていた。精緻な字から、より広大な顔平原らしい趣が出たと。これが書かれたのは、ちょうど顔平原が安禄山の挙兵を察して、備えていた頃だ。意気込みが感じられる字だろう」

季明が顔真卿の書に憧れていたことを、張永は思い出す。

采春は再び外に足を向けた。

「永兄に、外の碑の裏を見てほしい」

裏にも、何か記されているのか。外へ急ぎ碑の裏に回る。そこに刻まれた字を見て、張永は目を瞠った。

一画の隅々まで気が行きわたり、凄まじい気迫を放っている。この感覚を張永は覚えている。初めて季明に出会ったときのことだ。虚ろになっていた自分に、生きているという実感を与えてくれた。

震える手で懐から紙を取り出す。母を置いて平原を出ると決意したときから、常山の執務室で季明が書いたこの紙をずっと持っていた。

開いた紙の上と同じ字が、碑に刻まれている。

今にも動き出しそうな迫力のある字は《永》の字だ。端に、「顔季明が、婚姻の記念に記す」と刻されている。

思わず、声を出して笑った。

「季明が工房にある物を確認してほしいと話していたのを思い出したぞ。この碑のことだったのだな。なぜ、婚姻の記念が東方朔画賛なのか。采春への贈り物も革靴だったし、やはり可笑(おか)しなやつだ。しかも、永の字など書きおって」

季明が亡くなり、張家への贈り物になるはずだった碑をどこに収めたらよいのか、困った石工がここに置いたのだろう。

背後から、采春の通る声が投げかけられた。

「一字、震雷(しんらい)の如(ごと)し」

振り向くと、采春は表情を和らげた。

「実はな、季明のこの言葉を安慶緒が覚えていた。言葉は安慶緒の心に残り、悪鬼のようだった気性を変えた」

「あの安慶緒が？」

采春が一度だけ燕軍に手を貸した理由が、やっと分かった気がした。

「身は滅びても言葉は人を動かすのだと思った。ときを超え、場所を超えて、人は世を変える震源たりうる。私たちの中でも、季明の言葉は生きているだろう？」

「季明の言葉……」

そうだ。投じられた一石が積み重なって流れを変えていくのだと、季明は言っていたではないか。何度突き落とされても、また身を投じればいい。

安禄山が挙兵したとき、顔一族が抵抗の魁となった。それが震源となり、あちこちの郡が呼応した。常山の顔一族は処刑されたが、虐殺を続ける賊軍を食い止めんとする機運は今に続いている。

一歩、采春は、張永の前に歩み寄った。

「私は、鄴郡へ向かう。建寧王という希望が見えたからこそ唐に与したというのに。選んだ国が内訌に明け暮れるのなら、安慶緒に与して外から唐を揺さぶってやろうと思う」

決意を聞いて、やはりと思った。采春はいずれ安慶緒の元に向かう。鳳翔で再会したときから、そんな気がしていた。燕に与することで見えた道があったのだろう。

離れていても、呼応する震源たりえる。立場を違えても、目指す望みは同じだ。

燕が現在、本拠としている鄴郡は、平原郡から西南に約三百四十唐里の里程にある。采春が馬を駆れば、一日で着く。

再び碑に目を遣る。《永》の字が、お前はどうありたいのかと、張永の心に強く訴えている。全ての礎となる一字。いや、ひとりだ。

「季明は、数多の命を奪う禍々しい流れを変えようと奔走し、まさに震雷の如く生きた。永の名を持つおれも、同じように身を投じたい」

手にした紙を再び懐にしまう。胸に熱が生じた。

「決めたぞ、采春。年が明けたら、おれは長安へ行く。僧侠の中にも自刎を逃れた者がいると聞いた。建寧王がお隠れになり、広平王はおひとりになられた。だが、新しい流れを絶やすわけにはいかぬ」

お互い無言になり、白い吐息だけが漏れた。目で覚悟を確かめ合う。

ふたりの前に、皓とした光の粒が現れる。同時に、見上げた。

薄明るい空から、柳絮のようにふんわりと雪が舞い降りてくる。差し伸べた采春の手に、一片が融けた。しばし見つめたその手で、采春は碑に刻まれた字をそっと撫でた。

「やはり雪か。どうりで寒いわけだ」

采春を、門へうながした。ともに、碑を背にして歩み出す。

門を出る際、張永は庭を振り向いた。ちらつく雪の中で、碑はふたりを見守るように、静かに佇んでいた。

*

八世紀中国唐代の武将安禄山の挙兵を端緒とした戦禍は、近代にいたる人類史上の戦争において最大の死者数（三千六百万人弱）を出したともいわれている。

次々と河北諸郡が降伏するなかで、民の穏やかな暮らしを守るために気骨を見せたのが顔一族であり、一門で安禄山の軍によって処刑されたものは三十余名に及ぶ。

その者らの遺骸については、この戦の生き残りであり、常山太守の長子の顔泉明が洛陽で探し当て、長安へ帰葬した。

常山で殺された弟季明の遺体も戦乱で失われたと思われたが、泉明が執念でその首を探し出し、叔父である顔真卿の元へ運んだ。

その際、甥である季明を祭る文として、顔真卿はその激烈な生を筆でしたためた。かつて平原の大隊長を務めた男へ送った文にその片鱗があったという。

この祭文の草稿は千年以上のときを経て今に伝わり、国籍を問わず多くの人の心を震わせている。

書の最高傑作のひとつといわれる『祭姪文稿』である。

主要参考文献

歐陽修、宋祁撰『新唐書』（一九九七年、中華書局）
劉昫等撰『舊唐書』（一九九七年、中華書局）
司馬光／田中謙二編訳『資治通鑑』（二〇一九年、ちくま学芸文庫）
曾先之編／森下修一訳『完訳十八史略　下』（一九六五年、徳間書店）
陳舜臣『中国歴史シリーズ　中国の歴史　四』（一九九一年、講談社文庫）
律令研究會編『譯註日本律令　七　唐律疏議譯註篇三』（一九八七年、東京堂出版）
礪波護『唐の行政機構と官僚』（一九九八年、中公文庫）
築山治三郎『唐代政治制度の研究』（一九六七年、創元社）
徐松撰／愛宕元訳注『唐両京城坊攷』（一九九四年、東洋文庫）
外山軍治『顔真卿　剛直の生涯』（一九六四年、創元社）
吉川忠夫『顔真卿伝　時事はただ天のみぞ知る』（二〇一九年、法藏館）
村山吉廣『楊貴妃　大唐帝国の栄華と暗転』（一九九七年、中公新書）
藤善真澄『安禄山と楊貴妃　安史の乱始末記』（一九八四年、清水書院）
藤善眞澄『安禄山　皇帝の座をうかがった男』（二〇〇〇年、中公文庫）
東京国立博物館、毎日新聞社編『特別展　顔真卿　王羲之を超えた名筆』（二〇一九年、毎日新聞社）
中田勇次郎責任編集『書道藝術　新訂版　豪華普及版　第四巻』（一九七九年、中央公論社）
星弘道『顔真卿の書』（二〇一〇年、二玄社）

「季刊　墨スペシャル　第5号　顔真卿」（一九九〇年、芸術新聞社）
「墨　第160号　2003年1・2月号」（芸術新聞社）
『書道全集　第10巻』（一九五六年、平凡社）
石川九楊『書　筆蝕の宇宙を読み解く』（二〇〇五年、中央公論新社）
スティーブン・ピンカー／幾島幸子、塩原通緒訳『暴力の人類史　上』（二〇一五年、青土社）
『歴史群像グラフィック戦史シリーズ　戦略戦術兵器事典7【中国中世・近代編】』（一九九九年、学研プラス）
伯仲編著『国粋図典　兵器』（二〇一六年、中国画報出版社）
青山定雄『唐宋時代の交通と地誌地図の研究』（一九六三年、吉川弘文館）
佐藤武敏『長安』（二〇〇四年、講談社学術文庫）
幾喜三月『科挙対策　律令』（二〇一〇年、楽史舎）
幾喜三月『中国式城郭をつくろう』（二〇一二年、楽史舎）
日野開三郎「大唐府兵制時代に於ける団結兵の称呼とその普及地域」（九州大学文学部「史淵」（61））
山内敏輝「唐前半期の軍防体制と府兵制　軍府州と非軍府州の地域差を中心として」（龍谷史学会編「竜谷史壇」（103）・（104））
高世瑜／小林一美、任明訳『大唐帝国の女性たち』（一九九九年、岩波書店）

〈取材協力〉　鴇矢紫玉様

解説

三田主水

唐の天宝一四（七五五）年に勃発し、終息までに実に八年を要した安史の乱。本作はこの未曾有の大乱で許婚を失った娘とその兄を中心に展開する一大歴史ロマン――第二七回（二〇二〇年）松本清張賞受賞作の雄編に、大幅に加筆修正を加えた作品です。

中国河北・平原郡の軍大隊長である張永と、彼の妹で武術の達人の采春、そして平原郡太守・顔真卿の甥・季明。親友である季明と采春の婚礼を目前に控え、明るい未来を夢見ていた張永たちの運命は、燕国皇帝を僭称する安禄山の蜂起により、一変することになります。

顔真卿の命を受け、叛乱軍を迎え撃つ張永と、兄を扶けて最前線で戦う采春、そして常山太守である父を支え、河北の各郡を糾合すべく奔走する季明。しかし味方の軍に裏切られた常山軍は籠城戦の末に敗れ、捕らえられた季明は賊軍に下るのを潔しとせず、凶刃に斃れたのです。

この突然の悲報に、許婚の仇を討つべく平原郡を飛び出し、旅芸人の一座に潜り込んで洛陽の安禄山の命を狙う采春。共に国を変えようと誓った親友の死に大きな衝撃を受け、妹の身を案じつつも、故郷を守るために戦いを続ける張永。それぞれの道を辿ることとなった兄妹は、やがて意外な形で再会することに……

唐の絶頂期から一転、一時は時の玄宗皇帝が首都・長安を捨てて逃げるという事態にまで至った大乱として、最近ではドラマ『麗王別姫〜花散る永遠の愛〜』など、しばしば中国の歴史ものの題材となってきた安史の乱。しかしそこで描かれる乱の姿は、「長恨歌」に描かれた楊貴妃の悲劇的な運命を含め、大所高所からの――歴史に名を残した人々のドラマとして描かれることが多かったと感じます。一方、この乱の死者は二次的なものも含めて一説によれば約三千六百万人――当時の唐の人口の三分の二が失われたとも言われています。数字の正確さはここでは措きますが、この乱の被害は、むしろ名もない庶民たちにとって、より大きなものであったのは間違いのないことでしょう。本作は、こうした名もない人々の視点から語られることになります。

そしてそれを代表するのが、本作の張永と采春の二人であることは言うまでもありません。二人は超人的な英雄豪傑でも貴顕の身分でもない、当時どこかにいたかもしれない、歴史に名の残らない庶民の一人なのです。

もちろん二人は、決して無力な存在ではありません。季明や顔真卿に見出され軍人として力を尽くす張永と、旅の僧侠から武術を学び、並みの武人では及びもつかぬ腕前を持つ采春と――特にこの時代に規格外というべき采春のキャラクターは、自らの手で許婚の仇を討つという動機づけといい、その目的に向けた破天荒で波乱万丈な冒険ぶりといいまさに侠女、中華冒険活劇の主人公に相応しい存在といえます。

しかし二人の、特に采春の運命は、物語半ばを過ぎた辺りで、全く思いも寄らぬ方向に向かっていくことになります。そして、その二人の運命の変転に大きく影響を及ぼすのが、物語の途中で非命に倒れる季明の存在なのです。

名書家である顔真卿の書に今も名を残す実在の人物である季明――彼は名門・顔家に生まれて尊敬する叔父のように書に打ち込み、そしてこの国を変えるべく政に情熱を注いできた、張永や采春とは生まれも育ちも全く異なる人物です。しかしその理想に燃える姿は二人を惹きつけ、彼らを友情と愛情で堅く結びつけることになります。

もっとも「武」の二人に対して、あくまでも季明は「文」の人。そのため物語冒頭で、彼は平原を襲った安禄山の子・安慶緒と対峙した際に、ただの書生と侮られることになるのですが――しかし彼はそこで一歩も引かず、言葉を返すのです。

「武力が人を動かすのはいっときではありませぬか。（中略）しかし、文字や言葉は違いますぞ。一字、震雷の如しといいます。ひとりでは何もできなくとも、人の書いた一字、発した一言が、周囲の人を変え世を動かすのです」と。

先に述べたように唐の人々を大いに苦しめた安史の乱の被害は、本書でも随所に描かれるように、長安や洛陽をはじめ、燕軍が攻め込んだ先での蛮行が、その大半の原因であることは間違いありません。しかし同時に、それを防ぐ力を持ちながらもそうしなかった、そうさせなかった唐の政の疲弊と腐敗を無視するわけにはいきません。燕軍を迎え撃つべく出陣した将軍を些細なことから更迭し、罰する。それでいて迫る燕軍に立ち向かうこともなく、民を見捨てて逃げ出す――二人の主人公が――特に安禄山らを追って洛陽、そして長安へと旅する采春が目撃したように、唐という国の乱れこそが、安史の乱を生んだといえます。

しかし、世を乱し人々を苦しめるのは、こうした国というシステムや、それを直接動かす人間たちだけではないことをも、本作は鋭く抉りだします。本作の冒頭で描かれる、軍人になる前の張永――彼は下級役人として大雨への対策に当たり、誰よりも避難の必要性を訴えながらも無視された上に、いざ実際に被害が出てみれば上司から全ての責任を押し付けられただけでなく、町の人々からもいわれのない憎しみをぶつけられてきました。それは理不尽な出来事に対して何の力も持たない人間の、止むに止まれぬ行動の帰結かもしれません。しかしそこにはむしろ、いわゆる同調圧力――周囲と異なる意見を持ち、行動する者に圧力をかけ、時には敵視する、人間の悪しき心の動きがあると感じられます。

話が変わるようですが、冒頭に触れたように、本書は二〇二〇年に刊行された初版の単行本に、大きな加筆修正を加えたものです。その加筆修正は、新たに付け加えられた物語の冒頭と結末を含め、驚くほどの分量に及ぶのですが――そのため、本書は初版を御覧になった方でも新鮮な気持ちで読むことができることは間違いありません――その大半は、この物語が描かんとするものをより明確に、より鋭く浮き彫りにするためのものであると言ってよいでしょう。そしてその中で、キーワードとなる言葉が幾つか存在します。

その一つが「悪い流れ」です。力で以て他者を圧し、己の意を通さんとする。己の利を貪るために、他者を踏みつけて顧みない。自分の無力さから逃れるために、他者を生贄とする――そんな人間の悪行・愚行は、決してそれぞれが独立して行われるわけではありません。一つ行われればそれは社会の箍を緩めて他の行いを呼び、そしてそれがさらに更なる行いを招く――そして世の中は際限なく悪い方向に転がっていき、その果てに待つものは、安史の乱のような巨大な死と暴力であると、本作は訴えます。

しかし、このような「流れ」に対して、一人の人間に為すすべはあるのでしょうか。例えば相手が安禄山のように形ある存在であれば、采春がそうしようとしたように力によって除くことができるかもしれません。しかしこの「流れ」は、言うなれば人間の心の有り様の現れなのです。

それでは、人間は全く無力な存在なのでしょうか。ただ流されて犠牲になっていくしかないのでしょうか？　――否、と本作ははっきりと語りかけます。確かに一人の人間にできることは限りがあるかもしれない。しかしそれでも、人間は自分だけの意思を持って、世をより良き方向に変えるために行動を始めることができる。仮に一人が道半ばで倒れたとしても、その想いは他の人間に文字や言葉として伝わり、やがて本当に世を変えることができるのだと。

そしてそれは本書のもう一つのキーワード――「一石を投じる」という形で示されることになります。本作においては、先に引用した季明の言葉だけでなく、張永も采春も、いや、彼らの周囲の様々な人間たちも――誰かの投じた「一石」をきっかけに己の想いを改め、そこからそれぞれの形で「一石を投じる」のです。

そしてその「一石」が決して無駄な行動などではないことを、本作は極めて意外な登場人物の姿を通じて、ほとんど衝撃的に、そして極めて感動的に描き出すのです。死と暴力の化身のようなある人物を通じて……

本作の初版が刊行された二〇二〇年は、いわゆる「世界終末時計」が、カウントされて以来最短の、残り百秒を記録した年でした。そしてそれ以降も、世界は悪い方向に大きく動き続けているように見えます。疫病、気候変動、核問題――そして戦争と。

そんな「悪い流れ」に負けそうな時、自分が無力に感じられた時、自暴自棄になりそうな時――貴方に本作を手に取ってほしいと心から願います。たとえ極めて険しい道のりであっても、行く手に見えた希望が消えたように見えても、それでも人は「一石を投じる」ことができるのだと。そして全てはそこから始まるのだと——そう本作は伝えてくれるのですから。まさしく、震雷の如く力強く。

（文芸評論家）

単行本　二〇二〇年九月　文藝春秋
文庫化にあたり大幅に加筆しました。

文春文庫

震雷の人（しんらいのひと）

定価はカバーに
表示してあります

2022年6月10日　第1刷

著　者　千葉ともこ（ちば）
発行者　花田朋子
発行所　株式会社 文藝春秋

東京都千代田区紀尾井町 3-23　〒102-8008
TEL 03・3265・1211㈹
文藝春秋ホームページ　http://www.bunshun.co.jp

落丁、乱丁本は、お手数ですが小社製作部宛お送り下さい。送料小社負担でお取替致します。

印刷・萩原印刷　製本・加藤製本

Printed in Japan
ISBN978-4-16-791893-4

（　）内は解説者。品切の節はご容赦下さい。

松井今朝子
老いの入舞い
麹町常楽庵　月並の記
若き定町廻り同心・間宮仁八郎は、上役の命で訪れた常楽庵で、元大奥勤め・年齢不詳の庵主と出会う。その周囲で次々と不審な事件が起こるが…。江戸の新本格派誕生！　（西上心太）
ま-29-2

松井今朝子
縁は異なもの
麹町常楽庵　月並の記
町娘おきしの許婚が祝言間近に不審な死を遂げる。「私が敵を討ちます」――娘の決意に間宮仁八郎は心を揺さぶられる。大奥出身の尼僧と真相に迫る江戸の新本格第二弾。　（末國善己）
ま-29-3

宮城谷昌光
楚漢名臣列伝
秦の始皇帝の死後、勃興してきた楚の項羽と漢の劉邦。覇を競う彼らに仕え、乱世で活躍した異才・俊才たち。項羽の軍師・范増、前漢の右丞相となった周勃など十人の肖像。
み-19-28

宮城谷昌光
三国志外伝
「三国志」を著したのは、諸葛孔明に罰せられた罪人の息子だった（「陳寿」）。匈奴の妾となった美女の運命は（「蔡琰」）。三国時代を生きた、梟雄、学者、女性詩人など十二人の生涯。
み-19-35

宮城谷昌光
三国志読本
「三国志」はじめ、中国歴史小説を書き続けてきた著者が、自らの創作の秘密を語り尽くした一冊。宮部みゆき、白川静、水上勉らとの対談、歴史随想、ブックガイドなど多方面に充実。
み-19-36

宮城谷昌光
華栄の丘
詐術とは無縁のままに生き抜いた小国・宋の名宰相・華元。大国・晋と楚の和睦を実現させた男の奇蹟の生涯をさわやかに描く中国古代王朝譚。司馬遼太郎賞受賞作。　（和田　宏・清原康正）
み-19-34

宮城谷昌光
孟夏の太陽
中国春秋時代の大国・晋の重臣、趙一族。太陽の如く苛烈な趙盾に始まるその盛衰を、透徹した視点をもって描いた初期の傑作の新装版。一国の指導者に必要な徳とは。　（平尾隆弘）
み-19-44

簑輪 諒
くせものの譜
武田の家臣であった御宿勘兵衛は、仕える武将が皆滅ぶ。いつしか世間は彼を「厄神」と呼ぶ。滅んだのは依田信蕃、佐々成政、北条氏政、結城秀康、そして最後に仕えしは豊臣秀頼！（縄田一男）
み-59-1

諸田玲子
あくじゃれ 瓢六捕物帖
知恵と機転を買われて牢から解き放たれた粋な悪党・瓢六と、不承不承お目付役を務める堅物同心・篠崎弥左衛門の凸凹コンビが、難事件解決に活躍する痛快時代劇。（鴨下信一）
も-18-2

諸田玲子
波止場浪漫（上下）
稀代の侠客として名を馳せた、清水の次郎長。ご維新以降、旧幕、官軍入り乱れる清水で押しも押されもせぬ名士となった。その養女のけんの人生もまた時代に翻弄される。（植木　豊）
も-18-15

山本一力
あかね空
京から江戸に下った豆腐職人の永吉。己の技量一筋に生きる永吉を支える妻と、彼らを引き継いだ三人の子の有為転変を、親子二代にわたって描いた直木賞受賞の傑作時代小説。（縄田一男）
や-29-2

山本一力
たまゆらに
青菜売りをする朋乃はある朝、仕入れに向かう途中で大金入りの財布を拾い、届け出るが——。若い女性の視線を通して、欲深い人間たち、正直の価値を描く傑作時代小説。（温水ゆかり）
や-29-22

山本兼一
火天（かてん）の城
天に聳える五重の天主を建てよ！　信長の夢は天下一の棟梁父子に託された。安土城築城の裏に秘められた想像を絶する創意工夫。第十一回松本清張賞受賞作。（秋山　駿）
や-38-1

山本兼一
いっしん虎徹
その刀を数多の大名、武士が競って所望し、現在もその名をとどろかせる不世出の刀鍛冶・長曽祢虎徹。三十を過ぎて刀鍛冶を志して江戸へと向かい、己の道を貫いた男の炎の生涯。（末國善己）
や-38-2

（　）内は解説者。品切の節はご容赦下さい。

山本兼一
花鳥の夢
安土桃山時代。足利義輝、織田信長、豊臣秀吉と、権力者たちの要望に応え「洛中洛外図」「四季花鳥図」など時代を拓く絵を描いた狩野永徳。芸術家の苦悩と歓喜を描く。（澤田瞳子）
や-38-6

山本兼一
夢をまことに（上下）
近江国友の鉄炮鍛冶の一貫斎は旺盛な好奇心から、江戸に出て、失敗を重ねながらも万年筆や反射望遠鏡を日本で最初に作り上げる。江戸に生きた稀代の発明家の生涯。（田中光敏）
や-38-8

山本周五郎・沢木耕太郎　編
裏の木戸はあいている
山本周五郎名品館Ⅱ
今なお読み継がれる周五郎の作品群から選び抜かれた名品。「ちいさこべ」「法師川八景」「よじょう」「榎物語」「こんち午の日」「橋の下」「若き日の摂津守」等全九編。（沢木耕太郎）
や-69-2

山本周五郎・沢木耕太郎　編
寒橋（さむさばし）
山本周五郎名品館Ⅲ
周五郎短編はこれを読め！　短編傑作選の決定版。「落ち梅記」「人情裏長屋」「なんの花か薫る」「かあちゃん」「あすなろう」「落葉の隣り」「釣忍」等全九編。（沢木耕太郎）
や-69-3

山本周五郎・沢木耕太郎　編
将監（しょうげん）さまの細みち
山本周五郎名品館Ⅳ
時代を越え読み継がれるべき周五郎短編傑作選最終巻。「野分」「並木河岸」「墨丸」「夕靄の中」「深川安楽亭」「ひとごろし」「つゆのひぬま」「桑の木物語」等全九編。（沢木耕太郎）
や-69-4

谷津矢車
おもちゃ絵芳藤
歌川芳藤に月岡芳年・落合芳幾・河鍋暁斎ら個性溢れる絵師が、幕末から明治の西欧化の波に抗い苦闘する。絵師の矜持と執念に迫る、歴史時代作家クラブ賞作品賞受賞作。（岡崎琢磨）
や-72-1

夢枕　獏
陰陽師（おんみょうじ）　酔月（すいげつ）ノ巻
我が子を食べようとする母、己れの詩才を恃むあまり虎になった男。都の怪異を鎮めるべく今日も安倍晴明がゆく。四季の花鳥風月の描写が日本人の琴線に触れる大人気シリーズ。
ゆ-2-27

（　）内は解説者。品切の節はご容赦下さい。

陰陽師（おんみょうじ）　蒼猴（そうこう）ノ巻
夢枕　獏

神々の逢瀬に歯嚙みする猿、秋に桜を咲かせる木、蝶に変わる財物——京の不思議がつぎつぎに晴明と博雅をおとなう大人気シリーズは、いよいよ冴え渡る美しさ、面白さ。

ゆ-2-30

陰陽師（おんみょうじ）　螢火（ほたるび）ノ巻
夢枕　獏

今回は、シリーズを通してサブキャラ人気ナンバーワンで、晴明の好敵手にして、いつも酒をこよなく愛する法師陰陽師・蘆屋道満の人間味溢れる意外な活躍が目立つ、第十四弾。

ゆ-2-33

おにのさうし
夢枕　獏

真済聖人、紀長谷雄、小野篁。高潔な人物たちの美しくも哀しい愛欲の地獄絵。魑魅魍魎が跋扈する平安の都を舞台に鬼と女人と恋する男を描く、「陰陽師」の姉妹篇ともいうべき奇譚集。

ゆ-2-26

磔（はりつけ）
吉村　昭

慶長元年春、ボロをまとった二十数人が長崎で磔にされるため引き立てられていった。歴史に材を得て人間の生を見すえた力作。『三色旗』『コロリ』『動く牙』『洋船建造』収録。　（曾根博義）

よ-1-12

虹の翼
吉村　昭

人が空を飛ぶなど夢でしかなかった明治時代——ライト兄弟が世界最初の飛行機を飛ばす何年も前に、独自の構想で航空機を考案した二宮忠八の波乱の生涯を描いた傑作長篇。（和田　宏）

よ-1-50

三国志博奕（ばくち）伝
渡辺仙州

三国時代の呉を舞台に、博奕の力・奕力（イーリー）を持った男と、不思議な呪術で甦った三国志の英雄たちが、超立体ヴァーチャルリアリティの世界で奇想天外なギャンブル対決を繰り広げる。

わ-21-1

（　）内は解説者。品切の節はご容赦下さい。

安部龍太郎
等伯　（上下）
武士に生まれながら、天下一の絵師をめざして京に上り、戦国の世でたび重なる悲劇に見舞われつつも、己の道を信じた長谷川等伯の一代記を描く傑作長編。直木賞受賞。（島内景二）
あ-32-4

安部龍太郎
姫神
争いが続く朝鮮半島と倭国の平和を願う聖徳太子の遣隋使計画。海の民・宗像の一族に密命が下る。国内外の妨害工作に悩まされながら、若き巫女が起こした奇跡とは——。（島内景二）
あ-32-6

安部龍太郎
おんなの城
結婚が政略であり、嫁入りが高度な外交だった戦国時代。各々の方法で城を守ろうと闘った女たちがいた——井伊直虎、立花誾千代など四人の過酷な運命を描く中編集。（島内景二）
あ-32-7

安部龍太郎
宗麟の海
信長より早く海外貿易を行い、硝石、鉛を輸入、鉄砲をいち早く整備。宣教師たちの助力で知力と軍事力を駆使して瞬く間に九州を制覇した大友宗麟の姿を描く歴史叙事詩。（鹿毛敏夫）
あ-32-8

安能　務
始皇帝　中華帝国の開祖
始皇帝は〝暴君〟ではなく〝名君〟だった!?　世界で初めて政治力学を意識し中華帝国を創り上げた男。その人物像に迫りつつ、現代にも通じる政治学を解きあかす一冊。（冨谷　至）
あ-33-4

浅田次郎
壬生義士伝（みぶぎしでん）　（上下）
「死にたぐねえから、人を斬るのす」——生活苦から南部藩を脱藩し、壬生浪と呼ばれた新選組で人の道を見失わず生きた吉村貫一郎の運命。第十三回柴田錬三郎賞受賞。（久世光彦）
あ-39-2

浅田次郎
輪違屋糸里（わちがいやいとさと）　（上下）
土方歳三を慕う京都・島原の芸妓・糸里は、芹沢鴨暗殺という、新選組の内部抗争に巻き込まれていく。大ベストセラー『壬生義士伝』に続き、女の〝義〟を描いた傑作長篇。（末國善己）
あ-39-6

（　）内は解説者。品切の節はご容赦下さい。

浅田次郎
一刀斎夢録（上下）
怒濤の幕末を生き延び、明治の世では警視庁の一員として西南戦争を戦った新選組三番隊長・斎藤一の眼を通して描き出される感動ドラマ。新選組三部作ついに完結！（山本兼一）
あ-39-12

浅田次郎
黒書院の六兵衛（上下）
江戸城明渡しが迫る中、てこでも動かぬ謎の武士ひとり。勝海舟や西郷隆盛も現れて、城中は右往左往。六兵衛とは一体何者か？笑って泣いて感動の結末へ。奇想天外の傑作。（青山文平）
あ-39-16

あさのあつこ
燦（さん）―1― 風の刃（やいば）
疾風のように現れ、藩主を襲った異能の刺客・燦。彼と剣を交えた家老の嫡男・伊月。別世界で生きていた二人には隠された宿命があった。少年の葛藤と成長を描く文庫オリジナルシリーズ。
あ-43-5

あさのあつこ
燦―2― 光の刃
江戸での生活がはじまった。伊月は藩の世継ぎ・圭寿と大名屋敷住まい。長屋暮らしの燦と、伊月が出会った矢先に不吉な知らせが。少年が江戸を奔走する文庫オリジナルシリーズ第二弾！
あ-43-6

あさのあつこ
燦―3― 土の刃
「圭寿、死ね」。江戸の大名屋敷に暮らす田鶴藩の後嗣に、闇から男が襲いかかった。静寂を切り裂き、忍び寄る魔の手の正体は。そのとき伊月は、燦は。文庫オリジナルシリーズ第三弾。
あ-43-8

あさのあつこ
火群（ほむら）のごとく
兄を殺された林弥は剣の稽古の日々を送るが、家老の息子・透馬と出会い、政争と陰謀に巻き込まれる。小舞藩を舞台に少年の友情と成長を描く、著者の新たな代表作。（北上次郎）
あ-43-12

あさのあつこ
もう一枝（いっし）あれかし
仇討に出た男の帰りを待つ遊女、夫に自害された妻の選ぶ道、若き日に愛した娘との約束のため位を追われる男——制約の強い時代だからこそその一途な愛を描く傑作中篇集。（大矢博子）
あ-43-16

（　）内は解説者。品切の節はご容赦下さい。

青山文平
白樫の樹の下で
田沼意次の時代から清廉な松平定信の息苦しい時代への過渡期。いまだ人を斬ったことのない貧乏御家人が名刀を手にしたとき、何かが起きる。第18回松本清張賞受賞作。（島内景二）
あ-64-1

青山文平
かけおちる
藩の執政として辣腕を振るう男は二十年前、男と逃げた妻を斬った。今また、娘が同じ過ちを犯そうとしている――。時代小説の新しい世界を描いて絶賛される作家の必読作！（村木　嵐）
あ-64-2

青山文平
つまをめとらば
去った女、逝った妻……瞼に浮かぶ、獰猛なまでに美しい女たちの面影は男を惑わせる。江戸の町に乱れ咲く、男と女の性と業。女という圧倒的リアル！　直木賞受賞作。（瀧井朝世）
あ-64-3

青山文平
遠縁の女
追い立てられるように国元を出、五年の武者修行から国に戻った男が直面した驚愕の現実と、幼馴染の女の仕掛けてきた罠。直木賞受賞作に続く、男女が織り成す鮮やかな武家の世界。
あ-64-4

朝井まかて
銀の猫
嫁ぎ先を離縁され「介抱人」として稼ぐお咲。年寄りたちに人生を教わる一方で、妾奉公を繰り返し身勝手に生きてきた、自分の母親を許せない。江戸の介護を描く傑作長編。（秋山香乃）
あ-81-1

朝松　健
血と炎の京（みやこ）
私本・応仁の乱
応仁の乱は地獄の戦さだった。花の都は縦横に走る塹壕で切り刻まれ、唐土の殺戮兵器が唸る。戦場を走る復讐鬼・道賢と、救いを希う日野富子を描く書下ろし歴史伝奇。田中芳樹氏推薦。
あ-85-1

井上ひさし
手鎖心中
材木問屋の若旦那、栄次郎は、絵草紙の人気作者になりたいと願うあまり馬鹿馬鹿しい騒ぎを起こし……歌舞伎化もされた直木賞受賞作。表題作ほか「江戸の夕立ち」を収録。（中村勘三郎）
い-3-28

東慶寺花だより
井上ひさし

離縁を望み決死の覚悟で鎌倉の「駆け込み寺」へ——女たちの事情、強さと家族の絆を軽やかに描いて胸に迫る涙と笑いの時代連作集。著者が十年をかけて紡いだ遺作。（長部日出雄）

い-3-32

秘密
池波正太郎

家老の子息を斬殺し、討手から身を隠して生きる片桐宗春。だが人の情けに触れ、医師として暮すうち、その心はある境地に達する——。最晩年の著者が描く時代物長篇。（里中哲彦）

い-4-95

鬼平犯科帳　決定版（二十三）
特別長篇　炎の色
池波正太郎

謹厳実直な亡父に隠し子がいた。衝撃の事実と妹の存在を知った平蔵は、その妹のためにひと肌脱ぐ。一方、おまさは女盗賊に気に入られ、満更でもない。「隠し子」「炎の色」を収録。

い-4-123

鬼平犯科帳　決定版（二十四）
特別長篇　誘拐
池波正太郎

国民的時代小説シリーズ「鬼平犯科帳」最終巻。未完となった表題作ほか「女密偵女賊」「ふたり五郎蔵」の全三篇。秋山忠彌「平蔵の好きな食べもの屋」を特別収録。（尾崎秀樹）

い-4-124

その男（全三冊）
池波正太郎

杉虎之助は大川に身投げをしたところを謎の剣士に助けられる。こうして〝その男〟の波瀾の人生が幕を開けた——。幕末から明治へ、維新史の断面を見事に剔る長編。（奥山景布子）

い-4-131

旅路（上下）
池波正太郎

新婚の夫を斬殺された三千代は実家に戻れとの藩の沙汰に従わず、下手人を追い彦根から江戸へ向かう。己れの感情に正直に生きる美しい武家の女の波瀾万丈の人生を描く。（山口恵以子）

い-4-134

池波正太郎・逢坂　剛・上田秀人・梶　よう子
風野真知雄・門井慶喜・土橋章宏・諸田玲子
池波正太郎と七人の作家　**蘇える鬼平犯科帳**

逸品ぞろいの「鬼平づくし」。「鬼平」誕生五十年を記念し、七人の人気作家が「鬼平」に新たな命を吹き込んだ作品集。本家・池波正太郎も「瓶割り小僧」で特別参加。

い-4-200